貴女 3

文創風 217

油燈 著

風 文創

217

目錄

第四十一章

思來想去，敏瑜還是和丁夫人回了話，去了博雅樓，去的時候將敏玥帶在了身邊。

博雅樓也是京城有名的去處。不管是文人墨客喜歡的筆墨紙硯、古董字畫；還是習武之人喜愛的刀槍劍戟，都無所不包。博雅樓要是謙虛地說自己是第二，那麼整個京城就沒有哪家敢說自己是第一。所有的東西務必做到最好、最精緻，當然，價格也是最高的。

博雅樓樓高五層，也是京城最高的建築之一了。一樓販賣筆墨紙硯；二樓是樂器、棋具；三樓是古董字畫；四樓是品茗雅室；五樓則是五花八門的兵器。據說曾經有人對此頗有意見，說不該將兵器放在最高的　層樓上，博雅樓的管事也不多說，直接請那人一口氣爬上五樓。結果那人還行，身邊侍候的丫鬟卻上了樓就氣喘吁吁，雖然沒有失態，但是那人也閉了嘴——博雅樓有四成的顧客都是名門閨秀，要是讓她們也爬這麼高的樓，以她們的嬌弱，恐怕比這丫鬟還要不堪。

而比起博雅樓所出售的東西，更為出名的卻是博雅樓四樓的茶室，這裡可是不少名門閨秀和才子揚名的地方——得了一把中意的好琴，在這裡彈奏一曲；得了一支喜歡的湖筆，潑墨一番；得了一柄心儀的寶劍，興起舞劍；或者三五意氣相投的書生，相互評鑑對方的佳作，都是常見的事情。

為了給這些不知道真的是興致上來、按捺不住，或者只是處心積慮想要揚名的才子、才女們一個表現的平臺，四樓還特意闢出兩塊場地，一處在四樓的中央，一處卻在另一個角落。中央的那一塊茫茫蕩蕩，什麼遮擋都沒有，場地也夠寬；別說是揮毫潑墨、撫琴彈唱，就算是舞刀弄槍也是綽綽有餘的。角落處則半掩半遮，外面是屏風，屏風裡面是一層又一層的珠簾。敏瑜聽王蔓如說過，以琴藝位列京城四絕才女的袁慧娘，就是在那一層層珠簾後面彈奏了一曲〈平沙落雁〉而成名的。

敏瑜到了博雅樓，先在一樓為敏玥買了一方魚戲蓮葉的硯臺，選了幾支上好的畫筆、買了些彩墨，而後才上二樓，很自然地到書架上看看有沒有新到的棋譜。

敏瑜雖然極少出門應酬，卻常出門逛逛，這博雅樓也是常來的，只是她認識的人本就不多，加上一貫低調，不曾在博雅樓出過任何風頭，因此還真沒有幾個人知道，她也是慣常在博雅樓出沒的。

「是丁家妹妹嗎？」敏瑜剛剛到二樓，一直在那邊逗留、等候的許珂寧很快就發現了她，只是一來不好直接上前打招呼，二來她戴著帷帽，許珂寧也無法立刻肯定是她，所以直到她在書架前不慍不火地翻看了好幾本棋譜，許珂寧才上前致意。

「許姊姊來得早。」敏瑜點點頭，而後將身邊的敏玥介紹給許珂寧。「這是我妹妹，排行第四，今天順道帶她過來買些東西。」

敏瑜坦蕩蕩的神態讓許珂寧有種欽佩的感覺，對敏瑜的好感更深了，她原本還以為敏瑜會裝出意外相逢的樣子呢！

許珂寧身側的許仲珩則有些心急地上前一鞠，直接地道：「丁姑娘，我們快點坐下開局吧！」

許仲珩急不可耐的樣子，讓許珂寧藏在帷帽下的臉上滿是無奈，她輕斥一聲，道：「你怎麼還是一點耐心都沒有？」

被許珂寧這麼輕聲斥責，許仲珩只是帶了幾分憨厚地撓撓頭，臉上期待的神色卻絲毫未變。

許珂寧心一軟，帶了些無奈地看著敏瑜，道：「妹妹的意思呢？」

「本來就是為了下棋才來，就照許公子說的，坐下開局吧！」敏瑜笑著點點頭，而後對敏玥道：「妳是第一次到這裡來，可到處逛逛，看中什麼喜歡的，就買下來。」

「好！」敏玥歡喜地點點頭，帶著她的丫鬟過去了，不用敏瑜示意，秋霞就跟了上去，秋霜則還是緊跟在她身邊。

「我已經在四樓訂了一間雅室，我們上去吧！」許珂寧笑著，敏瑜也沒有意見，一行人邊輕聲說笑，一邊慢慢上樓。

上了四樓，還沒有進雅室，便聽到一個略帶誇張的聲音叫道：「許姊姊，是妳嗎？」

許珂寧眉頭一皺，不用抬頭，光聽聲音她就知道那是曹彩音，她腳步一頓，極為不悅地對身邊的許仲珩道：「你是不是把我約了丁家妹妹的事情透露給了別人？」

許仲珩真不是什麼有心機的，撓了撓頭，猜測道：「昨天和恒迪無意中提了一句，您也知道，他一向自負棋藝高超，那日輸給了丁姑娘之後，對丁姑娘也是十分地敬服，或許也想和丁姑娘對弈一局吧！」

「哼。」許珂寧冷哼一聲，不去理睬帷帽下五官十分扭曲的曹彩音，而是帶了歉意地道：「丁妹妹，我也沒有想到仲珩這般地不小心，要不我下次再約妳吧？至於今天的事情，我一定會給妳一個滿意的交代。」

敏瑜能夠感受到許珂寧的真誠和歉意，她輕輕地掃了帷帽微微顫動的曹彩音一眼，話中有話地道：「許姊姊，沒關係，既然有人那麼迫不及待地想要丟臉，我們就成全好了。」

正說著，從被人當面漠視的憤恨中恢復過來的曹彩音走上前來，笑著道：「許姊姊，妳身邊這位看起來有些熟悉，可一時之間卻又想不起來是哪家的姊妹了，方便說一聲嗎？」

看著曹彩音做作的樣子，許珂寧的眼睛蒙上了一層寒冰。

不等許珂寧發作，敏瑜就輕輕地上前一步，擋在她面前，對曹彩音身側的曹恒迪直接道：「曹公子可是聽許公子提及許姊姊約了我與他今日博雅樓對弈，因此特意過來觀戰？」

曹恒迪沒有想到敏瑜這般地坦然大方，他倒是想為妹妹掩飾一二，但許仲珩就在面前，哪容得他說謊？只好點頭道：「不錯，在下對丁姑娘的棋藝十分敬服，只是丁姑娘甚少露面，聽說今日有這樣的機會，自然不願錯過。」

曹恒迪的話讓曹彩音的臉色陰沈下來，他這不是明擺著告訴那些側耳聽這邊動靜的人，自己剛剛是在明知故問嗎？她心裡暗罵哥哥不配合她，嘴上卻故作輕鬆地道：「原來是丁姑娘啊，恕我眼拙，一下子沒有認出丁姑娘來。」

明事理的都聽得出來曹彩音這話說得有多勉強，更有不少人往這邊靠近了些，也不知道是存了看熱鬧的心思還是怎樣。

敏瑜淡淡地道：「都說貴人多忘事，我們也不過見過一次面，曹姑娘認不出來也在情理之中。」

敏瑜的話讓曹彩音總算沒有太尷尬，只是她並未意識到敏瑜不過是懶得和她一般計較，平白地給人添了談資。她斜眼看了身邊的曹恒迪一眼，心中靈光乍現，莫不是丁敏瑜也對二哥有好感，所以說話才會這麼和氣？

想到這裡，曹彩音忽然覺得自己底氣十足起來，她嬌笑一聲，道：「雖然只見過一次，但丁姑娘神乎其技的棋藝讓我打心眼裡佩服，一直想著什麼時候有機會，一定要向丁姑娘學習學習。」

「曹姑娘要是有興趣，我自然很樂意。」敏瑜淡淡地應下。除了真正癡迷棋藝的人，沒有幾個人會願意找一個水平明顯比自己高的人對弈，她不認為曹彩音會是那種癡迷棋藝的。當然，要真是猜錯了也無所謂，她很樂意狠狠地虐她一局。

敏瑜這麼一說，曹彩音立刻打了退堂鼓，笑道：「我只是說笑罷了，丁姑娘可別認真。這對弈，最好還是找個旗鼓相當的，要不然大家都不盡興。許仲珩癡迷棋藝人盡皆知，倒是可以陪丁姑娘多下幾局……」說到這裡，曹彩音頓了頓，很刻意地看看許仲珩，又看看敏瑜，像是在開玩笑，又像是認真地道：「知己難尋，錯過了可就可惜了！」

這話一出口，周圍看向敏瑜的眼神都有了些許的變化，隱隱地帶了些猜度和不屑。

敏瑜在宮裡這幾年，學得最多的就是察言觀色，哪裡會不知道曹彩音這番話是故意引人誤會，讓人以為自己和許仲珩私相授受，說不定都在心裡笑話耒陽侯府的規矩、門風了。想到母親這些年為耒陽侯府所做的一切，更讓敏瑜心頭的火騰地一下點著了，哪裡還可能隱忍下去——

「曹姑娘，想說什麼不妨直說，別說些半遮半掩、讓人生厭的話！」比敏瑜更早發作的卻是許珂寧，戴著帷帽，誰都不清楚彼此臉上是什麼樣的神色，但她的聲音卻冷得像含著冰稜子一樣，整個人更散發著寒意，讓周遭氣氛為之一冷。

許珂寧為敏瑜出頭的舉動讓曹彩音一怔。自身邊好友紛紛訂親、成親之後，許珂寧便低調下來，和以前意氣風發的她全然不同，就算有人挑釁，也多是小事化無，沒想到會為了相識才幾天的人出頭。不過想到丁敏瑜是她出面請來的，曹彩音卻又覺得很正常了。

曹彩音再嬌笑一聲，道：「許姊姊，妳對丁姑娘還真是不一樣啊！我們相識這麼多年都不見妳這麼護著我，這才和丁姑娘認識幾天啊，一顆心就全偏向她去了。」

曹彩音知道，得罪了許珂寧沒好處，但事情到了這一步，也不容她退縮了，尤其是想到將「私相授受」的污名扣在敏瑜身上，極可能讓敏瑜遭受皇后和九皇子的厭棄，給自己帶來機會，她就更不願改口了。

許珂寧臉色更冷，語氣卻和緩了一些，道：「我和丁家妹妹一見如故，恨不得她就是我的親妹妹，自然要偏向她。仲珩，以後見了丁家妹妹可要分清楚輩分，稱呼也不能錯了！」

「善弈者，善謀」——這句話或許有些過分讚譽，但是棋藝高超者大多數腦子轉得都比較快，許仲珩看起來有幾分憨憨的，但真正瞭解他的人都知道他絕對是個表裡不一的，他立刻應道：「姑姑放心，我知道丁姑姑是長輩，見了面不會忘記見禮的。」

許仲珩的話一出，那些猜疑的目光驟然淡去，就連敏瑜心頭升起的怒火也被這一聲「丁姑姑」澆熄了，心裡無奈地道——你叫得倒是順口，我可不想要你這麼一個大姪子！

這一聲「丁姑姑」叫出口，曹彩音就知道自己將兩人攀扯在一起的目的無法實現了，看看周圍人的眼神、表情，再看看散發寒意的許珂寧，她知道要再待下去自己絕對討不了好，便又嬌笑道：「哎喲，快到我和幾個姊妹約好的時候了！二哥，我先走了！」

許珂寧上前一步，冷冷地道：「心虛了嗎？討不了好就想跑嗎？我不管妳是約了什麼好姊妹還是心上人，在沒有把剛剛的那些話解釋清楚之前，就別想走。」

曹彩音笑都笑不出來了，她聲音也有些冷。「難道我連離開都不可以嗎？許姊姊不要太過分了！」

「曹姑娘非要走，我自然是攔不住的，但妳今天要是不把話解釋清楚，明天我便會下帖子給所有認識的，最遲後天，便請人家聚一聚，然後一起評個理，看看是誰挑事，又是誰過分？」許珂寧冷冷地看著曹彩音。真以為自己是病貓，可以容得她蹬鼻子上臉嗎？

「妳……」曹彩音恨得咬牙，在心裡把許珂寧凌遲了幾百遍，但是她知道許珂寧既然敢當著這麼多人的面說這樣的話，就一定做得出來；事情要真的鬧到了那一步，不管結果怎樣，自己的名聲也都該臭大街了！

她心裡有些懊惱，懊惱自己只想著找敏瑜的麻煩，卻忘了許珂寧以前是多麼的難纏。她求助地拉了拉一直旁觀不言的曹恒迪，讓他開口為自己說話。

敏瑜看到了她的小動作，搶先一步道：「許姊姊，我想曹姑娘也不是故意和我過不去，這件事情就這樣算了吧！」

曹恒迪立刻閉上嘴，眼中閃過一絲自得，曹彩音帷帽下的臉則浮起了然之色，心裡更有淡淡的不屑，將敏瑜看低了幾分……

「妹妹？」許珂寧的聲音中帶了一絲失望，和曹恒迪兄妹一樣，她也以為敏瑜想看在曹恒迪的面子上息事寧人，輕輕地放過此事——這樣的事情她見過太多，對曹恒迪心生愛慕的姑娘們固然事事讓著曹彩音三分，以此博取曹彩音的好感，讓她在曹恒迪面前為自己說話；對曹恒迪無意的姑娘們，在這般毓秀的男子前，也很樂意表現自己的風度。

「許姊姊，曹姑娘不過是真情流露，我們又怎麼能苛責她呢？」敏瑜的聲音中帶著忍俊不禁的笑意，她有些俏皮地指指一臉憨厚的許仲珩，笑道：「說來說去該怪仲珩賢姪。我看，定是他和曹公子提及我們在博雅樓見面的事情，卻又沒有說清楚緣由，讓曹姑娘誤會了，心裡發酸，這才……我都能體諒，妳就不要不依不饒地追究下去了。」

這個促狹的丫頭！許珂寧死死地咬住自己的嘴唇，這才沒有噴笑出聲。

許珂寧忍住了，並不意味著就沒有人笑場。旁邊看熱鬧的人中，有幾個和曹家兄妹不對盤的，當下就不給面子地嗤笑起來，更有那種好事的，一邊笑一邊道：「丁姑娘說得有道理，曹姑娘這不就是醋海生波，特意過來找麻煩的嗎？」

她確實是因為吃醋才來找麻煩的，但卻不是為了眼前的這個呆子！曹彩音帷帽下的臉脹成了豬肝色，眼神銳利地瞪著敏瑜。要不是心頭還有一絲理智，早恨不得撲上去抓著敏瑜廝打一番。

而曹恒迪素來坦然自若的笑臉也有些端不住了，他深深地吐納了幾口氣，將心頭的憤怒壓下，笑道：「丁姑娘，還請慎言。說這樣的話，對舍妹的名聲固然有損，但於姑娘的閨譽也是不大好的。」

「慎言？」敏瑜冷笑一聲，眼神中帶了幾分失望，曹恒迪給她的第一印象極好，但現在看來，那不過是刻意演給人看的，內裡和曹彩音也沒有多大的區別。她冷冷地看著曹恒迪，直截了當地道：「原來曹公子還知道說這樣的話於女子的閨譽有損。那麼請問曹公子，為何適才令妹說出那些讓人誤解的言語之時，曹公子卻不出言阻止呢？是因為令妹要比旁人更金貴一些，抑或曹家兄妹素來只許州官放火，不許百姓點燈呢？」

敏瑜的話立刻又贏來一陣喝采，這陣喝采聲大多來自於男子。自從曹家玉郎的名聲傳開之後，與他同齡的公子哥兒們無形之中就矮了他一截，總是被自己的父母或者姊妹拿來和他比這比那的，都是十六、七歲血氣方剛的年紀，心頭哪能服氣？只是曹恒迪實在很會做人，總是一副風輕雲淡、謙和有禮的樣子，要是和他計較，討不了好不說，回去還會被姊姊妹妹數落一頓。現在，難得見到一個絲毫不受曹家玉郎魅力影響，敢於當面詰問的姑娘，哪能不給她鼓掌叫好？

「丁姑娘誤解了，曹某沒有那個意思。」曹恒迪知道今天的事情對自己也是一個考驗，於是精神一振，他深深地一鞠，道：「舍妹言語不當，曹某在這裡向丁姑娘賠罪，還請丁姑娘大人大量，原諒舍妹！」

「言語不當？只是言語不當嗎？」敏瑜冷冷地看著曹恒迪，要是其他姑娘或許還真的會就此算了。畢竟潑向自己的髒水沒有沾身，又狠狠地反擊了一記，更有這般玉樹臨風的公子看似很有誠意的道歉，順勢而下，倒也能落個皆大歡喜，但敏瑜卻不願意就此放過——

只要曹彩音一天沒有絕了對九皇子的癡心妄想，那麼她就一天不會放棄找自己的麻煩。上次的曹家詩會、今日的刻意糾纏，都是這樣。如果輕輕放過，不讓她知道疼、知道怕，她定然還會陰魂不散。

敏瑜不懼，但也不耐煩經常被她糾纏，自然要一次將她打殘了再說。至於會不會因此結怨……敏瑜冷笑，她和曹彩音素昧平生的時候，她就已經恨上自己了，現在估計更是恨不得將自己碎屍萬段。既然注定要做仇人，也就沒有必要交好了。

不過眨眼的工夫，敏瑜心裡便已經有了計劃，她冷冷地看著曹恒迪，道：「曹公子，你敢當著在場所有人的面，說今日的碰面不是蓄謀的嗎？」

真難纏！曹恒迪心裡有些叫苦，他還真沒有和這麼難纏的女子打過交道，他從小長相就生得好，又有女人緣，不管是女性長輩還是同輩的姑娘們，對他都是和顏悅色的，哪裡遇過這種完全無視他魅力的女子，還是這麼一個年紀不大的小姑娘。早知道這個丁敏瑜這般難纏，他就不會放縱妹妹過來攔截挑釁了。

可是，現在說後悔也晚了，他只能苦笑連連地道：「丁姑娘何出此言？舍妹和丁姑娘並沒有多少交往，又怎麼會蓄意與丁姑娘過不去呢？」

「其實我也很納悶，我到底是哪裡招惹了曹姑娘，讓她這般和我過不去！」敏瑜早就猜到了曹恒迪會這樣說，她轉過頭去，對不知道是氣狠了還是怎樣，手有些微微顫抖的曹彩音道：「曹姑娘，妳能為我解釋一二，好讓我明白自己到底哪裡招妳惹妳，讓妳非要與我過不去嗎？」

曹彩音能說什麼？她能說自己對九皇子一見鍾情，九皇子喜歡的卻是眼前的敏瑜嗎？她要是那樣說了，別說是嫁給九皇子了，恐怕不但會給自己和曹家帶來麻煩，甚至還會影響宮裡的曹太妃。她只能咬著牙，生硬地道：「沒有，不過是一個誤會而已！」

「只是誤會嗎？那麼，是什麼樣的誤會，竟讓曹姑娘一再地針對我呢？」敏瑜冷冷地看著曹彩音。

曹彩音靈光一閃，帶了幾分虛弱地道：「是我的錯，上次詩會我特意請王家妹妹上門送請柬，卻被丁姑娘拒絕，心裡有些不忿，這才使了小性子……丁姑娘，抱歉，是我心胸狹窄了些。」

原來是這樣！旁觀的人哪裡知道其中的彎彎道道，聽曹彩音這麼一說，再想想她平日的為人處世，倒也信以為真了。看曹彩音的眼神雖然帶著輕蔑，但心裡卻也將今天的事情當成了這個心胸不大的小姑娘在使小性子。

一旁的曹恒迪卻暗自叫糟，他想起敏瑜下棋乾淨俐落、殺伐決斷的風格，知道曹彩音這番話不但無法平息此事，反而會讓敏瑜借題發揮。

果然，敏瑜又冷笑一聲，道：「既然曹姑娘說到詩會，那麼我也來說說。詩會之前，我和曹姑娘別說是交往，就連面都不曾照過，耒陽侯府和曹學士府也沒有什麼交情，而我……丁家二姑娘在京城就是一個無名之輩，我到現在都還不明白，曹姑娘為什麼會專門給我下請柬。妳下了帖子，我拒絕一個素昧平生之人的邀約，再正常不過了，不是嗎？或者曹姑娘覺得，但凡收到了請柬，就應該受寵若驚；要是拒絕了就是不識抬舉，所以便記恨在心呢？」

敏瑜的話引起一陣哄笑，這一次笑聲最響亮的，卻是戴著帷帽的姑娘們。她們之中不少都和曹彩音打過交道，也都受夠了她仗著有個出色的哥哥，就對她們頤指氣使，甚至隱隱透露出挑剔，彷彿所有的女子都恨不得嫁給曹恒迪一般——

當然，她們之中確實不少人有過那樣的心思，也為了博得曹家人的好感忍了大小姐脾氣，但並不意味著她們心裡就一點怨言都沒有。看敏瑜這般步步進逼，眾人心裡都有一種異樣的快感。

敏瑜只是微微一頓，卻沒有給曹家兄妹插話的機會，她繼續道：「曹姑娘心裡不痛快我能理解，所以，那日陪公主赴宴的時候，曹姑娘身為主人卻一再的擠兌為難，我也認了。反正我本不是那種任人宰割卻不會反擊的，曹姑娘自己也沒有討到好。」

敏瑜的話引來一陣竊竊私語，這裡還真沒有幾個姑娘那日去了曹家詩會，但心裡卻已經拿定主意，回去一定要打聽一番。

曹恒迪的臉色都有些泛綠，一個勁兒地朝許仲珩使眼色，希望他出言解圍。但許仲珩卻還是那副愣頭愣腦的樣子，似乎壓根兒就不明白曹恒迪的意思，而許珂寧則擺出一副事不關己的態度，擺明了是絕對不會插手。

「但是，今天的事情我就真的無法理解了。難道僅僅因為我拒絕了邀請，僅僅因為我沒有逆來順受地任由曹姑娘擠兌為難，曹姑娘便要這般窮追猛打，連今天這樣的場合都不肯放過？」敏瑜輕輕地搖頭，長長地嘆息一聲，沒有再說出更多難聽的話。

然而這已經很足夠了，所有的人看曹恒迪兄妹的眼神都不對了，帶了濃濃的嘲諷與不屑，還有一陣陣快意；能夠讓素來自命清高的曹家玉郎面露菜色，將不可一世的曹家大才女踩得這麼狠，還真是一件大快人心的事情！

「丁姑娘，是曹家管教無方、過於寵溺，讓舍妹養出了這副驕縱、任性、胡鬧的性子，這才給丁姑娘添了麻煩。還請丁姑娘看在舍妹少不經事的分上，原諒她這一次。」到這個地步，曹恒迪只能將姿態放得低低的，承認曹家的教養不當了。

「曹公子心疼妹妹了？也是，哪家的姑娘不是如珠似寶地嬌養著，今日要是我幾個哥哥在場的話，定然也心疼了。要讓他們知道，自己連半句重話都捨不得說的妹妹，被人逼得這般尖銳，還不曉得會心疼成什麼樣子呢！」敏瑜輕輕地嘆息著，而後彷彿忽然想起似的，轉頭對躲在一旁偷笑的許珂寧道：「許姊姊，要是我沒有記錯的話，曹姑娘應該比我大了一歲吧？」

「是比妳大！」許珂寧點頭。

旁觀者又不給面子的哄笑起來。除了那種親娘死得早、有了後娘的，哪家嫡出的姑娘不是被家人如珠似寶地嬌養著的，憑什麼她曹彩音就要金貴一些？至於說少不經事，難道比她年幼的還要原諒她的少不經事嗎？真是好笑至極！

「丁敏瑜，妳到底想怎樣？」曹彩音沒有曹恒迪的城府，哪怕知道會讓人笑話，她也無法保持低聲下氣的態度了。

「從來都不是我想怎樣好嗎！我到現在都還不明白自己到底哪裡不小心得罪了曹姑娘，讓妳這般三番五次地與我為難呢？」敏瑜很無辜，也沒有再賣關子，她淡淡地道：「我只希望經此一事，曹姑娘以後不要再找我麻煩，要不然……我這人可不是逆來順受，什麼氣都能忍的；也不是宰相肚裡能撐船，什麼事都能一笑了之的，還請曹姑娘高抬貴手，不要再糾纏不清了。」

「好，我記住了！」曹彩音幾乎是從牙齒縫裡擠出這幾個字，帷帽下的臉已然佈滿了眼淚，她強忍著嚎啕大哭的慾望，對臉色僵硬的曹恒迪道：「二哥，我要回家！」最後幾個字已經帶了哭腔，別說曹恒迪心疼不已，就連一些看熱鬧的男子也都有些於心不忍，收起臉上的笑容。

曹恒迪深深地看了敏瑜一眼。「丁姑娘，如果沒有什麼指教的話，曹某兄妹告辭了！」嘖嘖，怎麼弄得好像是自己欺負他們一樣！敏瑜心裡很是不屑，但也沒有為難，往旁邊讓了兩步，將下樓的路給讓出來。

曹恒迪伸手扶住曹彩音，兄妹倆就這麼相扶相持，慢慢地往下走去，背影看起來很有些悲壯……

「二姊姊，妳真厲害！」好巧不巧地，一個異常歡快的聲音突兀地響了起來，銀鈴般的清脆聲音帶著濃濃的自豪。在一旁看好一會兒熱鬧的敏玥撲了過來，撲到敏瑜身上，笑嘻嘻地道：「要不是這對上趕著找死的兄妹，還真見不著二姊姊這麼大發神威的樣子！」

上趕著找死的？眾人都是微微一怔，看向曹恒迪兄妹的目光中那絲原本就不多的同情驟然消失，更平添了幾分笑意，曹恒迪兄妹有意無意營造出來的悲壯氣氛頓時一掃而光。

「哪有這樣說話的！」敏瑜的聲音很嚴肅，心裡卻不禁莞爾，要說鬼靈精，又有幾個人比得上敏玥這個鬼丫頭呢！

「好嘛，我錯了！」敏玥賴在敏瑜身邊，聲音軟軟的道：「二姊姊最好了，不和我一般見識，好不好啊？」

「妳啊……」敏瑜帶了幾分寵溺，看了看敏玥和她身後兩手空空的丫鬟，關心地道：「怎麼什麼都沒有買？沒有妳喜歡的嗎？」

「都還沒有細看就聽說這裡有熱鬧可瞧，便跑過來湊熱鬧了。」敏玥嬌憨地道。「我再去逛逛，逛完了再來找妳。」

「去吧，小心點。」敏瑜笑著點點頭，看著敏玥歡快地離開，才轉過頭來，對一臉憨樣的許仲珩道：「賢姪，我們也去下棋吧！」

賢姪？許仲珩想死的心都有了，就因為一時嘴巴不嚴，才讓自己找了個更年幼的「姑姑」，真是……心裡唉聲嘆氣，但臉上仍是一貫的憨厚，點點頭，暗自瞪了一眼笑得肚子都抽筋的許珂寧，當前帶路進了事先預訂好的雅室……

第四十二章

推開雅室的門，許仲珩一邊往旁邊讓開一步，讓身後手牽著手低聲說笑的許珂寧和敏瑜進去，一邊隨意地掃了雅室內一眼，這一看，他就愣住了——

雅室裡居然坐了一個他並不認識的男子，此人年紀和他相近，一身不沾人間煙火的白衣，臉上的笑容燦爛得有些過分，表情也極為生動，就那麼坐在那裡，帶著一種不安分的感覺，似乎隨時都會跳起來嘻嘻哈哈一般。

可是，就這麼一個年紀不大、也沒有什麼威嚴儀態的男子，卻硬是讓許仲珩說不出質問他為何在這裡的話，只是帶著一貫的傻氣，撓撓頭問道：「是你走錯了，還是我走錯了啊？」

「你沒走錯，我也沒走錯！」男子呵呵一笑，卻終究是坐不住了，視線一直往敏瑜身上探，眼睛亮晶晶的。

「見過九殿下！」許仲珩不知道眼前的男子是誰，許珂寧卻是認識的，聖上共有十位皇子，連最為低調的、沒有幾個人見過的八皇子她都見過，自然也認識九皇子。他不僅僅是皇后所出的嫡子，更是皇子中最開朗好動、交際廣的一個，和所有皇子的關係都不錯，極有人緣。

「許姑娘不必多禮。」九皇子並沒有托大，他聽母后說過父皇很是欣賞這許家姑娘，很想將她許配給皇子。可偏偏這姑娘的命不好，晚生了那麼兩年，和她相配的皇子都更年長一些，不是已經成了親、有了正妃，就是已經定了親事。至於沒有定親的幾個皇子——

六哥粗野，配不得這麼文雅的姑娘；八哥平平無奇，要是將他們硬湊在一起，也有巧婦伴拙夫的嫌疑；七哥雖然不錯，可生母出身低，要不是有生育皇嗣的功勞，連個貴嬪恐怕都撈不上……反正，怎麼都有點不合適，但如果將她指給另外幾個哥哥當側妃，卻更不合適。他還聽說，父皇其實現在心裡已經有些懊惱，懊惱當初不該覺得這姑娘不錯，就向許家透了口風，弄得大家現在都不好辦。

不過，那是他那皇帝老子該頭疼的事情，他沒有必要去考慮那麼多，自己只要知道這許姑娘當他的嫂子當定了，敬著點、遠著點，決計不會錯就行。

「不知道九殿下為何會在臣女預訂好的雅室呢？」許珂寧看著九皇子總是往某個人身上瞟的眼神，心裡了然，卻還是故作不知地問了一聲。

「我是來看他們兩個下棋的。」九皇子直言道，又看向許珂寧身邊的敏瑜，臉上帶了幾分討好。「我就在一旁看看，一定不出聲！」

「每次都這麼說，可你有幾次做到了？」敏瑜只要想到曹彩音陰魂不散的緣由，就無法給九皇子好臉色，說話也沒有什麼好氣。

「嘿嘿……」九皇子傻笑一聲，然後殷勤地招呼道：「坐啊，大家都坐啊，別太拘束了！」

看來這兩人很不一樣啊！許珂寧心中越發有底了——以耒陽侯夫人和皇后的親密關係，加上敏瑜還是福安公主的侍讀，陪福安公主讀書好幾年，和九皇子要是不熟悉的話才是怪事。九皇子對敏瑜那種熱絡而又親暱的態度，她也不覺得有什麼奇怪——九皇子原本就是幾個皇子中最不同的一個，熱情開朗得不像是在皇宮那樣的地方長大的，對誰都能露出一臉燦爛的笑容。

她比較覺得意外的是敏瑜對九皇子那隨意的態度——那日敏瑜對福安公主的態度她可也看在眼底，夠親暱、也夠尊敬，保持著很適當的禮貌；相較起來，和九皇子就隨意很多……她心裡會意地一笑，看來這兩個極有可能是青梅竹馬的一對，說不定皇后和耒陽侯夫人都已經達成了某種默契，只等他們兩個長大了。

這個時候，許珂寧也明白了曹彩音為什麼會鬧剛剛那一齣了。曹家這三、五年來可以說傾全族之力，為曹家這一對兒女造勢——一個名噪京城的曹家玉郎，一個詩文一絕的曹家才女——前者不用說，定然是想找個出身高又能幫扶婆家的貴媳；而後者十有八九是想造勢，到時求了宮中的曹太妃出面撮合，而後嫁入皇家。

曹恒迪的目標她不敢確定，但曹彩音……現在看來，她為的必然是眼前的九皇子，而且肯定已透過宮裡的關係知道了大多數人都不知道的內幕，所以才會刻意地為難敏瑜。

想到曹彩音，許珂寧不禁有些黯然。自己當初不也是存了和曹彩音一般的心思嗎？想著自己這一世不管是哪一樣好處都占了，出身好、相貌好、智商也高，更從未有過懈怠，努力地汲取著接觸到的一切知識，心思便越發地大了……而現在，如果可以選擇，她真的願意像那日王蔓青說的，選個合適的丈夫，安穩過日子。

可是，她已經惹出這麼大的風頭來，已經鬧得人人都在猜測她到底是嫁哪個未成親的皇子為正妃、還是嫁哪個聖上更中意的皇子為側妃了。退一步來說，那都是給許家招禍。

這一世，爹娘固然將她當稀世珍寶一般捧在手心裡，讓她感受到了何謂父愛無疆、母愛無邊，兄嫂們對她也一樣關愛備至，至於和她前後幾年出生的姪兒、姪女們，就算對她有些嫉妒的幾個姪女，對她也保持了足夠的敬重……這樣血肉相連的親人，她又怎能再給他們增添麻煩和苦惱呢？

「你怎麼會在這裡？」已經到了室內，敏瑜和許珂寧也就將帷帽取下，而後分別落坐，敏瑜沒有刻意地避諱，就坐在九皇子身旁的位子，一邊等丫鬟們擺上棋盤和棋子，一邊隨意地問了句。

「湊巧出來閒逛，卻沒有想到遇上妳大發神威……」九皇子說到這裡滿臉都是笑意。雖然敏瑜學了規矩之後，臉上總是帶著溫和卻又透著淡淡疏離的笑容，說話也都是不慍不火，一舉一動透著高貴。但他是誰啊，怎麼可能不清楚敏瑜到底是什麼樣的性子，連自己惹了她都得吃掛落（注），那曹家兄妹又算哪根蒜？

他嘻嘻一笑。「我覺得妳那妹妹說得還真是好，他們就是上趕著找死的！」

「那你呢？」敏瑜想到曹彩音是因為九皇子才找她麻煩，就不想給他好臉色，語氣淡淡的，但九皇子還是清楚地感覺到了她壓抑著的火氣。

「妳都兩個月沒有進宮了！」九皇子無辜地來了一句，他現在已經不用去上課，有大把的時間，敏瑜只要進宮，他必然聞風而至，但敏瑜若沒有進宮，他也不敢糾纏——母后說了，那於敏瑜名聲有礙，也是對敏瑜的不尊重，因此即便他再想念敏瑜，也不敢找理由上耒陽侯府見她，生怕對她有半點不好。

今天要不是湊巧碰上，要不是看敏瑜發威的樣子看得心潮澎湃，要不是因為許珂寧將來必然是他的皇嫂之一，他也不會跑過來見敏瑜。

「我遷怒，不行嗎？」敏瑜瞪了他一眼，知道他話裡還透著一個意思——他起碼兩個月沒有捉弄過她了，所以更不該生他的氣。

「行！行！」九皇子沒脾氣地呵呵笑，這個時候棋盤已經擺好了，他連忙笑道：「開棋吧，我還想看看妳把他殺得毫無還手之力的狼狽相呢！」

看著九皇子對敏瑜毫無保留的縱容，許珂寧心裡有絲淡淡的羨慕，她什麼時候能找到一個這樣對她的男人呢？

「二哥，對不起，今天是我連累了你，累得你也讓人嘲弄！」回到家，兩眼通紅的曹彩

注：掛落，意指受連累、受牽連的意思。

音才向曹恒迪道歉，這一路上，她只顧著傷心痛哭。

「我們兄妹之間哪用得著說這樣的話。」曹恒迪心裡不是沒有埋怨過曹彩音的莽撞，但卻不會將這樣的話說出口，他輕輕地拍拍妹妹的肩，道：「妳不怪二哥沒有護住妳，讓妳被丁敏瑜那般地質問為難，二哥就心滿意足了。」

「我怎麼會怪二哥呢？」曹彩音苦笑一聲。「都是我太輕敵了，沒想到一個名聲不顯的黃毛丫頭居然這麼厲害，要是我再慎重一些，也不會成了現在這樣子。」

「接下來妳有沒有什麼打算？」

「我不能就這麼算了，一定得把她給弄下去，要不然哪有我的位置！」曹彩音恨恨地道。

「二哥，回來的路上我已經想過了，我需要一個強而有力的幫手。」

「誰？王蔓如嗎？」曹恒迪一路回來也在思索，他看著妹妹道：「王蔓如表面上和她不對盤，但王家和耒陽侯府可是姻親，她們兩個也相處了好幾年，她可不一定會幫妳，就算她點頭，也不要輕易地相信。」

「我才不相信她呢！我向她打聽了多少九殿下和丁敏瑜的事情，她一定猜到了什麼，要真是肯幫我或者和我聯手對付丁敏瑜，早就幫我了。」曹彩音也不是草包，她立刻搖頭否認，而後看著曹恒迪道：「我想找的是福安公主，而這個卻需要二哥你幫我，那天公主是怎麼看你的，我相信二哥心裡比我更有數。」

「妳的意思是……」曹恒迪微微點頭，對妹妹能摒除王蔓如、選擇福安公主很是滿意。

「我會找機會見福安公主一面，向她暗示二哥對她不一樣，然後二哥再請她幫個小忙，讓我和九殿下有接觸的機會……我想，福安公主應該不會拒絕的。」曹彩音看著曹恒迪，這一招曹彩音用得很是純熟，不少姑娘因為她是曹恒迪的妹妹對她和顏悅色、刻意交好，甚至退讓一二，她相信這一招對福安公主一樣很有用。

「不行！」曹恒迪想都不想就搖頭，道：「那是公主，和一般的姑娘可不一樣，要是弄巧成拙，她或者嫻妃娘娘直接以此為由，求了皇后或者皇上指婚，那可就糟了。我可不想尚公主（注），那不但斷了妳嫁給皇子的路，也會誤了我一生，絕對不可以。」

「就她？太妃不是說了嗎，福安公主和嫻妃娘娘一個樣，說得好聽是不沾事、不惹事，說難聽些不過是膽小怕事，什麼事情都不敢出頭。要不是皇后照顧，她們早就不知道成什麼樣子了，她們恐怕沒有那個勇氣開口求皇上指婚吧！」曹彩音冷哼一聲，道：「我唯一擔心的是，就算找了她，她卻不願意幫我的忙。」

「萬一呢？」曹恒迪搖搖頭，道：「我們可賭不起那個萬一！」

「那你有什麼好辦法？」曹彩音有些惱，今日的事情讓她有些沒耐心了。

「我當然有更好的辦法！」曹恒迪自信滿滿地道。「這樣，妳找機會和福安公主見見面，然後……」

曹恒迪的話讓曹彩音的眼睛越來越亮，等他話說完，她已經是滿臉的笑容了，一邊笑一

注：尚公主，意指與公主結婚。「尚」在此有仰攀婚姻之意。

邊點頭，道：「還是二哥厲害，就照你說的這麼辦！唔，我這就去找娘，讓她給太妃傳個信兒，我一定要趕在丁敏瑜生辰之前進宮一趟！」

「娘娘！」敏瑜滿臉不依地看著笑得前俯後仰的皇后，小嘴噘得老高，一副小女兒的嬌態，哪裡還有平日的穩重。

「好、好，不笑妳便是！」敏瑜的嬌嗔皇后很是受用，她臉上是毫不掩飾的寵溺，說不笑話她，卻又忍不住地打趣道：「本宮一直擔心妳性子好，被小九欺負。但是現在看來，我們瑜兒滿厲害的，唉，妳說，本宮是不是該擔心小九被妳欺負了呢？」

「娘娘啊……」敏瑜的臉紅得都快能滴出血來了，人也坐不住了，起身，又羞又惱地跺著腳，威脅地道：「您要再笑人家的話，人家可就要躲出去哭了！」

敏瑜的威脅讓皇后又忍不住地大笑起來，連一旁的宮女都感染了皇后的好心情，臉上紛紛露出笑意，敏瑜見皇后眉宇間的凝重消散了一些，便也跟著笑了，坤寧宮裡的氣氛似乎都跟著輕鬆起來。

好一會兒，皇后才笑著道：「妳這頑皮丫頭，是不是小九特意讓妳進宮來陪我說笑的？」

敏瑜皺皺鼻子，又可愛、又嬌俏，道：「才不是呢，是敏瑜好久都沒有來給娘娘請安，想娘娘，也想娘娘這裡好吃的了，所以特意以請安為由，騙吃騙喝……哎喲，我怎麼說出來了！」

敏瑜這番話帶了些許的賴皮，皇后聽了心裡很是歡喜，更帶了股暖意，知道定然是自己最近的情緒不佳，讓愛子發現了，他才會特意讓敏瑜過來陪自己說笑一番，也就敏瑜敢在她面前這般地撒嬌賣癡，還不會讓她心生反感和戒備了。

「原來是嘴饞了，本宮還以為是特意來告狀，想求著本宮為妳出頭，狠狠地喝斥曹家那個不知道天高地厚的丫頭呢！」皇后娘娘眼中閃過一絲冷意，曹家還真是會打如意算盤，可是他們似乎忘了，他們算計的是自己的兒子和打小就看著長大、預留的兒媳，他們真以為自己是死人嗎？

「娘娘，敏瑜還沒有沒出息到連對付曹家兄妹這樣的都需要您為敏瑜出頭的地步吧？會哭鼻子、找大人出頭的另有其人才對！」敏瑜嘟著嘴，爾後又眼睛眨巴眨巴地看著皇后。「您可不能讓那老的出頭找敏瑜的麻煩啊，敏瑜還是小孩子，可擋不住那種萬年老妖精啊！」

「沒規矩，說誰是萬年老妖精呢？」皇后不是很認真地喝斥一句，卻又給了敏瑜一顆定心丸，道：「妳這個鬼丫頭，就把擔心放回肚子裡去吧！有本宮在，看誰敢動妳！」

「敏瑜就知道，娘娘最好，最疼敏瑜了！」敏瑜甜甜地笑著，而後又帶了狡獪地看著皇后，道：「娘娘，明天可是敏瑜的生辰，您這麼疼敏瑜，早給敏瑜準備好禮物了吧？」

「就妳這丫頭臉皮厚，敢伸著手向本宮要禮物。」皇后無奈地搖頭，卻又笑道：「明日本宮會讓嵐娘專門跑一趟，給妳送生辰禮物，這該行了吧？」

「好啊、好啊！」敏瑜連連點頭，然後又眼巴巴地道：「娘娘給敏瑜什麼呢？能不能透露一下呢？敏瑜很好奇呢……」

敏瑜一連串的話讓皇后臉上的笑容壓都壓不住，除了敏瑜之外，只有九皇子偶爾會在她面前這般耍寶、逗她開心。別人，哪怕是大皇子的那幾個不過五、六歲的孩子都不敢這樣，更別說其他的皇子、公主了。

「本宮還有些事要處理，妳先到處逛逛，晚點再回來陪本宮用膳。」皇后倒真的是更願意和敏瑜說說話，但是想到堆積的宮務，卻不得不放棄這個誘人的念頭。

「嗯！」敏瑜重重地點點頭，笑道：「敏瑜就去給嫻妃娘娘請安，和公主說一會兒話，晚些再回來找娘娘討吃的。」

「去吧、去吧！」皇后點點頭，立刻有宮女陪著敏瑜一道去了，看著皇后明顯輕鬆了的神色，她身邊的嵐娘笑道：「還是瑜姑娘有辦法，不過是陪娘娘這麼說說話，娘娘這氣色就見好了。」

「瑜丫頭都綵衣娛親了，本宮這氣色還能不好嗎？」皇后輕輕地搖搖頭，道：「通知小廚房，準備幾道瑜兒愛吃的菜，這小丫頭一向嘴饞得緊，要是吃不好的話，還不知道那張小嘴會抱怨些什麼呢！」

「也就瑜姑娘有這麼大的膽子了。」嵐娘笑著點點頭，立刻有宮女去交代了，敏瑜這些年時常在坤寧宮用膳，她喜歡吃什麼，小廚房的廚子清楚得很。

「她啊，也就是為了逗本宮開心才這樣，否則那麼知道輕重分寸的好孩子，又怎麼偏偏在本宮這坤寧宮這般地活潑呢！」皇后笑著道。

「敏瑜，聽說妳和曹家兄妹在大庭廣眾之下起了口角？」福安公主說這話的時候眼神有些閃爍，也沒有像往常一樣直視敏瑜的眼睛。

「公主是聽曹彩音說的吧？」敏瑜心裡透亮，她今日進宮除了受九皇子所託，跑到皇后跟前逗她開懷以外，也想順道看看曹彩音有沒有特意跑到福安公主面前哭訴。

那日福安公主的異樣曹彩音想必也清楚，她利用姑娘們對曹恒迪的好感已成了習慣，定然不會放過這個機會。她比較想知道的是，她會怎麼對福安公主哭訴，會說她對九皇子心生愛慕嗎？要是那樣的話就好玩了，福安公主心儀曹恒迪，要是幫她，無疑是給自己添麻煩；要是不幫，定然又擔心會因此讓曹家印象不好，還不知道會左右為難成什麼樣子呢！

福安公主微微一滯，但馬上就恢復正常，笑道：「前兩日曹太妃召我過去陪她說話解悶，正巧遇上了進宮給她請安的曹彩音，無意中聽她說起這件事情……」

無意？應該是特意說給福安公主聽，想讓福安公主為她出頭的吧！敏瑜心裡冷笑，臉上也帶了不高興的神色，道：「她還有臉說這個！那日曹家詩會一再的刁難人，我就想著冤家宜解不宜結，沒有和她一般計較了。可是她倒好，不但不知道收斂些，還變本加厲地纏著不放，想在博雅樓那種人來人往的地方給我潑髒水……公主，您說我能忍嗎？」

「她也不是故意的，妳也別生氣了。」福安公主原本想要說敏瑜幾句，但被敏瑜這麼一抱怨，立刻將到了嘴邊的話換了。「再說，她也知道自己的舉動有些不妥，已經後悔了……」

敏瑜輕輕一挑眉，看著福安公主，沒有說話。

「那個……」福安公主輕輕地咬了咬下唇，略有幾分遲疑地道：「敏瑜，妳對彩音可能有些誤解，其實她人也挺好的，妳就原諒她一次吧！」

「過去的事情就讓它過去好了。」敏瑜爽快地點頭，反正她沒有吃虧，也不打算和曹彩音再有什麼交集，給福安公主一個順水人情也不錯。

敏瑜答應得這般爽快，卻讓福安公主心裡帶了些陰影，她勉強地笑笑，道：「彩音知道明天是妳的生辰，拜託我跟妳說一聲，要一張請柬。妳看，妳是不是看在我的面子上，給她送一份請柬過去呢？」

這曹彩音又想玩什麼花樣？敏瑜心裡思忖著，臉上卻帶了滿滿的不情願，道：「公主，不是不想聽您的，可是……我對曹彩音實在是膩歪得很，覺得這個人莫名其妙地就對我帶了敵意，曹家詩會是這樣，那日博雅樓遇見也是這樣，萬一明日去了，還這樣……我可不想因為她毀了自己的生辰宴。」

敏瑜變相的拒絕反倒讓福安公主舒了一口氣，她笑著道：「我也就這麼一說，要不要給她請柬全在妳，我可不管那麼多，反正她也只是拜託我和妳打聲招呼，可沒有說非去不可。」

「謝公主體諒。」敏瑜心中猜度著曹彩音葫蘆裡到底在賣什麼藥，嘴上也沒有閒著。「我們這麼好的姊妹，怎麼能為難妳呢！」福安公主順口說了句，然後又帶了幾分羞澀地道：「敏瑜，曹恒迪妳見過好多次了，妳覺得他這個人怎麼樣？」

福安公主問起曹恒迪，這讓敏瑜心裡微微釋然，想必公主已經做了取捨，所以才只是淡淡地提一句。如此看來她對曹恒迪的好感是越來越深了，不知道曹家若知曉此事會是什麼感想呢？

心裡一邊想著，敏瑜一邊笑著道：「曹家玉郎自然是不錯的，長得玉樹臨風不用說，難得的是人才好、文采好，口碑也不錯，這樣的翩翩少年郎可不多見！」

嘴裡雖然說的都是好話，但敏瑜心裡想的卻都是「繡花枕頭」之類的形容詞，對這個曹家玉郎，她真的是沒什麼好感；曹彩音的心思曹家人定然清楚，曹恒迪肯定也不例外。看他配合著曹彩音攔截自己就知道，他心裡一樣存了讓妹妹成為皇子妃好提攜自己的念頭。這樣的男人就算有才華，想必也十分有限，不過也正好，要真是那種才華橫溢的，尚了公主豈不更可惜！

敏瑜的話卻讓福安公主的心沈了下去，想起了曹彩音滿是委屈的哭訴——

「都是因為二哥聽說丁家姑娘棋藝高超，想要見識一番，才讓我出頭邀請，也才有了詩會上一再試探的事情，結果呢？他是如願了，我卻遭了丁敏瑜誤解。他對丁姑娘一見傾心、驚為天人，不但打聽她的行蹤，還拉著我作陪，想和丁姑娘來個不期而遇，結果呢？卻還是我遭人誤解。現在，他卻還要逼著我找丁敏瑜道歉……」

想到自己心儀的男子對敏瑜一往情深，而敏瑜對曹恒迪也是好感十足，福安公主就再也不能保持平常心了……

第四十三章

敏瑜長到這麼大第一次舉辦生日宴會，第一次邀請那麼多相識已久或是剛剛認識卻覺得投緣的朋友上門做客，受邀而來的賓客中除了名門閨秀之外還有福安公主，然而丁夫人卻也並未因此刻意將宴會辦得特別隆重。

姑娘們剛下馬車，一直等候在二門上的敏瑜便將她們迎進來，請至暖閣小坐。

王蔓青帶著敏玥在暖閣招呼眾人，暖閣裡準備了諸如投壺這類姑娘們喜愛的小遊戲。桌上擺滿了時鮮的果子、精緻的小點心，以及耒陽侯府秘製的小吃食，雖不奢華卻簡單精緻，透著溫馨、隨興的感覺。倒讓姑娘們覺得這樣挺好，認識的自然湊在一起說說笑笑，素不相識的也能在相互介紹之後漸漸熟絡起來。

「敏瑜，妳真的在博雅樓當著那麼多人面前，一點面子都不給地怒叱曹家兄妹？」石倩倩的眼中帶著不可置信和驚嘆，兩人自從相識之後就一直保持聯繫，敏瑜待她雖然不像和王蔓如那樣親密無間，但相處得也極好，說話也是直來直往。

「這個我知道！」不等敏瑜回答，在曹家詩會上認識的方婉婷就笑著接過話。「那天我剛好也在博雅樓，親眼看到敏瑜理直氣壯地將曹彩音和曹恒迪兄妹狠狠地斥責了一頓，最後還讓曹彩音保證，以後見著她繞道走！」方婉婷的眼睛亮晶晶的，一張俏臉帶著炫目的光彩，發自內心的讚嘆道：「敏瑜實在是太威風了，就那麼一點都不客氣地用話將曹彩音逼得哭了出來，曹恒迪想要護著曹彩音，也被她質問得無言以對……」

和京城眾多閨秀一樣，方婉婷對曹恒迪也頗有好感，也曾經幻想過嫁給這位風度翩翩的曹家玉郎。但那天之後，她便覺得曹家玉郎不過如此，更將敏瑜視為了英雄，看敏瑜的眼神都透著讓敏瑜哭笑不得的敬佩。

「敏瑜，妳怎麼能那樣對曹恒迪說話呢？我怎麼就沒有妳這樣的勇氣呢？」張玲瓏的語氣透著一種驚嘆，和方婉婷一樣，她的眼睛也是閃亮得不得了，她帶了幾分懊惱和不好意思地道：「有好幾次，我都被彩音擠兌、拿捏得冒火了，可是到最後，卻還是只能服了軟……唉，有的時候我都覺得自己挺沒出息的。」

「妳還不錯了，起碼彩音會看在妳們同時被譽為京城四絕才女的情分上，對妳稍微客氣一些。我呢？用得著的時候一口一個明珠叫得親熱；用不著的時候下巴抬得高高的，彷彿我非要巴著她一般！」一旁的郭明珠也抱怨了句，和張玲瓏一樣，她也擅長棋藝，曹家詩會上對敏瑜就分外的親熱，之後更熱情地邀請敏瑜上郭家做客。敏瑜雖然婉拒了，但也起了結交的心思，便也請了她。

「妳本來就很巴結她好不好！」王蔓如一貫地開口就沒有好話，她輕哼一聲，道：「要不是因為妳們一個個慣著她，她能越來越囂張、越來越目中無人嗎？她怎麼不敢拿捏我？」

「是啊，彩音好像對妳一直都挺客氣的。」張玲瓏後知後覺地瞪大了眼睛，她和王蔓如來往得不少，說話間也透著自己人的味道。

「因為我從來就不覺得曹恒迪有多麼出眾、多麼了不起，連在他面前表現一二的心思都未曾有過，又怎麼會因為他而買曹彩音的帳呢？」王蔓如對曹恒迪一點都看不上，她又哼了哼。「曹彩音人聰明，眼睛也毒辣得很，哪個起了心思想要給她當二嫂、哪個對她的玉郎二哥傾慕不已，她心裡清楚著呢！起了心思的，她自然要利用、要拿捏；但是像我這樣的，她敢拿捏一次試試，我就算不會像有些人那麼大發神威，也不會給她好臉色看，她自然不會自討沒趣了。」

王蔓如這番話有些刻意，她是故意說給福安公主聽的，聽說了博雅樓發生的事情之後，她就和敏瑜想到了同一處，想著曹彩音定然會利用福安公主對曹恒迪的一見傾心作文章。

「蔓如，妳真的就沒有對曹恒迪起過愛慕之心？」張玲瓏眼睛瞪得大大的。「我們一直都以為妳是裝的，想用這樣的手段引起曹恒迪的注意呢！」

「我為什麼要對他起愛慕之心，他有什麼好的？」王蔓如反問道。她不能理解，為什麼那麼多姑娘都愛慕曹恒迪，彷彿京城就他一個好男人一般。

「他長得那麼俊俏、那麼瀟灑、那麼溫文儒雅，出身好、文采好、脾氣好……簡直就是完美的！」郭明珠很佩服敏瑜，樂意和她親近，卻也沒有放棄對曹恒迪的愛慕之心，那原本就是一點都不衝突的兩回事，不是嗎？

郭明珠的話引起了福安公主的共鳴，她也覺得曹恒迪無一不好，謫仙也不外如此，同時她對郭明珠卻也生出些厭惡，覺得她在覬覦自己情郎，只是相比之下，她更忌諱敏瑜。

「那又怎樣？京城裡長得比他好、比他更灑脫不羈、出身更好、更有才華的那麼多，我為什麼要愛慕他呢？」王蔓如一點都不淑女地翻了個白眼。京城是什麼地方？比他曹恒迪強的多了去！只不過人家沒有像他、像曹家那樣，恨不得全天下的人都知道而已！

王蔓如的直言不諱讓郭明珠一滯，郭明珠自己是長女，但家中有一個十分疼愛、也竊以為十分出色的弟弟，被王蔓如這麼一說，倒也不好反駁了。

和王蔓青坐在角落上輕聲說笑的許珂寧眼睛一亮，笑道：「蔓如這丫頭還真是越來越不錯了，她要是再收斂一些，別總有意無意地說酸話，定然成為京城最出色、最引人矚目的淑媛之一。」

王蔓青看著王蔓如的目光中也帶著驕傲，卻並不贊同許珂寧的話，她輕笑著道：「對我們這樣的人家而言，像她這樣就已經夠了，再往前一步……」

王蔓青沒有把話說下去。她覺得王蔓如這樣正好，要再進一步，對她未必是件好事。

許珂寧微微一怔，帶了幾分恍然。是啊，王蔓如不是長女，現在如此已經夠了，找個門當戶對的人家，正好可以和和美美地過日子。要是再進一步，引起更多人注意，上門說親的人家難免會更多，條件也會更好。高嫁固然可喜，卻未必幸福，現在這樣真的是恰恰好！

這一刻，許珂寧心裡除了嘆服之外，更多了一些酸楚。想起了當初自己處處爭強好勝時，母親眼中的憂心忡忡，總是一個勁兒地說自己，姑娘家不要那麼好強。可是自己卻聽不進去，總覺得自己那樣做是對的，是為父母爭氣、為許家爭光……她忍不住地想，要是自己當初聽得進去這些苦口婆心的話，是不是能像眼前的王蔓青一樣，找個或許不是特別出眾，但各方面也都過得去的丈夫，過自己悠哉的小日子呢？

「妳不喜歡曹恒迪這樣的，又喜歡什麼樣的呢？」張玲瓏笑嘻嘻地湊過去，一臉興味地看著王蔓如。

「這個啊……」王蔓如賣了一個關子，將大家的好奇心都挑起來之後，又壞笑一聲，道：「我也不知道啊！」

脖子都等長了的幾個姑娘哪裡肯接受這個答案，撲上去對著王蔓如又是鬧又是掐的，嬉鬧起來。

敏瑜不但沒有參戰，還拉著福安公主退遠了兩步，生怕她們一個不小心誤傷到了福安公主，福安公主雖然沒有拒絕，眼中卻閃過一絲不明的光彩。

「哎喲，饒命啊，我不敢了！」一如既往的，王蔓如沒幾下就棄械投降了，她整個人掛在張玲瓏身上，像是沒有骨頭一般。

「看妳還敢作弄我們！」張玲瓏恨恨地又掐了她兩下，而後才道：「老實交代，妳到底喜歡什麼樣的？我才不相信妳真的不知道！」

「說實話，我還真沒有想這麼多。」王蔓如偏著頭，道：「父母長輩疼愛我們，沒有拘著不讓出門，但婚姻這樣的終身大事，再怎麼疼愛，也不會由著我們的性子來。與其將來嫁一個和自己想像中不一樣的，還不如什麼都別去想，好好地玩玩鬧鬧……我們可都不小了，像這樣可以隨心所欲過日子的時間可不多了，別為了什麼莫名其妙的人浪費了光陰。」

王蔓如的話讓暖閣中的氣氛微微一冷。是啊，她們都不小了，前幾年年幼，整天地學這個、學那個，琴棋書畫、為人處世、女紅管家、規矩禮儀，連玩鬧的時間都少有，更不可能像現在這樣整日的出門和一群身分相當的姑娘嬉鬧。

現在家人放縱著她們這般玩鬧，除了想要補償那些無趣的歲月之外，何嘗不是因為她們都已經不小了，很快就要定親、成親，為人妻、為人母，而到了那個時候，她們就更沒有任性的權利了。

「好了，不說那個！」石倩倩很快地從這種略帶些低迷的氣氛中掙脫出來，她笑嘻嘻地看著退開的敏瑜，道：「敏瑜啊，蔓如沒有想過將來要嫁什麼人，妳呢，想過沒有？」

「我……」敏瑜沒有想到石倩倩會問起自己，她自然不能說皇后和丁夫人已經有了默契，她微微一笑，道：「我啊，我和蔓如一樣，也沒有想過這個問題……哼，這屋子裡，除了我四妹妹之外，我最小，等妳們都嫁了，我再慢慢想這個也不遲啊！」

敏瑜的話引來一陣笑罵聲，好一會兒，張玲瓏才遲疑地道：「敏瑜，彩音前兩天約了我們幾個一起喝茶，主動說起那天的事情，還說……還說……」

「還說什麼了？」石倩倩有些著急地問道，她和張玲瓏等人交際的圈子不一樣，雖然或多或少都聽說過對方的名字，卻是第一次見面，她恨恨地道：「是不是不服氣，還想找敏瑜的麻煩？」

「這個倒不是。」張玲瓏輕輕地搖頭，道：「她說曹恒迪那日之後一直和她誇敏瑜，說敏瑜和素日見到的姑娘都不一樣，颯爽英姿，頗具大家之風……她說了很多又酸又抱怨的話，還說曹恒迪甚至已經起了念頭，想要說服父母上門提親……敏瑜，要是曹家上門提親，你們家會點頭嗎？」

敏瑜的餘光沒有錯過福安公主有些僵硬的臉色，和眼中閃過的嫉妒與寒意，她心裡輕嗤一聲，臉上卻帶著笑，十分肯定地道：「絕對不會！」

「真的？」張玲瓏半信半疑地看著敏瑜，要換作自己一定會忙不迭地點頭同意，敏瑜真的一點都不動心嗎？

「當然是真的！」敏瑜心裡惱恨曹家兄妹給她找麻煩，說話也就不客氣了，她直接道：「曹恒迪可不是什麼良人，家父、家母心疼我，萬萬不會將我嫁給這樣的人家，否則豈不是要害我一輩子不幸福嗎？」

呃？這又從何說起？

「玲瓏一定想不通我為什麼會這樣說吧？」敏瑜招呼大家坐下喝茶，而後笑著道：「這個啊，我還真不是胡說，可是有理有據的。」

「那說來聽聽，要是說服不了我們，我們可是不放過妳的！」郭明珠瞪大了眼睛道。

「其一，說曹家玉郎有才，可是誰能說出他的才華出類拔萃在什麼地方？文采嗎？他今年都十六了，卻連下場（注）都不曾，傳出來的也不過是幾句詩文，能有多少文采？他每日就和一幫公子哥兒喝酒飲茶取樂，沒個正經的差事不說，連去領差事的舉動都未曾有……這樣的人就算真有才，也有限得很。」敏瑜不客氣地道。「我大哥在這個年紀已經領了差事辦差，整天累得回到家就恨不得趴下；而他呢，還在整天地玩鬧嬉戲，這樣的男人能有多大的出息？不過又是一個依靠祖蔭的官宦子弟罷了！」

「可是……」郭明珠本能地就要反駁——曹恒迪哪有那麼不中用啊！

「明珠想說大家都一樣，對他也別太嚴苛了，對吧？」敏瑜了然地看著郭明珠，截過她的話。「可是，明珠可曾想過，別人不是什麼名噪京城的曹家玉郎，自然不用苛求。而他……既然沒有那樣的本事，為什麼要把名聲哄抬得那麼大呢？若非沽名釣譽，就是另有所圖。」

「這話我覺得在理！」不等郭明珠幾個對曹恒迪有好感的小姑娘反駁，一旁的許珂寧就涼涼地來了一句，表示對敏瑜的贊同，而她開了口，郭明珠幾人也就沒有說什麼了。一旁福安公主的眼神則冷了下去，對這般評價心上人的敏瑜也多了些不滿。

「其二，曹家的家風可不怎麼樣啊！妳們先別忙著反駁，我可不會誣衊曹家。」敏瑜繼續道。「曹家大少爺兩個月前鬧出的事情，大家應該都沒有忘記吧！說起來，納妾不過是細枝末節的小事，除了少數家風極為嚴謹的人家，有幾家沒有個妾室、通房？可是，像曹家大少爺這樣，大張旗鼓地把青樓女子往家裡抬的，除了胡鬧之外還能說什麼？我幾個哥哥，別說是做這樣的事情，就算起了這樣的心思，家父、家母恐怕就要請家法了，哪能容忍這般胡鬧！」

「那是曹大郎的事情，和曹恒迪有什麼關係？」郭明珠嘟囔著，氣勢卻也蔫了不少，因為這件事情，讓已然被她磨得無法、想去曹家探探口風的母親立刻轉了態度。

「其父必有其子，其兄必有其弟，誰知道曹恒迪將來不會有樣學樣？」敏瑜輕輕一挑眉，道：「雖然不知道曹大人年輕的時候怎樣，但曹家有那麼多的庶女，看來也是一個風流人物，這樣『家學淵源』的人家，避著點沒錯。」

「這個我贊同！」王蔓如知道敏瑜是想透過眼前這些姑娘的嘴巴狠狠地反擊一記，她配合地道：「聽我娘說，曹家老夫人當年最愛的就是往兒子房裡塞人，因為這個她和曹夫人宋氏的關係鬧得很僵。而曹夫人對往兒子房裡塞人也很熱衷……咳咳，玲瓏，妳見過彩音身邊的丫鬟了吧！是不是覺得長得不怎麼樣，也不夠伶俐？我告訴妳們啊，曹府生得最好、最伶俐的丫鬟，都在曹夫人和曹家大郎、二郎身邊侍候。」

王蔓如沒把話說透，但所有姑娘都明白其中涵義，心頭不約而同地轉過一些念頭。

郭明珠則勉強地笑笑，道：「其實這個也很正常，就算是尚了公主的駙馬也會有兩個沒有名分的丫鬟，更別說一般的男子了！」

「可是我大姊夫，敏瑜的大哥就沒有，丁伯母更提都沒有提過往他們房裡塞人的話！」

注：下場，進場參加考試或競賽。

王蔓如說到這裡的時候滿心羨慕。

郭明珠這一次沒有再笑，王家的大姑娘嫁進耒陽侯府兩年卻一點動靜都沒有的事情不是什麼秘密。有笑話丁夫人的，說她為長子挑了個肚子不爭氣的也就算了，畢竟王家的家世在那裡；但是兒媳婦沒個動靜，卻不知道拿捏一下，就是她這個當婆婆的沒本事了。然而有更多人卻在暗中打聽耒陽侯府另外幾個少爺的情況，誰家沒個如珠似寶的姑娘，誰不希望女兒將來遇上個這樣的婆婆？

「其三，有曹彩音這麼一個慣會拿捏人的妹妹！現在還什麼都不是，就知道這樣的拿捏人了，要是進了他們曹家的大門，還不被小姑子欺負死？」敏瑜冷冷一笑。「那天我也說了，哪家的姑娘不是被家人如珠似寶地嬌養著，憑什麼她曹家的就要嬌貴幾分，憑什麼就得讓著她曹彩音？又為什麼要去受這個窩囊氣呢？」

這些姑娘都是嫡出、都是被家人捧在手心裡的，敏瑜最後這番話還真是說到了她們心裡。以前沒有想這麼深，只覺得曹恒迪極好，為了曹恒迪容忍一下曹彩音也沒有什麼大不了的。但是經敏瑜這麼一說，卻也覺得她的話很有道理，對曹恒迪的心思莫名地也淡了些，她們畢竟還不是那種只知道風花雪月的姑娘。

「最後，也是最重要的一點——曹家，尤其曹恒迪的心思大得很，他們決計看不上耒陽侯府這樣的出身！」敏瑜沒有掩飾臉上的不屑和冷意，道：「曹家費盡心思地為曹恒迪營造出了偌大的名氣，讓認識的或不認識的姑娘只看得到曹家玉郎，曹恒迪也一直表現得那般好，為的是什麼？」

「妳覺得曹家是為了給曹恒迪找一個高門貴媳，所以才這樣？」王蔓如臉上滿是不相信地配合著敏瑜，卻一語道破了曹家的心思。

「要不然呢？」敏瑜一點都不相讓地瞪了回去，道：「曹恒迪都十六歲了，卻還沒有定親事，不就是為了這個嗎？」

「妳說得好像也有道理！」王蔓如裝出恍然的樣子，然後又頂回去道：「但耒陽侯府的門楣也不低……」

「妳別說這些個酸話！」敏瑜一點都不客氣地回了一句。「我看啊，曹家所想的至少也得是個縣主。當然，要是能攀上郡主甚至公主，曹家一定會更樂意。」

「那曹彩音為什麼放這樣的話出來？難道就不擔心引起什麼誤會嗎？」張玲瓏不知不覺中已經認可了敏瑜的推測。並非因為敏瑜的這些話，而是她母親為了成全她的心思，曾經私下探過曹夫人的口風；當然，她不會直接表明結親的意願，只是開玩笑地說不知道什麼樣的人家才配得上曹家玉郎這般人才。曹夫人當時很是傲然，說她的寶貝兒子就算是金枝玉葉也是配得上的。

那些話加上敏瑜的分析，她心裡自然亮堂了起來。

「還能為什麼?!」敏瑜撇撇嘴。「定然是上次吃了虧，不敢當面找我的麻煩，擔心又吃掛落，所以就想放這樣的話出去，讓那些對曹恒迪心生愛慕的姑娘給她當槍使了唄！」

說到這裡，一直留意福安公主的敏瑜察覺到她握著茶杯的手微微地緊了緊，心裡才鬆了口氣。她相信福安公主不是傻子，定然明白曹彩音的用意……唉，只是不知道她明白之後會作出什麼選擇呢？

「敏瑜，妳到底和彩音有什麼矛盾，怎麼會……」張玲瓏有些不明白，在曹家詩會時她就發現曹彩音刻意地針對敏瑜，那個時候就很納悶了。

「我和她以前素不相識。」敏瑜輕輕地搖頭，而後看著王蔓如，故意懷疑地道：「是妳替她送請柬的，也是妳替我回絕的，是不是妳說了什麼不好聽的話？」

「喂，妳可別亂說話、亂冤枉人！」王蔓如立刻像被踩了尾巴的貓一樣跳了起來，看著敏瑜道：「妳的原話我可是一字不差地轉述給她了。雖然我看不得妳，但我們兩個好歹也是同窗，我不至於胡亂地給妳樹敵。」

「不是就不是，至於這麼激動嗎？也不知道是擔心別人冤枉妳，還是擔心被人看穿了什麼……」敏瑜飛快地朝著王蔓如使了個眼色，忽然覺得兩個人表面不和似乎也挺好。她悶悶地道：「那我就更不明白了，她為什麼一再地針對我，就像我和她有什麼深仇大恨一般……」

王蔓如配合地道：「那就得妳自己慢慢找原因了……」說到這裡，王蔓如臉上卻又帶了幾分幸災樂禍，笑道：「我可聽說，曹家妄想讓曹彩音嫁給皇子……敏瑜，妳可得小心了，曹彩音要真的成了皇子妃，一定會把新仇舊恨討回來的！」

曹彩音想嫁給皇子？福安公主微微一怔，這樣的心思曹彩音倒還真沒有在她面前透露過一絲半點。曹彩音知道，要是福安公主知曉自己的心思，必然會起戒心，也不一定能夠被自己利用了。

福安公主雖然養成了和嫻妃一樣凡事高高掛起的性子，但也玲瓏剔透，立刻明白前幾日在宮裡遇見曹彩音不是偶然，也明白曹彩音的話不可盡信——這麼一瞬間，就猜到了曹彩音想嫁的定然是九皇子，也猜到了曹彩音必然從曹太妃那裡聽說了些什麼，所以才一而再地針對敏瑜。

想通了這些，福安公主心裡對曹彩音多了些惱怨，但對敏瑜的忌憚卻沒有稍減；心中更在想，萬一曹家為了給曹彩音平鋪青雲之路，說不定還真的會上門求娶敏瑜。想到這裡，她看敏瑜的眼神都帶了幾分凌厲。

敏瑜一直小心地留意著福安公主，她的眼神變化，敏瑜自然察覺到了，她心裡暗嘆一聲，嘴上卻不讓人地回道：「那也要看她能不能當上皇子妃啊！」

看著鬥雞似的兩人，福安公主輕咳一聲，道：「好了，妳們兩個也別鬥氣了。蔓如，今天可是敏瑜的生日，妳就讓著她一些吧！」

「那好吧！」王蔓如原本就沒有和敏瑜鬥下去的打算，福安公主這麼一說，也就順勢改了態度，但也沒有和敏瑜坐在一起，而是笑盈盈地找許珂寧和王蔓青說笑去了。暖閣很快恢復了之前的熱絡氣氛，但所有人的心裡卻都藏了事情……

第四十四章

「這是在做什麼呢？」滿腹心事的丁夫人走進敏瑜的院子，卻看到女兒正坐在院子裡那棵紫藤花樹下繡花，那沈靜的樣子一點都不像個年僅十四歲的姑娘。

「娘，您怎麼來了？」聽到聲音的敏瑜一邊抬頭、一邊順手將手上的繡活放到身邊的籮筐裡，起身迎上來，扶著丁夫人坐下，等秋霞拿來杯子之後，親手為丁夫人倒茶。

喝了一口女兒親手倒的蜜桔茶，丁大人才笑著問道：「沒有什麼事情，就過來找妳說說話。妳正在做什麼呢？」

「給娘娘做幾雙鞋襪，您也知道，娘娘這一、兩年來總是誇我做的鞋襪合腳……」敏瑜淺笑著回答。

自打兩年前她心血來潮給皇后做了鞋襪之後，皇后時不時地就故意誇她兩句，而皇后身邊的嵐娘也說過，皇后在寢宮裡穿得最多的就是她做的鞋襪了。所以她一有時間就會給皇后做鞋襪，比給丁夫人和丁培寧做的還要多。好在敏彥成親之後他身上所有的東西都由王蔓青給包了，自己只是每年給他做一身衣裳就好，要不然她還真不知道能不能忙得過來。

「她那是變著法子支使妳呢！」丁夫人笑著搖搖頭，埋汰了皇后一句。「她想穿雙合心合意的鞋襪還不簡單？不知道有多少人鑽頭覓縫地想討好她，但凡透個口風，那鞋襪就能把坤寧宮的庫房給塞滿了。」

「娘娘在那個位置上，怎麼能隨意地透露自己的喜好呢？」敏瑜的話裡帶著自己都沒有察覺到的感慨，或許是因為受了丁夫人的影響，她對皇后除了尊重之外，更多了些不一樣的親近，將她實實在在地當成了自己的姨母。

兩年前，她的繡活總算不再被繡娘挑剔之後，她沒有像福安公主一樣，給皇后繡了據說她很喜歡的「牡丹花開」；而是透過嵐娘，拿了皇后穿過的舊鞋襪，照樣子給她做了幾雙。福安公主的「牡丹花開」得了皇后的讚賞，賞了好幾樣好東西；而她呢，卻不知不覺中攤上了給皇后做鞋襪的差事。不過，她倒覺得這樣挺好，做鞋襪雖然費心一些，但做順手了也就好了；那種大幅的繡畫可就不一樣了，耗時、耗力，更耗神。

「妳這丫頭！」丁夫人搖搖頭，敏瑜有時敏銳得讓她都自嘆不如，但有時候卻又遲鈍得讓人無奈；可如果不是因為她這樣憑著本心做事，也不會讓皇后那麼喜歡她了。

敏瑜朝丁夫人吐吐舌頭，帶了幾分淘氣地道：「娘，我知道您整天都有忙不完的事情，要是沒什麼事，才不會到我這裡閒坐。說吧，到底是什麼事情？」

「妳最近都沒有出門，這是為什麼？」敏瑜這麼問了，丁夫人也就沒有再繞彎子了。對敏瑜，她的教養是很嚴格，極少帶著她出現在社交場合，也不大贊同她和閒雜人等來往——

她是皇后預定的兒媳婦，稍微端著點、藏著點是很有必要的，但她也沒有因此就將她關在家裡；敏瑜隔三差五就會出門一趟，有時候是去買個東西，有的時候是找個安靜的茶樓雅室坐坐；也有時候什麼都不做，只是隨意地坐著馬車走走逛逛，自己躲在車上看人生百態……而對於這些，丁夫人從來都沒有阻止過。

「娘不知道？」敏瑜斜睨著丁夫人，滿臉的不相信，看起來古靈精怪的，讓很久沒有看到她這般模樣的丁夫人忍俊不禁地笑了起來。

「是不想看著自己成為議論的中心，還是不想遇上糟心的人，再出現什麼糟心的事情，被人誤解？」丁夫人自然知道原因，也是為了這個特意過來的。

「都有！」面對母親，敏瑜沒有掩飾自己的想法，她點頭道：「那日我和蔓如刻意配合著說的那些話，現在恐怕都已經傳遍了京城。我想不管是曾經對曹家玉郎心生愛慕的姑娘們，還是曾經嫉妒曹恒迪風光的公子哥兒們，現在可能都在議論這個。一定會有人說我心思深沈，往完美的曹家玉郎身上潑髒水；也一定會有人讚眾人皆醉我獨醒；當然，肯定也少不了各種煽風點火、冷眼旁觀的、還有那種唯恐天下不亂的，現在的京城定然很熱鬧。要是以前，我或許還會出去瞧瞧熱鬧，但是現在……

「娘，我現在可不是那個往博雅樓大門口一站，只要沒有堵住門，就無人認識的路人了，我敢說只要我一出門，定然就有那種有心人知道我的行蹤，偷偷地跟著看我做了什麼，甚至製造各種不期而遇。」

敏瑜口中的有心人可不少，耒陽侯府最近不就多了很多生面孔，一個個盯著耒陽侯府的前門、後門，甚至角落的小門都沒有放過，就等著敏瑜出門呢！

「什麼有心人？」丁夫人看著女兒，心裡全是自豪。她在這年紀的時候可沒有女兒想得這麼多、這麼全面，看來她現在真的只要費心女兒的嫁妝就好，別的都不用多管了。

「想給曹恒迪討公道、踩著我博得曹恒迪另眼相看的；想要在我面前顯示一二、讓我誇兩句，而後踩著曹恒迪出名的；純粹無聊好奇，想看看我到底是何方神聖的——當然，肯定還有曹家人……

「我想，曹恒迪現在一定恨死我了，但他卻不能為自己辯解什麼，最好的辦法就是努力的製造和我不期而遇的機會，然後在眾目睽睽之下明顯地表達他的愛慕。到時候再利用這一點作文章，若能夠讓我的名聲受些影響，讓皇后娘娘不喜，那是最好；再不然，讓心裡已經有根刺的福安公主再多些芥蒂也不錯；最不濟的還能誤導我對他的那些評價，讓人以為我說那些話不過是想藉此引起他的注意，甚至認為我與他已經有了私情，吃醋泛酸與他鬧彆扭……」

敏瑜隨意地聳聳肩，那日之後，她就將那番話會引起的反應都考慮了一遍，她有些煩，卻不後悔自己說過的話。

「妳最在意的還是福安公主的反應吧！」丁夫人輕輕地嘆息一聲。

「嗯。」敏瑜點點頭，道：「皇后娘娘瞭解我，她明白曹恒迪越是蹦跳，就越讓我把他看成跳梁小丑，自然不會誤解什麼；至於誤導其他人，讓人以為我跟他有私情……我也不會給他那樣的機會。唯一擔心的就是福安公主……唉，娘，我真不明白，難道我們這麼多年的相處和友情，還比不上一個只見過一次的男人嗎？那天她的防備和冷意……我也知道，自從馬瑛那件事後，我對她無形中疏遠了些，但是……唉，我都不知道該說什麼了！」

看著女兒難言的傷感，丁夫人輕輕地摸摸她的頭，輕聲道：「是不是覺得有些接受不了？」

「是有一些，也有些覺得意外……別人不知道，但她應該很清楚皇后娘娘的心思，還有九殿下對我的不同，也應該明白哪怕是曹恒迪再出色，我也絕對不能動心。那日的話都說得那麼透了，以她的聰慧應該知道曹彩音在利用她了，可是……」敏瑜輕輕地搖頭，沒有掩飾自己的心灰意冷，道：「我發現，和她越來越不知道該怎麼相處了。」

「福安公主變成現在這樣子，娘倒是一點都不覺得意外。」丁夫人嘆息一聲，反問道：「瑜兒，妳不覺得福安公主現在越來越像一個人了嗎？」

「您說的是嫻妃娘娘吧！」敏瑜明瞭地點點頭，贊同地道：「確實是越來越像嫻妃娘娘了，不光是模樣，就連言行舉止、為人處事也一樣……嫻妃娘娘也是，她好歹是一宮之主、也是有分量的后妃，皇上一個月少說也要到嫻甯宮兩、三趟。可是她呢，卻總是……說得好聽一些，是謹小慎微；說得難聽一些就是小家子氣。哪怕平日關係不錯的人，也從來不會仗義執言一句；自己吃了什麼暗虧也總是忍氣吞聲。宮裡那種地方，她這樣的性子不是擺明了讓人踩的嗎？

「至於福安公主，她好歹也是位公主，皇后娘娘膝下無女，最疼愛的公主就是她，而皇上對她也多有不同，可是卻被嫻妃娘娘生生教出了一般無二的性子。說是寵妃、是得意的公主，可哪有寵妃的氣勢，又哪裡像是得意的公主？」

「這個我們今天不談，我想要和妳說的是另外的事情，一些很多年以前的舊事。」敏瑜的抱怨丁夫人似乎沒有聽進去，她只是幽幽地嘆了一口氣，眼眸也幽深起來，似乎回想到了什麼，好一會兒才道：「妳也知道，高家、嫻妃娘娘出身的林家，還有皇后娘娘出身的霍家，三家算是世交，與妳和蔓如、馬瑛一樣，我們三個也是很小的時候就在一起玩了。我和皇后娘娘最是要好，當年妳外祖母去世時，皇后娘娘還特意到高家陪了我兩個多月……」

「嫻妃娘娘一定避嫌，只是探望兩次就覺得仁至義盡了吧！」敏瑜忍不住地插嘴，說了一句。

丁夫人輕輕地拍了敏瑜一下，卻點點頭，然後又道：「那以後，我和皇后娘娘關係越發的親密，和嫻妃娘娘雖然沒有因此生分疏遠，但卻終究不同了。我們仍舊是好朋友，一起學習、一起出遊、一起闖禍，然後我和皇后娘娘擋在嫻妃娘娘的前面被大人訓責……十二歲那年，先皇為諸位皇子選妃，我們一起在備選之列。」

「這個娘和我提過，還說因為自己的規矩和儀態不夠好，所以落選了。」敏瑜點點頭，這也是丁夫人當年希望她進宮當侍讀，讓她有個更好的學習環境的原因之一。

「可是，娘卻沒有和妳說過，當年落選的不只是娘，皇后娘娘和嫻妃娘娘也一樣。」

丁夫人的話讓敏瑜瞪大了眼睛，這個可真是大出她的意料，她還以為皇后和嫻妃當年都被選中了……

「意外吧？」丁夫人看著敏瑜吃驚的樣子，笑了起來，顯然敏瑜的樣子取悅了她。

「嗯！」敏瑜老實地點點頭，而後又帶了好奇的神色，道：「照這麼說來，皇后娘娘不是皇上的原配……」

「不錯，和聖上不同，先帝爺子嗣並不多，早些年還夭折了好幾個，聖上也是先帝爺登基之後才有的。既是嫡子，又是先帝登基之後得了的第一個皇子，先帝對聖上格外的不一樣。或許是因為先帝爺登基的時候經歷的事實在太多，所以聖上十二歲時便被立為太子，對其餘的皇子要求更十分地嚴苛，連培植羽翼的機會都不給他們。」

丁夫人頓了頓，又道：「當年，說是為諸位皇子選妃，但是明眼人都知道，先帝最關心的是聖上的婚事，另外幾位皇子不過是順帶而已。那年，聖上已經十七歲，而我們都只是十二歲的黃毛丫頭，就算再出色，先帝也絕對不會選擇我們，更別說當時還有一位各方面都更出色的天之驕女了。」

敏瑜瞪大了眼睛，滿臉好奇地聽著丁夫人述說往事。

丁夫人繼續道：「那位姑娘姓閔，出身隴西閔家，是閔家的二房嫡女，她的光彩曾經讓全大齊的姑娘都黯然失色。三歲能誦詩，五歲能作詩，八歲時書畫便名噪京城；沒到十五歲及笄，她便已經是實至名歸的大齊第一才女了。她長得也極美，別說男子，便是我們看了都要自嘆弗如，而後自慚形穢地躲到一邊。這樣的女子已經不能說是天上的一輪皓月，而是那如火的驕陽，再出色的女子見了她，也都只能低下高傲的頭顱。

「那年，她十四歲，也是參選的人之一。當時，所有的人都預測她必然是太子妃，像她這種不管是出身、相貌、才華，還是氣質都無可挑剔的人，若不能被選為太子妃，那麼也就沒有人能榮登那個寶座了。更重要的是，在那之前，便已經有聖上傾心於她的傳聞，更有人說先帝之所以大肆為皇子選妃，就是為了給她造勢。」

「還有這樣的人？」敏瑜的眼睛瞪得更大了，心裡不期然地冒出一個詞——妖孽啊！

「想起了秦嫣然？」丁夫人了然地看著她，而後笑道：「秦嫣然幼年時確實很讓人驚豔，但是和閔姑娘比起來，一個是天上的驕陽，而另一個恐怕連天邊的黯淡星子都算不上，也因為這樣，娘從來就不覺得秦嫣然能夠把我的寶貝女兒比下去。」

「那後來呢？」敏瑜沒有心思將這兩個人作比較，她更想知道的是後來怎樣了。

「毫不意外地，閔姑娘中選，成了太子妃。而為了她，聖上拒絕了先帝為他選的良娣、良媛，專寵於她……」

說到這裡，丁夫人輕聲嘆息，道：「或許因為她實在是太優秀了，先帝居然沒有生氣，而是成全了聖上的心意。那幾年，我們不時地會看到聖上陪著她出宮，他們看起來恩愛非常，人人都說他們是天造地設的一對，也都羨慕他們。」

「可是好景不長，對吧？」敏瑜輕嘆一聲。如果是一般的皇子也就罷了，但是作為將來要成為一國之君的太子，這樣專寵一女，哪怕這女人是他的原配正室，也是不可以的。

「嗯。」丁夫人點點頭，道：「一開始，先帝和先皇后都很樂意見到他們這般恩愛，但是時間長了難免會有別的想法。只是聖上並沒有因此沈迷荒廢了正事，而太子妃的所作所為也實在是挑不出什麼錯，所以便也忍了。等到兩人成親一年多，卻還沒有任何喜訊傳出的時候，先帝和先皇后就都坐不住了，太醫院的太醫一個接一個的進了東宮為太子妃扶脈……太子妃沒有任何不妥，但就是懷不上。先皇后直接為聖上挑選了幾個有宜男之相的女子，趁聖上不在的時候，將她們送進了東宮交給太子妃，讓她說服聖上接受這些女子，太子妃當面拒絕了。」

「她膽子真大！」敏瑜驚嘆起來，別說是皇家，就算是一般的人家，當婆婆的這樣做了，當媳婦的再怎麼不甘願也只能先接下來，然後再尋對策，哪能像這樣啊，這不是將把柄送給別人嗎？

「先皇后大怒，狠狠地斥責了太子妃一頓，甚至還想將她廢了，是聞訊趕來的聖上阻止了這件事情，保住了太子妃。並向先皇后保證，如果他們成親兩年之後，太子妃還不能懷孕的話，一定聽從先皇后的安排。先皇后愛子心切，雖然十分惱怒，卻還是點頭答應了。」

丁夫人說得有些口乾舌燥，停下來喝了一口茶潤潤嗓子，繼續道：「可是天不遂人願，半年之後，太子妃依舊沒有動靜，聖上迫於各種考量，接受了先皇后的安排。東宮多了幾位位分不高的奉儀，一年之後，這幾位奉儀也無一人懷孕。先皇后十分詫異，仔細查探，卻得知了一個讓她勃然大怒的結果，太子從未與幾位奉儀敦倫！」

這個……真是找死啊！敏瑜忍不住地搖頭，不管這位姓閔的太子妃有多好，和聖上多麼的恩愛，又多麼的得先帝夫妻歡喜，出了這樣的事情，她必然討不了好。

「先皇后一氣之下病倒了，病得極重，她心傷欲死，太醫為她熬製了藥，也不願服用，一心求死。聖上跪在床前百般祈求，先皇后只有一個條件，那就是要他和東宮的奉儀行夫妻之禮，更為他選了幾位出身更好的女子，皇后娘娘便在其中。」丁夫人輕嘆一聲，道：「聖上在心愛的女子和孝道面前，沒有了選擇，皇后娘娘幾人進了東宮半年之後，便有三人傳出了好消息，其中也包括皇后娘娘。

「這個消息讓先帝、先皇后大感欣慰，也讓原本就傷心欲絕的太子妃和聖上的矛盾更深，她和聖上的恩愛已不復存在；兩人不見面的時候相互想念，見了面卻又相互傷害。某一天，和太子妃大吵一頓的聖上憤而出宮，偶遇嫻妃，而後不知道怎地，有了首尾，半個月之後，嫻妃進了東宮，成了太子承徽，比皇后娘娘的良娣低了一等。」

丁夫人搖著頭，道：「這件事情對太子妃影響不小，畢竟另外的女人還能說是先皇后安排和逼迫的，而她卻……所以，太子妃對嫻妃很不喜歡，不止一次地訓斥她，而每次皇后娘娘都為她求情、護著她。」

嫻妃娘娘也太……敏瑜搖頭，她才不相信這件事情是偶遇這麼簡單。如果嫻妃無心，就算碰到聖上，她也未必能夠認得出來他是誰；就算認出來了，也應該避開，畢竟男女有別……要說嫻妃沒有算計，她是絕對不相信的。

「其實對此皇后娘娘心裡也是有疙瘩的，很久之後，她才和我說，其實她早該看出來嫻妃對聖上有意。她進了東宮之後，嫻妃曾經以探望她為藉口去了東宮好幾次，還有意無意地打聽聖上的事情……」丁夫人搖搖頭，道：「不管怎麼說那都是自己好姊妹的丈夫，嫻妃娘娘這樣做實在是太不地道，也太讓人心寒。」

「娘想說的是有其母必有其女，福安公主為了曹恒迪，懷疑我、疏遠我，甚至算計我都很正常，對嗎？」敏瑜也覺得心寒，易地而處，她能夠接受丈夫再納新人，但是絕對無法接受那個新人是自己的閨蜜。想必皇后娘娘也一樣，這些年來皇后娘娘對嫻妃娘娘總是淡淡的，難道是因為這原因嗎？

「對。」丁夫人乾脆地點點頭，道：「嫻妃的性子，說是謹小慎微、說是事不關己高高掛起，但追根究柢卻是極度的自私，這樣的人永遠都只能看得到自己，凡事也都只會從自己的角度去想。她對不起別人那是天經地義，但別人要是對不起她，那就是天理不容。好在她的膽子實在不大，要不然的話……」

「不是墳頭的草比人還高，就是成了寵冠六宮、無人敢輕視的寵妃，對吧！」敏瑜瞭解地道，不過，她覺得前者更有可能，畢竟嫻妃和皇后娘娘相比，實在是太過小家子氣了。

「她倒是想，但也要看有沒有那個命啊！」丁夫人冷笑一聲，然後臉色一正，道：「嫻妃進宮半個多月，在其中一次被太子妃訓斥時暈倒，然後診出已經有了一個月的身孕……先皇后很是歡喜，也將太子妃狠狠地訓斥了一頓，說她意圖謀害皇嗣。不但往東宮派了親信，專門照顧懷有身孕的四人，還將太子妃禁足，不讓她有接近幾人的可能。」

「太子妃應該不會向這些人下手吧？」敏瑜皺眉，要讓女人不孕有很多方法，沒有必要等她們有了身孕再來動手，那只會讓自己的手上添罪孽，也讓自己變得更被動。她看著丁夫人，道：「嫻妃娘娘還是出了意外，是吧？」

「不錯。」丁夫人點點頭，道：「就在四個女子中月分最大的一個即將臨盆的時候，她們一起中了招，全部早產，其中皇后娘娘所生的大皇子和二皇子活了下來，另外一人產下一女嬰，不足三天便夭折，而嫻妃娘娘只有六個月，產下一個已經成形的男嬰，哼都沒能哼一聲。」

「皇后娘娘真幸運！」敏瑜輕輕地拍著胸脯，想到從小對她就很好的大皇子險些被人害死，她就覺得心驚肉跳。

「可不是。」丁夫人點點頭，道：「這件事情引起一片譁然，先帝、先皇后要求徹查此事，而經查探之後，所有的罪證指向了同一個人。」

「太子妃？」敏瑜想都不想便道，不管是不是太子妃做的，這件事情最後必然要讓太子妃來負責，這應該是除了聖上以外，所有的人都希望看到的結果吧！

「不錯。」丁夫人點點頭，道：「聖上自然是不相信的，而出人意外的是皇后娘娘也站出來說不會是太子妃做的，甚至還將不足月、原本就很虛弱的大皇子抱到太子妃跟前，給她教養……」

「皇后娘娘真是……這也算是兵行險招了吧！」敏瑜對皇后佩服得五體投地，她能理解皇后這樣做是對的，不管是不是太子妃下的手，她勢必被人盯得死死的；不管是出於什麼考量，都不會對大皇子下手。但將自己的親生骨肉託付給一個可能害過她一次的女人，還真不是一般人做得出來的。

「我當時都被嚇壞了，忍不住地進宮勸皇后娘娘，妳知道她說什麼嗎？她說她相信絕對不是太子妃下的毒手，她的驕傲讓她不屑那樣做。」丁夫人眼中帶著敬佩，道：「皇后娘娘賭對了，太子妃是個極有本事的，大皇子養在她身邊之後，不知道她用了些什麼辦法，大皇子的情況一天比一天好。大皇子、二皇子都是不足月生產的，但二皇子是即將臨盆，大皇子卻只有七個多月，剛剛生出來的時候，大皇子只有巴掌大小、像隻小貓一樣，連哭聲都像小貓叫，虛弱得不得了，有好幾個太醫都說難養大。嫻妃甚至還在私底下和我說，說皇后娘娘居心叵測，把注定養不活的兒子丟給太子妃，養死了是太子妃的罪責，養大了還是她的兒子。」

這嫻妃真是……敏瑜輕輕地搖頭，對嫻妃實在有些無言。

「將大皇子交給太子妃之後，皇后娘娘安心坐月子，坐完月子第一件事情，就是求了聖上授權給她徹查整件事情。她還對聖上說，她絕對不相信太子妃會做那樣的事情，她一定要用事實真相還她一個清白。當時，先帝要廢太子妃，聖上一直阻攔，太子妃卻好似心死一般無動於衷，只有大皇子能讓她展現　點點笑容。皇后娘娘的請求對聖上而言，無疑是一根救命稻草，所以，聖上同意了。」

丁夫人說到這裡輕嘆了一聲，道：「皇后娘娘從來都是有大智慧、大毅力的人，她花了整整兩個月的時間，徹查了整個東宮，將那段時間所有進入東宮的人都仔細地查驗，也將為幾人扶脈的太醫徹查了一遍，最後拿出了確鑿的證據，找到了真正的主使人。」

「是二皇子的生母吧！」敏瑜搶先一步得出了結論。

「妳怎麼會這麼說？」丁夫人輕輕一挑眉，有幾分訝然，但更多的卻是歡喜，女兒這般敏銳，還真是好事情啊！

「很簡單啊！」敏瑜扳著手指頭數道。「第一，所有孕婦中，她的月分最大，早產對她、對孩子的影響最小，但是對其他的人而言，就極為凶險，極有可能一屍兩命。第二，有太子妃這麼一個明顯的靶子在那兒，只要將自己做的事情掩飾好了，就會有人自動地將罪名套在太子妃身上。當然，最主要的是我知道二皇子的生母早亡，也知道皇上對二皇子十分的厭棄，才猜測應該是因為有這份複雜的感情在裡面。不過，我想，皇后娘娘一定是從這件事情最大的贏家是誰著手的。」

「妳說的都不錯，怪不得皇后娘娘會越來越喜歡妳，妳和她還真是像，連這個都想到了一塊兒去。」丁夫人笑著點頭，而後道：「因為有那些無可辯駁的證據，二皇子的生母只能認罪伏誅，太子妃得了清白，而皇后娘娘也得了她的友誼和聖上的另眼相看，成了太子妃之下第一人。兩年後，太子妃患病，纏綿病榻兩年後去世。去世前，特意交代聖上要好好對皇后娘娘，好好對一直養在她身邊的大皇子……聖上要將皇后娘娘扶正，皇后娘娘拒絕了；又過了一年多聖上登基之後，立她為后，她才沒有拒絕。」

皇后真是太明智、太厲害了！敏瑜的眼中盡是仰慕，她敢肯定，要是當初皇后同意了聖上將她扶正為太子妃，笑到最後的真不一定就是她。誰在那個時候成為太子妃都會成為眾人的靶子，將一個根基不深的太子妃廢了，可不是太難的事情；但等她成了皇后就不一樣了，廢后可沒有那麼簡單。

「但是，皇后也面臨了她人生最大的一次危機。不知道什麼時候，皇宮中開始盛傳一些謠言，說當年四女早產並非二皇子生母所為，她不過是當了皇后娘娘的替罪羊而已！就如妳剛剛說的，誰是最大的贏家誰就有最大的嫌疑，無疑，那件事情最後的贏家只有一個，那就是皇后娘娘。」丁夫人輕輕地嘆息著，道：「這些謠言是從東宮舊人嘴裡傳出來的，而嫻妃娘娘便是傳出那些謠言的人其中之一。」

「她怎麼敢……」敏瑜真不敢相信，嫻妃娘娘竟敢放謠言出來，她怎麼會有那麼大的膽子呢？

「太子妃過世之後，東宮陸陸續續地進了不少人，而這些女子也陸陸續續地為聖上添了不少子女。這些女子中不乏出身、相貌、文采都比皇后出眾的，很多人都不看好皇后，都覺得她的位置坐不穩。」丁夫人輕嘆一聲，道：「嫻妃應該也是那麼想的，那個時候她應該忘記了，那是和她從小玩到大的好朋友，忘記了皇后娘娘一直照顧她、維護她。在皇后備受質疑，連皇上都開始起疑心的時候，她甚至想將大皇子搶走……當年的事情讓幾個早產的女子都受了不同程度的損傷，太醫都不敢肯定她們的身體一定能夠調養好，嫻妃娘娘很想要一個屬於自己的孩子。」

「皇后娘娘後來是怎麼過那一關的？」敏瑜靜默了好一會兒，心裡有一股悶氣，讓她難受極了，嫻妃娘娘在朋友需要的時候袖手，甚至落井下石，那麼福安公主呢？福安公主是不是一樣呢？

「皇后娘娘什麼都沒有做，甚至為自己辯解一聲都沒有，就在皇上想要將她定罪的時候，大皇子一句話救了皇后……」丁夫人輕輕地搖頭，道：「大皇子對皇上說，如果母后真是那樣的人，母親臨死前都不會放心母后吧？他口中的母親指的是已故的太子妃。就那麼一句話，皇上就打消了所有的懷疑，更下了封口令，不准任何人再談及。皇后娘娘的危機過去了，而她和嫻妃的關係也降到了冰點，她不介意嫻妃袖手，我們都已經習慣了她袖手旁觀，但是她落井下石的舉動，讓我們都心冷。」

敏瑜輕輕地搖頭，然後又問道：「可是現在我看皇后娘娘對嫻妃娘娘雖然不親近，但也維持著表面交情，暗地裡甚至還關照一二，這又是為什麼呢？」

「還不是因為妳！」丁夫人的回答讓敏瑜瞪大了眼，丁夫人又笑了，道：「我們在閨中的時候，曾經玩笑般地說過，將來有了兒女之後一定要做兒女親家，我當初懷妳的時候，皇后娘娘不知道有多興奮，就盼著我生個女兒出來，這件事情除了我們兩個之外，也就嫻妃心裡清楚。而那個時候她恰好也懷上了福安公主，便盡一切可能地修復著和我們尤其是和皇后娘娘的關係……皇后娘娘對她已然心寒，甚少理睬她，直到她生下福安公主。」

「我大概記得，以前每次進宮給皇后娘娘請安的時候，就算嫻妃娘娘自己沒有去坤寧宮，也一定會讓人將福安公主送過去……」敏瑜心裡嘆息，嫻妃還真是……連女兒都這般利用。

「皇后一直都很想要一個女兒，妳在她眼中從來就不是女兒而是兒媳；而福安公主從小長得就好看，又比妳可愛，本是天真無邪的孩子，見得多了，皇后娘娘自然心軟，對她也好起來。」丁夫人知道女兒心裡在想什麼，她輕聲道：「福安公主得了皇后娘娘的喜歡，經常往坤寧宮跑，和皇上接觸的次數多了，自然也成了備受寵愛的公主，嫻妃娘娘也因此受益不淺。」

「我怎麼只覺得心底發寒呢？」敏瑜輕聲嘆息，而後猛地抬頭看著丁夫人，道：「娘，當初提出讓我進宮陪伴福安公主的，真的只是福安公主自己的意願嗎？」

「是福安公主對我說的，但是到底是她自己這麼想的，還是嫻妃娘娘引導的就不好說。瑜兒，皇宮裡可沒有簡單的人，這一點妳應該比娘更明白。」丁夫人看著女兒臉上浮現的傷感失落，又淡淡地道：「但是，妳卻不能因此否認這些年和福安公主的情誼，妳們打小就在一起長大，情分自然和旁人不一樣，能幫一把的時候，還是要幫的。」

「既然如此，娘為什麼還要和我講這些陳年舊事呢？」敏瑜心情低落，語氣也帶了抱怨。在聽了這麼多的事情之後，她真的不敢保證自己心裡不生芥蒂，還能像以前一樣對待福安公主，她看著丁夫人道：「您說了這麼多，我能不防備著公主一些嗎？」

「就算娘不講這些，妳對她就沒有防備之心嗎？」丁夫人反問一句，她才不相信女兒就是全心全意地對福安公主的；福安公主和當年的嫻妃如出一轍，她當年就防備著嫻妃，不讓自己被嫻妃利用，而比自己當年更通透的女兒會不防著福安公主一些？她才不相信！

「我也只是不讓自己成為那個被她輕描淡寫就放棄的人，可沒有想過她會暗箭傷人……」敏瑜嘟囔著，沒有違背心意說自己全心全意地相信福安公主。

「如果福安公主沒有對曹恒迪起了別樣的心思，如果曹家人沒有卑劣到因為這個利用福安公主的話，娘還真不一定會和妳講這些事情。但是現在，娘卻不能再隱瞞下去，娘可不希望妳被人算計了還被蒙在鼓裡。」

丁夫人看著敏瑜道：「至於躲著避嫌，那是最不可取的。如果換了嫻妃，她不會接受妳的好意，相反，她還有可能認定妳心虛；如果妳不躲著，和曹恒迪再相遇，然後像上一次那樣狠狠地刮他的顏面，那麼她心裡會惱怒妳不給她面子；如果妳選擇向曹彩音退讓，那麼更糟，她會認為妳有了橫刀奪愛的心思……」

「所以，我現在做什麼都是錯的，是吧？」敏瑜嘆氣。

「是。」丁夫人點頭，然後笑著道：「既然做什麼都是錯的，那麼就不用為了她讓自己憋著，隨心所欲一些，想做什麼就去做，明白了嗎？」

「知道了。」敏瑜點點頭，然後揚起笑，道：「真要闖了禍，還有您和爹爹頂著，您們要頂不住了，還能請皇后娘娘作主，是吧？」

丁夫人點點頭。

敏瑜看著她，輕聲道：「娘，女兒心頭的煩惱已然解開，那麼，您呢？您心頭的煩惱能和我說說嗎？」

還是女兒貼心啊！丁夫人心裡暖呼呼的，張嘴卻又忍不住嘆息一聲，道：「昨天得了信兒，邊城戰事又起，不管是肅州還是兗州都會有惡戰，我是擔心妳兩個哥哥……」

邊城起戰事？敏瑜愣住，瓦剌這些年極不老實，每年都驅兵叩關，丁夫人最擔心的定然不是在肅州的敏惟，一定是剛剛去了兗州的敏行。

想到敏行去兗州是自己一手促成的，敏瑜的心裡就充滿了內疚，摟著丁夫人，卻什麼都沒有說出口……

第四十五章

「沒想到妳居然還敢出來？」坐在清風樓的雅室中，石倩倩帶了幾分佩服地看著敏瑜，她一直都知道敏瑜大膽，卻沒想到正在風頭上的她，竟敢這麼明目張膽地出來晃悠。

「有什麼不敢的？」敏瑜輕輕揚眉，道：「成了笑話的那個人又不是我，我有什麼好躲的？」

「要是我的話一定不敢！」石倩倩輕輕地吐了吐舌頭，然後又歡歡喜喜地道：「那天回去之後，我把妳說的那些話原原本本地說給我娘聽了。她說妳很厲害，一眼就看穿了曹家的把戲呢！」

「曹家的意圖那麼明顯，凡是有些閱歷的都能看得出來，只是與己無關，大家都視而不見罷了。」敏瑜可沒有世人皆醉我獨醒的感覺，她笑笑，道：「如果不是因為曹家兄妹上趕著找我的麻煩，我也沒有心思把他們往下踩。我既不想出名、也沒有爭權奪利的意願，沒必要做那種踩著人往上爬的事情。」

「我娘也說曹家兄妹是自己找死！」石倩倩點點頭，道：「我素日裡往來的幾個姑娘知道我和妳有交情，還特意找我打聽妳呢！都說想認識妳……」說到這裡石倩倩又俏皮地點了點頭，道：「我告訴她們，我和妳也不算熟……敏瑜，妳可別因為這個生氣哦！」

敏瑜怎麼可能會因為這種小事生氣，她笑著搖搖頭，道：「放心吧，我知道妳不願意給我添麻煩，不會生氣的。」

敏瑜的話讓單純的石倩倩笑開顏，道：「我就知道妳最好了！對了，敏瑜妳怎麼今天忽然想約我出來呢？是不是有什麼事情？」

「是有件很重要的事情想問問妳。」敏瑜點點頭，臉上的笑容一掃而空，帶了幾分凝重地道：「妳有沒有聽石伯父提起邊城戰事的事情？知不知道些什麼？」

「妳是擔心丁二哥吧！」敏瑜這話一問出口，石倩倩便知道她在擔心什麼了。這兩年來她們走得越來越近，除了兩人脾氣合得來之外，還因為石倩倩經常能夠從父兄那裡知道肅州那邊的一些消息，那可是敏惟千篇一律報喜不報憂的家書中極少提起的。

「是啊！」敏瑜坦然地點點頭，道：「昨天聽我娘提起，說是邊城戰事再起，還說不管是肅州還是兗州都會有大戰……妳不知道，我三哥不久之前去了兗州，現在可能剛剛才安頓下來，他和我二哥不一樣，只是簡單學了幾天的腿腳功夫和騎射，我真的很擔心他。」

「我還以為妳擔心丁二哥呢！」石倩倩眨了眨眼睛，想了一會兒，道：「妳三哥要是去兗州的話，妳還真不用太擔心。我聽爹爹和哥哥們說起，說今年的戰事和往年不大一樣，並非瓦剌主動叩關，而是這些年連續不斷的騷擾讓邊城的將領無法再容忍下去，所以決定主動出擊。事實上，剛剛入秋的時候，朝廷就已經為反擊做準備了，我還聽爹爹說，朝廷極有可能會和韃靼聯手。」

「和韃靼聯手？可是瓦刺和韃靼不足同出一脈嗎？韃靼豈能和大齊聯手對付瓦刺？」敏瑜對這些國家大事還真不是特別的瞭解，知道的不過是一些粗略的情況，這方面比起家學淵源的石倩倩就差遠了。

「瓦刺和韃靼同出一脈不假，但他們之間的仇怨矛盾也不小，平時各種磨擦極多，關係甚至比與大齊之間還要緊張。」石倩倩極有耐心地解釋道。「去年年底，瓦刺新君上位，這位新君據說是個志高遠大之人，有一統東西部的雄心。今年開春之後，就和韃靼打了好幾場，韃靼死傷慘重。韃靼勢弱，想要不被瓦刺吞併，只能向大齊求援……聽說，韃靼使者在夏天的時候到過京城。」

原來是這樣啊！敏瑜了然，雖然她幾乎沒有接觸過這些軍國大事，但何謂連橫合縱卻還是明白的，瓦刺和韃靼各自為政已經給大齊帶來不小的麻煩了，要是瓦刺統一東西部，建立起一個強大的汗國，那麼給大齊帶來的就不僅僅是麻煩，而是威脅了。

瓦刺想要統一，韃靼自然要奮力反抗，而大齊也不能作壁上觀，最好的辦法就是聯合相對弱勢的韃靼，將相對強勢的瓦刺打壓下去——這其中還得衡量好，不能將瓦刺一舉打殘，反而給韃靼壯大的機會。

兗州和韃靼相鄰，馬胥武在兗州經營那麼多年，和韃靼打過無數次交道，這一次的聯手會不會是他促成的呢？如果是，那麼只要達到了所預期的目標，他一定會進京接受封賞，而馬瑛應該也能回來吧?!

「我聽爹說，今年最激烈的戰事必然在肅州，我爹不知道有多擔心表哥呢！」石倩倩的臉上也全是擔憂，她托著下巴，道：「表哥是肅州軍的先鋒官，如果開戰，必然是他帶領軍隊衝在最前面。表哥武功高強，騎射功夫更沒得說，可是那是戰場上，刀槍無眼啊！」

敏瑜的心也提了起來，她可沒有忘記，她的那個傻二哥是楊瑜霖的參佐，要是他衝在最前面，那麼敏惟絕對跟隨左右……唉！

「我還聽爹爹說，我那姑父也去了肅州，好像還帶了他兩個不成器的兒子。」提起昭毅將軍楊勇，一貫好性子的石倩倩臉上也帶了嫌惡，道：「真不知道他心裡在想什麼，居然帶那麼兩個不成器的東西去肅州那種地方，就不擔心有得去沒得回嗎？」

「楊將軍被譽為大齊第一勇將，在戰場上就算不能隨心所欲，但要護住個把人應該還是很簡單的事情。」敏瑜心裡一樣不以為然，因為敏惟的原因，她和石倩倩來往得挺多，時不時地就能從石倩倩嘴裡聽到一些楊家的事情，譬如說年前楊家二少爺總算是成親了，娶的是商戶女，嫁進楊家的時候，嫁妝整整八十六抬，把楊家的那位趙姨娘歡喜得找不到北。

「大齊第一勇將？哼，他才不是什麼大齊第一勇將呢！」石倩倩臉上帶了不屑，卻又忍不住地帶了幾分得意地道：「妳一定不知道，肅州那邊已經把這個大齊第一勇將的名號給了我表哥，說江山代有才人出，楊勇已經老了，已經是昨日黃花了，真正的勇將應該是我表哥。」

「楊大哥去年帶著十一人在瓦刺大軍中殺了個九進九出，殺得瓦刺心驚膽戰，到最後連阻攔一二都不敢，被譽為大齊第一勇將也是實至名歸！」敏瑜附和一句，但心裡的怨氣卻很深，無其他理由，只因為那跟隨著楊瑜霖在瓦剌兩萬大軍中殺了個九進九出的十一個猛將中，有她二哥丁敏惟那個傻子。

敏惟寫回來的家書上只說是為了救深陷敵軍中的十幾個師兄弟，楊瑜霖帶著另外師弟十一人，組成了一個小戰陣，帶著他們殺進去，將所有身陷其中的師兄弟全部救了出來，殺得那叫一個痛快！

但敏瑜卻從石倩倩這裡打聽到，他們殺得也很艱難，第九次殺出來的時候，每個人都被鮮血浸濕了戰甲，渾身上下大大小小幾十處傷。楊瑜霖的傷勢最重，被人一槍刺穿了肩胛，那一處傷口養了整整三個月才好。丁敏惟那個傻子受的傷也不輕，被人一刀劈在腿上，要不是有人從旁相救、他自己也足夠靈活的話，那一刀下去，腿就斷了。但就算這樣，腿上也被削去了一大塊肉，也養了兩個月的傷。

想到丁敏惟險些殘了，敏瑜對楊瑜霖就帶了怨氣，他就不能不要那麼逞英雄嗎？有人深陷敵軍之中，自然是該救，可他就不能多帶幾百號人衝進去嗎？

「我也覺得是實至名歸！」石倩倩的臉上帶著自豪，眼睛也亮晶晶的，道：「我敢說，滿京城，不，是整個大齊，再也找不到像表哥那般勇猛威風的了，唉，也不知道將來哪家的姑娘有幸，能嫁給表哥這樣的絕世英雄！」

「不是我們的石倩倩石姑娘嗎？」看著石倩倩那一臉毫不掩飾的愛慕，敏瑜立刻取笑道，石倩倩將她那個表哥視為神人不是一、兩天了，心中的愛慕藏都藏不住，而她今年十五歲，也到了該談婚論嫁的時候了。

敏瑜的話卻讓石倩倩滿臉的光彩驟然消失，她灰心喪氣地搖搖頭，道：「我娘已經在給我相看人家了，她說她絕對不會讓我嫁給表哥的。因為這件事，我和她吵了好幾次，爹爹和她也吵了幾次，但是娘就是反對，還說要是我非嫁不可的話，那麼我出嫁的那天就是她的忌日……我真不明白，娘為什麼就這麼頑固呢！」

看著兩眼泛紅、眼看就要哭出來的石倩倩，敏瑜連忙輕聲安慰。

石倩倩心情稍稍平復之後，道：「我知道娘在擔心什麼，不就是擔心表哥和他那個混帳老子一樣，也做出寵妾滅妻的事情來，不想我重蹈姑姑的覆轍。可是娘卻不想想，姑姑的事情是表哥心底最深的痛，他又怎麼會像他最看不起的父親一樣呢？」

對於這個，敏瑜還真不好評價，石倩倩說的有道理，楊瑜霖深受其痛，可能會警惕，但是石夫人的擔心未必就沒有道理。楊家的家風如此，誰知道楊瑜霖將來某一天會不會昏了頭，犯了楊勇曾經犯過的錯誤呢？一切都不好說啊！

「那妳有什麼打算嗎？」敏瑜看著石倩倩，其實她覺得石倩倩與其說是愛慕楊瑜霖，還不如說是想嫁一個絕世大英雄，石夫人這般反對了，估計她也只能妥協。

「娘都以死相逼了，我還能怎樣？」石倩倩傷心地道。「妳不知道，我只要想到表哥那樣的大英雄要另娶他人，我這心裡就難受得想哭……」

「別傷心了，伯母也是心疼妳，一心為妳考慮才這般反對的。」敏瑜輕輕地拍拍石倩倩的手，輕聲安慰著。

石倩倩點點頭，還沒等她說什麼，便傳來了輕叩門扉的聲音，隨著叩門聲，曹恒迪斯文有禮的聲音也響起——

「不知道丁姑娘可在不在裡面？曹恒迪求見。」

拉開雅室的門，看著門口一臉謙遜的曹恒迪，敏瑜心頭的怒火騰地一下就燒了起來，她眼神冰冷、聲音冷冽地道：「曹公子消息還真是靈通，我這才坐下，一壺茶都還沒有喝完，曹公子就來了！」

看著門邊戴著帷帽、渾身上下散發著冷意的敏瑜，曹恒迪心頭除了一直縈繞著的怨恨之外，更多了一種自己也說不清、道不明的感情，他坦然一笑，道：「自打曹家詩會見識過丁姑娘的棋藝之後，曹某心頭心心念念的便是尋機會再與姑娘對弈一局。上次博雅樓相遇原本是個最好的機會，卻因為舍妹的任性攪了局……曹某知道，丁姑娘對曹某兄妹定然誤解極深，若是主動邀請，丁姑娘定會拒絕，所以就讓人候在耒陽侯府門口，探查姑娘的蹤跡。」

不錯，聰明了，知道表現得坦誠一些會給自己加分了！敏瑜臉色更加陰沈，冷冷地道：「曹公子覺得坦誠一些，就能讓自己卑劣的盯梢行為變得高尚了嗎？」

敏瑜的態度倒也沒有讓曹恒迪覺得意外，在他看來，敏瑜定然和曹彩音一樣，心心念念的就想嫁給九皇子，就算是為了名聲著想，也絕對不會對自己和顏悅色。他笑得更謙虛了，道：「曹某知道讓人查探姑娘的行蹤不是君子所為，只是——」

「只是你本來就不是君子，也沒有想過做君子，也就覺得無所謂了，對吧？」敏瑜截斷曹恒迪的話，冷冷地道：「曹公子這般坦然地承認自己所謂的小人行徑，自己倒是爽快了。可曹公子可曾為家中的父母、兄長考慮過？為了讓你有現在這般的名氣和名聲，他們不知道付出了多少心血和努力，就這麼付諸流水了，不覺得心中歉疚嗎？」

曹恒迪臉上的笑容微微一滯，心裡罵了好幾句「惡毒」、「牙尖嘴利」，而後卻還是笑著道：「曹某難得隨自己的本心本意任性一次，家人定然會支持的。」

「哦？」敏瑜輕輕地拖長了聲音，道：「好個難得！這麼說來，曹公子以前說話做事都是違背自己的本心本意了？」

曹恒迪自知失言，挽救道：「丁姑娘誤解了，曹某的意思是——」

「我不想聽你解釋什麼，你和我原本就是毫不相干的人，你的本心是什麼，本意又為何，我一點都不在乎，我在乎的是你窺探我的行蹤！」敏瑜怎麼會給他解釋的機會？她的聲音很冷，道：「不管你想說什麼理由，我想說的是，有些行為舉止，不管打著怎樣冠冕堂皇的幌子，都無法掩飾其卑劣。我也討厭被任何人以任何理由盯梢！」

曹恒迪知道，敏瑜都說這樣的話了，自己再解釋也只能落得詭辯的名頭，他倒也坦然，乾乾脆脆地道：「曹某知錯，還請丁姑娘息怒。」

「哼！」敏瑜冷哼一聲，看著眼前的曹恒迪，她相信看起來平靜的周圍一定有無數雙眼睛和耳朵關注著這裡，她沒有揪著不放，但也沒有就此作罷，而是冷冷地道：「既然知道錯了，那麼曹公子最好將人撤走，否則……我想若將那些整日在寒舍門前探頭探腦的人揪到大庭廣眾之下，大家面子上應該都不大好看！」

曹恒迪知道敏瑜這是借著自己在敲打所有好事的人，心裡暗道厲害，嘴上卻只能服軟，道：「丁姑娘既然這麼說了，曹某定然會將人撤走，定然不敢再給丁姑娘添麻煩。」

敏瑜這才點點頭，身上外露的冷意也緩和了許多。

曹恒迪立刻不失時機地道：「不知道丁姑娘今日能否撥冗，與曹某手談一局，指點一二呢？」

看著曹恒迪一臉的期望，敏瑜心裡嘆了一口氣，怎麼就有那麼多不見黃河心不死的人呢？他是想用這種似有若無的小曖昧讓福安公主誤會，還是想讓自己的名聲有損呢？

「丁姑娘？」曹恒迪輕輕地一挑眉，而後卻又笑著道：「曹某已經訂好雅室，準備了好茶、擺好了棋具，就等丁姑娘了！」

訂好了雅室？丁敏瑜心裡冷笑，眾目睽睽之下，她要是敢進了那雅室一步，不用曹家說什麼，各種閒言碎語就能把自己給淹沒了，到時候，曹恒迪還能跳出來，來一齣越描越黑；然而要是拒絕，那麼自己倨傲的名聲也逃不了，曹恒迪還真是用心！

「曹公子，你可知道，在曹家詩會上，初次見到曹公子的時候，敏瑜對曹公子的感覺只有一個——光風霽月！」敏瑜看著曹恒迪，眼中帶著滿滿的惋惜，那種略顯得高高在上的眼光，硬生生地在她和曹恒迪之間劃出了不可逾越的溝壑，她輕輕地搖頭，道：「而現在，我只覺得可笑、可悲、可嘆、可惜！」

敏瑜的話和眼神讓曹恒迪再也無法保持那種謙遜的神態，而她身後的石倩倩則配合地問道：「妳為什麼會說曹公子可笑、可悲、可嘆、可惜呢？我怎麼一點都聽不懂呢？」

「堂堂七尺男兒，處事卻不敢光明正大。用那提都提不上的理由為藉口，一而再、再而三的和我一個弱女子過不去，豈不可笑？堂堂七尺男兒，也曾徹夜苦讀，也學得滿腹詩書；不想著用真本事，踏踏實實走仕途，贏得身前、身後的名聲，卻只想著以出名、聯姻那樣的手段走捷徑，豈不可悲？堂堂七尺男兒，有不輸於人的出身，有不弱於人的相貌，更有不遜於人的文采，卻沒有與之相襯的膽色和勇氣，豈不可嘆？」

敏瑜的話帶著滿滿的惋惜和感慨。最後，搖了搖頭，道：「堂堂七尺男兒，原本應該是頂天立地的；但是現在，就連腳踏實地都做不到。如此人才、如此天資，眼看就要被糟蹋，豈不可惜？」

「好！」敏瑜這番話一出，不知道從什麼地方就傳出喝彩的聲音，聲音是從不同的地方傳出來的，但是卻彷彿約好了一般地同時響起，讓曹恒迪臉上再無一絲血色，他原以為自己這一次已經高估了眼前的這個女子、已經做好了一切準備，但是他現在卻可悲地發現，自己還是把她給看低了，自己的舉動還是那麼的幼稚和無力。

「丁敏瑜，妳給我閉嘴！」不知道從哪裡冒出來一個戴著帷帽的女子，渾身憤怒地瞪著敏瑜，道：「曹家玉郎心儀於妳，是妳的福氣，妳不接受也就罷了，為什麼還這般折辱他？如果不是因為他心中有妳，讓著妳的話，妳……」

也不知道是激動得說不下去還是有些詞窮，女子的話最終都沒有說完。但是她的憤怒，她為曹恒迪的不值，為他鳴不平的態度卻很明顯。而在她出來之後，從好幾個雅室走出十餘個女子，她們或許不熟悉、不認識，甚至平日都還有矛盾、芥蒂，但是這一刻，她們不約而同地站到了一起，一起憤怒地看著折辱了她們心中玉郎的人。

敏瑜一個一個看過去，其中沒有一個是她所熟悉的身形，這讓她心裡很高興，最起碼她剛剛認識、打算好好結交的那幾個姑娘都沒有過來。

她冷笑一聲，沒有理會那群不知所謂的姑娘，而是看著曹恒迪，道：「看來曹家玉郎的名號還是有用的，起碼還是能迷惑幾個人的！」

曹恒迪在這一瞬間，忽然冒出一個極為大膽的念頭，他深深地看著敏瑜，語氣真摯地道：「丁姑娘，我心儀於妳！」

在他看來，敏瑜再怎麼聰慧也只有十四歲，正是滿腔少女情懷的時候，就算她看不上自己，也會為自己的告白而喜悅、羞澀，甚至可能生出淡淡情愫，定然不會像之前那樣的冷漠。

可惜他沒有想到的是，敏瑜將和他的對峙當成了一場對戰，將他當成了對手，就算他說更動聽的情話，敏瑜也只會冷靜地分析他的用心和背後的陰謀。

曹恒迪的話讓敏瑜眼中的寒意更深，原本因為忌諱福安公主而給曹恒迪留幾分面子的想法也被自己否決，她淡淡地看著曹恒迪，用任何人都能感受到的譏諷口氣道：「心儀？請曹公子不要玷污了這個詞！」

敏瑜的回應再次大出曹恒迪的意外，而敏瑜則趁著曹恒迪微微一愣的瞬間，繼續道：「如果心儀，曹公子就應該給予足夠的尊重，而不是窺探行蹤，更不該當眾糾纏，曹公子可曾想到這樣的言行舉止，會給我帶來煩惱，損傷我的名聲？」

「我……」曹恒迪知道不能讓敏瑜一口氣把話說完，但是他也不能毫無風度地打斷敏瑜的話，等敏瑜微微一頓的時候，立刻抓準時機開口，可惜的是，他遇上的是敏瑜。

敏瑜連一句完整的話都不讓他說完，直接打斷曹恒迪的話，道：「你怎樣？曹公子，你不是三歲小兒，不會不知道名聲對女子有多麼的重要。今天曹公子能以心儀為藉口來糾纏我，那麼明天是不是也能用相同的理由糾纏其他女子？等到將來，曹公子另娶高門貴女的時候，是不是又能用自己年輕、一時衝動為由，將今日的一切全然抹煞？」

「丁姑娘，曹某絕對……」敏瑜的話確實是說中了曹恒迪心裡所想，別說是心儀像敏瑜這樣的女子，就算是心儀青樓紅牌，對男子的名聲都沒有多大影響。

「曹公子想說自己絕對沒有那麼想，自己絕對是真心的，對吧？」敏瑜冷笑連連，道：「敏瑜並非男子，但是，我卻知道，如果一個男子，真正心儀一個女子，他要做的一定是用繁複的禮節上門說親，讓女方看到他最大的誠意。心願得償，自然是歡欣鼓舞，而後一生一世好好待她；如若無緣，那麼也絕對不會做出任何對女子名聲不利的事情。可是你呢？我看你嘴上說的是心儀，心裡恐怕只有無緣無故的怨恨！」

「丁姑娘……」

「好了，我不想聽你任何解釋，我只想再重申一次，如果曹公子還有尊嚴，就請不要製造這種相遇！」敏瑜冷冷地說完，不管曹恒迪是不是擋著了路，便直接地往前走，她不相信曹恒迪真有膽子敢攔著不讓。

石倩倩則捏緊了拳頭，趕緊跟著她，準備等曹恒迪攔著時，上前給敏瑜開道。

曹恒迪終究還是弱了些，看著敏瑜那麼直沖沖地過來，本能地往旁邊讓開，然後就眼睜睜地看著敏瑜和石倩倩離開，心裡再一次充滿了挫折……

第四十六章

「沒想到表姊居然還會回來，我還以為表姊出了耒陽侯府的大門，就恨不得和耒陽侯府的人老死不相往來了呢！」敏柔斜睨著秦嫣然，她們是在去老夫人院子的路上遇到的。唔，確切地說應該是秦嫣然早早的就在那裡等著攔截敏柔。

雖然離開了，但是老夫人這裡發生了什麼，秦嫣然卻瞭若指掌。

「老祖宗對我那麼好，我自然要常回來探望她老人家。」秦嫣然笑盈盈地看著敏柔，似乎沒有聽出她話裡的刺，她意有所指地道：「不過，表妹倒是很讓人意外啊！這才一個月的時間，就完全變了一個人似地，變得愛說笑，也變得更會討老祖宗歡心，聽說，老祖宗一天見不到妹妹就想得厲害呢！」

「表姊到底想說什麼？」敏柔腳步一頓，冷眼看著秦嫣然。她現在已經不是剛剛穿越過來的那個她了，各方面都適應良好，不會再讓秦嫣然輕易地威脅到她。

「妳們先下去，我要和表妹說幾句貼心話。」秦嫣然先對敏柔身邊的冬琴和自己身邊的小雨道。

小雨應諾一聲就要退下，而冬琴有些猶豫，但被小雨拉了一把，也就跟著小雨一起離開。

看她這樣，敏柔臉上出現毫不掩飾的惱怒，要不是秦嫣然就在面前的話，她一定會狠狠地發作一頓，而不只是心裡給她記上一筆。

「妹妹不用這麼生氣。」秦嫣然微微一笑，淡淡地道：「以前我和妹妹最是親密，就連妹妹對我也是言聽計從，更別說妳身邊的下人了。」

敏柔心裡罵了前身一聲愚蠢，臉上連虛偽的笑容都沒有了，冷淡地道：「表姊特意攔著我就是想和我說這個嗎？」

「那倒不是，我不至於這般無聊，我今日回來是想和妹妹好好地談談。」秦嫣然搖搖頭，出乎意料地來了一句。「妹妹，我們聯手吧！」

敏柔微微一怔，而後無法抑制地大笑了起來，笑得眼淚都出來了，在她得到的記憶中，秦嫣然是冷豔高貴、不可一世的，彷彿世間的一切都盡在掌握中；怎麼，離開耒陽侯府還不到一個月，就知道自己不過如此、就知道要和人聯手了？可惜的是，她覺悟得實在是晚了些，自己可不是那個傻乎乎的、以為秦嫣然無所不能的傻瓜，她打錯算盤了！

敏柔毫不留情的嘲笑並沒有讓秦嫣然動怒，她只是淡淡地道：「我想，表妹應該也確定了，我和妳一樣，都是來自異世的靈魂；我不知道表妹能不能聽得懂，不過我還是想告訴妳，來之前我十九歲，是燕大的在學研究生。」

敏柔的笑聲戛然而止，十九歲？燕大的在學研究生？雖然她嘴上總是說讀再多的書不如長得漂亮；再好的文憑比不得自己認個好乾爹，但對高學歷的人還是有一種天生的敬畏和羨慕。而眼前的這個，穿越前應該是那種被人捧得高高的天才優等生，帶著光環一路向前的人吧！

敏柔的表情秦嫣然看在眼底，她傲然地看著敏柔，淡淡地道：「我想表妹應該很清楚，我是怎樣的天之驕子……再和妳說一句，我是理科生，只要給我足夠的條件，我就能改變這個世界。」

秦嫣然的傲然刺痛了敏柔，她冷冷地道：「曾經是天之驕子又怎樣？滿肚子的知識又如何？改變世界？表姊還是想想怎麼改變自己吧，那才是最現實的。」

秦嫣然微微一噎，依舊笑著，道：「男人征服世界，女人征服男人而後征服世界。只要我征服可以影響這世界的男人，自然就能透過他來改變這個世界。」

「那麼表姊征服了這樣的男人了嗎？」敏柔臉上的諷刺更深了，她斜睨著秦嫣然，道：「不是我這個當表妹的想要打擊妳。可是表姊，妳一個無父、無兄、無家族依仗的女子，就算長得再美、嫁妝再豐厚、本事再大，想嫁個足以影響這世界的男人……聽妹妹的一句勸，別總是那麼好高騖遠，先想想自己是什麼人！」

秦嫣然咬牙，敏柔的話可以說是戳中了她的痛處——

她原以為離開耒陽侯府之後，便是天高任鳥飛、海闊任魚躍，只要她輕輕地勾勾手，什麼皇子、世子、年輕的將軍、少年的丞相就會一個一個的臣服在她的裙下。君不見穿越女的穿越體質是最吸引男人的嗎？上自帝王將相，下至販夫走卒，但凡是有眼光、有見識、有抱負的，都會受其吸引，而後情不自禁地聚集在穿越女身邊，無怨無悔地受她的驅使。

可是她呢？

讓人驅著馬車滿京城地轉悠了三、五天，沒有和貴人意外相撞，進而相識相知的意外情緣；爬了京城附近所有有名的山，去了京城所有有名的寺院，或者故作清雅的在山間的一處清幽之處煮茶，或者以天人之姿撫琴抒情……只要是她看過的，那種穿越女無意之間遇貴人的橋段她都用了一遍。可是……可是，被人上前搭訕的事情只出現一次，而那僅有的一次，還是寺中的僧人特意告誡她，天乾物燥，野外用火很危險。

好吧，意外相逢的路走不通，那就走那種老套一些的，先揚名立萬，而後再結交貴人的路子好了。於是，她在下人打聽到的幾個地方出入，什麼博雅樓、萬古樓、書香齋，她都去了。可是……秦嫣然到最後只得出一個結論，她和敏瑜是天生就不可調和的冤家！

這些地方是京城才子、才女們的最愛，然而這段時間他們口中談論的只有一個人——耒陽侯府的丁家二姑娘——她棋藝超群、眼光過人、機敏辯駁……除了丁敏瑜，所有的旁人，包括她秦嫣然都只能充當陪襯。她的成名之路雖然沒有夭折，但是在這樣的趨勢之下，也只能暫時擱淺。

至於說用耒陽侯府表姑娘的身分招搖的念頭，她剛剛生起便被現實給打擊了——京城像耒陽侯這樣的二等侯人家不下十家，比耒陽侯更高的公、侯，不下二十家，親王府也有十數家，還有那些雖非勛貴、但權勢地位一點都不遜色的……耒陽侯府或許算是統治階級金字塔的最上層，但也只是勉強算得上而已！

耒陽侯府都不算什麼，她這個耒陽侯府的表姑娘又能算得了什麼呢？最後，秦嫣然也只能悻悻地打消了這個念頭！

「表姊怎麼不說話了？不是被我說中了痛處了吧？」敏柔洋洋得意地看著秦嫣然，得到了敏柔所有的記憶，敏柔所會的一切也都完全繼承下來，但脾氣卻還是她自己的。

秦嫣然心裡恨得要死，卻沒有發怒，而是點點頭，直接道：「不錯，確實是被表妹說到了痛處。就如妳說的，我一個沒有依仗的孤女，想要嫁給足以影響這世界的男人實在是很難，可是妹妹可曾想過自己呢？耒陽侯府的庶女，生母只是個再怎麼努力都不得寵的賤妾，自己又被嫡母、嫡姊厭棄，妳的未來又能有多好？又能嫁個什麼樣的如意郎君呢？」

「這個不用表姊擔心！」敏柔卻沒有半點擔憂，她聳聳肩，輕描淡寫地道：「庶女嘛，被送進宮博富貴、給半老頭子當側室、給鰥夫當繼室……我長得這麼漂亮，不出意外的話就這麼幾條路。說實話，我一點都不在乎，嫁誰都是嫁啊，半老頭子也有半老頭子的好，只要能讓我享受榮華富貴，我可不在意嫁的是什麼人。」

秦嫣然呆怔了好一會兒，才帶了幾分不敢相信地看著敏柔，道：「妳不會是那種認了乾爹，從乾爹那裡要了豪宅、名車、名牌包包，然後又在網上炫富的那種女人吧?!」

敏柔算是被說中了痛處，想到自己一時不慎，炫富卻遭了搶劫，想到乾爹剛剛鬆口答應給自己買的新車可能便宜了另外一個小妖精，想到自己那一櫃子的名牌，還有那住不到一年的別墅……敏柔的心就是一陣陣的抽疼。

她臉色難看地斜瞟著秦嫣然，冷冷地道：「是或不是與妳有什麼關係？表姊，我們所追求的完全不一樣，我只想著好好的生活享受，可沒有妳的雄心壯志，聯手什麼的還是算了。」

「既然這樣，那我們更應該聯手了！」秦嫣然心裡很不屑，但也隱隱地鬆了一口氣，炫富女無非那麼幾種，但不管是哪一種都是胸大無腦的，對她不構成威脅。

「哦？」敏柔輕輕地一挑眉，滿臉的懷疑。

「表妹，如果是一般的侯府，像妳這樣長得漂亮、又不怎麼得寵的庶女，那麼前程還真被妳說中了，但是耒陽侯府可不一樣。舅母再怎麼討厭妳，也絕對不會那樣糟踐妳。不是為了妳，而是為了侯府的名聲，為了她的子女的名聲……我想，她最可能給妳找一個門當戶對的勛貴人家的庶子，而且絕對是那種比較老實本分的。想要平平穩穩地過一輩子沒問題，但想要享受什麼榮華富貴……我想，表妹還是別去想那麼多了。」

在耒陽侯府這麼多年，秦嫣然對丁夫人的瞭解頗深，知道她和她看的那些書上的嫡母很不一樣，對待庶子、庶女的態度更不一樣。

敏柔的眉頭皺了起來，卻死鴨子嘴硬地道：「有祖母為我謀劃，我才不用擔心呢！」

「老祖宗？一般的小事自然是老祖宗說的算，但大事……老祖宗不會管家、不會教養子女可是出了名的，舅母剛進門她就被奪了管家的權力，妳們的婚事她說了不算的。」秦嫣然輕輕地搖頭，道：「老祖宗真要是極有用，我也不會謀劃著離開，另尋出路了！」

「那如果聯手的話，妳要我幫妳什麼？妳又能幫我什麼？」敏柔權衡了一下，雖然還沒有決定和秦嫣然聯手，卻想知道聯手能給自己帶來什麼樣的好處。

「很簡單，我需要妳給老祖宗吃的那種藥。」秦嫣然看著滿臉驚詫的敏柔，微微一笑，道：「表妹能夠讓老祖宗忽然之間就喜歡妳喜歡成這個樣子，定然是用了非同一般的手段，我想那樣的東西表妹手裡一定不止一顆。」

不錯！那樣的藥丸有兩顆，一顆用在了老大人身上，而另外一顆卻是為將來準備的，敏柔可不打算將那顆秘藥給秦嫣然。她淡淡地道：「秘藥確實還有，不過，我為什麼要把它給妳呢？」

「如果表妹給了我，而我也利用它嫁給了我想要嫁的男人，那麼我一定會為表妹達成心願……這京城，王爺可有不少，只要我的目的能達成，那麼給表妹找一個那樣的男人定然易如反掌。」秦嫣然看著敏柔，循循善誘道：「如果是表妹自己的話，別說給那樣的男人當繼室或者側室，就算見上一面也是難上加難的。」

「表姊不是說母親絕對不會容許那樣的事情發生嗎？」敏柔冷笑一聲，她才不會輕易的就相信秦嫣然的話。

「舅母是不會輕易地讓那樣的事情發生，但如果表妹自己和某位風流的王爺有了美麗的邂逅，又發生了什麼事情；只要王爺上門求娶，舅母再不甘願也只能點頭，不是嗎？」秦嫣然輕輕一挑眉，道：「我會為妳製造和王爺相遇和單獨相處的機會，表妹只要把握機會就好。」

聽起來不錯，該和她交易嗎？敏柔沒有答應，也沒有馬上拒絕秦嫣然，她真拿不準怎樣做才是最好的。

敏柔的遲疑秦嫣然看在眼裡，她微微一笑，道：「表妹不用馬上給我答覆，我不著急。妳可以慢慢地試探一下老祖宗和舅母的打算，然後再給我答覆。」

「那我怎麼找妳？」敏柔問道，心裡已經願意好好地考慮這件事情了。

「這個簡單！表妹只要和身邊的丫鬟、婆子說想見我，讓她們和我通個氣，她們之中自然就會有人找我回話了。」秦嫣然笑笑，一點都不覺得自己買通了敏柔身邊的丫鬟、婆子有什麼好隱瞞的。

「妳收買我身邊的下人?!」敏柔惱怒非常，又想到了冬琴剛剛的表現，她對秦嫣然似乎更加地敬畏一般。

「這不是很正常的事情嗎？不瞞表妹，不光是妳和荷姨娘，就連老祖宗身邊也有我的眼線。」秦嫣然帶了幾分得意地道：「這府裡發生什麼事情可瞞不過我的耳目。」

「這麼說來，母親、父親和二姊姊身邊也有妳的耳目了？」敏柔心裡著實不忿，冷冷地刺了一句。

秦嫣然說不出話來了，她倒是想收買耒陽侯府所有主子身邊的下人，掌握她們的言行舉止；可是別說舅父、舅母和敏瑜身邊，就連敏玓和青姨娘那裡她都沒有收買到什麼人。

「想必是沒有了，看來表姊的神通廣大也很有限啊！」見秦嫣然不答話，敏柔冷笑一聲，道：「好了，我知道了，等我想好之後我會讓表姊知道的。」

「那我就等表妹的好消息了！」秦嫣然今天來的目的達到，敏柔的嘲笑對她來說不痛不癢，她笑盈盈地道：「我們一起去見老祖宗吧，我還要妹妹為我在老祖宗面前說說好話呢！」

「這是……」熟門熟路地踏進敏瑜的房間，王蔓如就呆住了，原本放著八仙桌的地方變成了一個大大的沙盤，原本掛著馬瑛送的掛毯的牆面掛上了一幅地圖，敏瑜正一臉沈思地在擺弄著沙盤，連她進來都沒有察覺。

「我們姑娘這段時間就擺弄這個，只差沒有廢寢忘食了！」秋霞很是無奈地解釋一聲，敏瑜還沈浸在無盡的推演中，根本就沒有察覺多了一個人。

「筆墨！」忽然，不知道想到什麼的敏瑜精神一振，吩咐了一句，侍立在一旁的秋喜立刻為她磨墨，她快速地在鋪好的紙張上疾筆而書，一口氣足足寫了十餘張紙，寫完之後十分慎重地親手封上、印上火漆，交給秋喜，道：「馬上送給父親，讓他用最快的速度送給二哥！」

「是，姑娘。」秋喜最近對這樣的吩咐已經習慣了，立刻將那封厚厚的信慎重地放進懷裡，疾步離開，而敏瑜仍未發覺房間裡是不是多了什麼人，而是習慣性地踱回沙盤面前，眉頭在不知不覺中又一次皺了起來。

「敏瑜——」王蔓如受不了的上前大叫一聲。

敏瑜受到驚嚇而跳了起來，看著湊到了眼皮子底下的臉，愣然道：「妳怎麼會在這裡？」

「我怎麼會在這裡？妳問我怎麼會在這裡？」王蔓如有些抓狂，她惡狠狠地瞪著敏瑜，道：「我都進來好半天了，先是看妳在那裡發呆，然後又看著妳洋洋灑灑地寫了十幾張紙，妳卻問我為什麼在這裡……」

「不好意思，蔓如！」看著暴跳的王蔓如，敏瑜立刻道歉，道：「妳也知道我一旦專心做事就會忘了旁邊的事情，妳別生氣了。」

「懶得和妳一般見識。」王蔓如又怎麼會真的和她生氣，她說了軟話，也就露出了笑臉，她好奇地問道：「這些東西妳從哪裡來的？別告訴我是侯爺給妳弄的，雖然我不大懂，但也知道這些東西別說妳一個姑娘家，就算侯爺自己也不能輕易地弄到。」

「是我二哥從肅州送來的。」敏瑜也不隱瞞，道：「兩個月之前，邊城發生戰事，我擔心二哥、三哥，就搬空了父親和哥哥書房裡的兵書，一邊看、一邊做了些推演，我也不知道自己做得對不對，但還是把自己擔心出現的情況寫信給了二哥，沒想到還真的幫上了一些小忙。二哥回信的時候不但敘述我說中了哪些情況，還給我送來了這些東西，讓我這個完全不懂何為戰爭的局外人推演。他說『旁觀者清』這句話永遠都有一定的道理。」

「所以，妳就整天的躲在家裡推演這些無聊的事情？」王蔓如算是服了她了，一個姑娘家關心這個做什麼？

「這怎麼能說無聊呢？其實沙盤推演和棋局有很多相通之處，但是卻比棋局更深奧、更加地變幻莫測；除了敵我的實力之外，還需要考慮地形、氣候等很多的外部因素，甚至還要從對方的習性入手……真的很奇妙！」敏瑜這會兒不光是眼睛，整個人都在發亮，她臉上帶著笑，道：「我不知道我的推演有沒有用處、能不能幫到什麼忙，但推演本身就是一件極有意義的事情。」

「妳啊……」王蔓如無言的搖頭，而後又道：「所以，妳就這樣將自己關在家裡，外面的風風雨雨都不去管了？」

「外面的風風雨雨？」敏瑜輕輕地一挑眉，道：「曹家兄妹又出什麼么蛾子了嗎？他們怎麼就不知道收斂呢？」

「不是他們！」王蔓如搖搖頭，卻又帶了幾分小心地道：「是九殿下……唉，我該怎麼和妳說呢？」

九殿下？敏瑜微微一怔，看著王蔓如臉上隱隱的憤怒和不知道如何啟齒的表情，立刻想到了是怎麼一回事。「怎麼？是九殿下和哪一家的姑娘走得很近，鬧得人盡皆知了嗎？」

「妳怎麼……」王蔓如驚奇地看著敏瑜淡然的樣子，道：「還是妳早就已經知道了？」

「我什麼都不知道。」敏瑜搖搖頭，道：「或許娘和大嫂略有耳聞，但她們都知道我不能為那些小事分心，什麼都沒有告訴我。」

小事？王蔓如被敏瑜的話噎了一下，轉念一想，卻又理解了丁夫人和王蔓青的「苦心」，以為她們是不想讓敏瑜因為知道這件事情而傷心難過，想等到事情平息解決之後再讓敏瑜知道。她立刻帶了幾分愧疚地道：「是我太衝動了，不該拿那些事情來給妳添煩惱。敏瑜，妳就當我今天沒有來，也什麼都沒有說可好？」

「噗哧！」敏瑜笑了出來，道：「好了，有什麼就說吧，今天這封信應該是我最後的一封信了，不出二十天，邊城的戰事定然平息，用不著我在這裡紙上談兵了。」

「妳是說戰事快結束了？」王蔓如瞪大了眼睛，兩個月前，大齊與韃靼聯手出兵瓦剌，這兩個月來邊城一直是戰事不斷，據說大齊連連大捷，瓦剌節節敗退，但具體怎樣卻不是她一個姑娘家能打聽到的。

「快了，快則十二、三天，慢也不出二十天，這場戰爭一定會結束。」敏瑜萬分肯定地道，和敏惟直接通信之後，她得到的是第一手的資訊，自然比別人更多了些瞭解。她側頭吩咐秋霞，道：「妳們把這些東西小心地收拾好，通知爹爹，他會派人過來取。」

「是，姑娘。」秋霞點頭，她知道這些東西事關重大，敏瑜得了這些東西之後，除了她和秋喜之外，都不讓旁人進來，也不敢假手他人，自己就小心地拾掇起來。

敏瑜則牽著王蔓如的手往裡邊走，請她坐下，親手為她倒了一杯茶之後才平淡地問道：

「九殿下到底怎麼了？和他走得很近的又是哪一家的姑娘？外面是怎麼傳的？」

「妳怎麼知道我想說的是什麼事？」衝動過後，王蔓如反而不知道該從何說起了。

「和他有關、又讓妳著急成這樣子的，除了這個還能有什麼？」敏瑜笑笑，道：「要是真的是什麼嚴重的事情，我娘定然早就和我說了。」

「九殿下和別的女子卿卿我我的，妳不生氣？」王蔓如看著敏瑜，實在是想不通她為什麼還能笑得出來。

「我生氣有用嗎？」敏瑜反問，道：「蔓如，他是皇子，還是皇后娘娘所出的嫡子。除了正妃之外，兩個側妃、四或五個侍妾，甚至更多的姬妾都是免不了的。別說我和他之間還沒有什麼，不過是他對我好，皇后娘娘也對我好而已；就算我和他的婚事定了下來，就算我們已經成了親，我也不可能讓他一輩子只守著我的。與其期望太深，讓自己一再受傷，甚至遍體鱗傷之後才恍悟，還不如一開始就不抱那種奢望。既然沒有奢望，我又怎麼會生氣、難過和傷心呢？」

「就算那個人是秦嫣然，妳也不難過嗎？」王蔓如的話衝口而出之後，便有些後悔，她關心地看著敏瑜，小心地道：「敏瑜……」

第四十七章

聽到是秦嫣然，敏瑜還是恍了一下神，但只那麼一下，她就清醒過來。

看著王蔓如眼底滿滿的關心和愧疚，她搖搖頭，道：「我沒事，蔓如。我只是有些意外，也有些生氣，要說難過真沒多少，妳不用覺得內疚。」

「我才沒有覺得內疚呢！」王蔓如死鴨子嘴硬地回了一句，卻終是過意不去，關心地道：「敏瑜，要是心裡不舒服的話，就衝著我發發脾氣，發洩出來會好一些。」

「就算心裡有氣也不能衝著妳來啊！」敏瑜心裡還真是很不舒服，她和秦嫣然極不對盤，這件事情九皇子李燕啟也略有所知，他卻還是和秦嫣然糾纏到了一起，這讓她心裡有些悶悶的。

至於秦嫣然，她卻不意外，她這個表姊什麼都想和她爭、和她搶。以前年幼，搶的是長輩的關愛、姊妹的情誼；現在長大了，和她搶男人也很正常。

敏瑜不知道的是，其實她還真是冤枉了秦嫣然。

秦嫣然一開始可沒有妄想過九皇子。她更中意的，是據說深得皇帝之心、繼承大統可能性最大的大皇子，或者有些陰沈的二皇子，再不然銳氣十足的三皇子也挺好，他們哪一個都比陽光開朗的九皇子更可能登上皇位，也是對她而言更好的選擇。可是，那些皇子都是有了差事的，他們哪有閒工夫到處閒逛，然後邂逅她這位抱負極大、也能夠給他們極大助力，讓他們成為一代明君的佳人呢？和九皇子認識也是湊了巧、得了機緣的，要是不好好把握的話，還不知道有沒有可能再抓住這麼一尾大魚。

「不過我很好奇，」敏瑜臉色微微一沈，道：「我知道我那表姊是個心大、想要攀高枝的，也早猜到她一定會為此十分努力，但九殿下可不是什麼人都能認識、接觸的，他們兩個怎麼攪和到一起的呢？」

「是福安公主！」王蔓如忿忿地道。「是她拉著九殿下陪她去博雅樓。原本可能是想製造個意外，讓九殿下和哪家的姑娘認識，而後發生些什麼變故，正巧遇上了妳那表姊正在博雅樓彈那首曾經在王家彈的曲子，公主認出了秦嫣然，便刻意請了她過來給九殿下認識，然後就成了現在這樣子。我真不明白，這麼多年的情誼，難道她就一點都不放在心上嗎？」

「有些情誼是一輩子都不會變的，但有些卻禁不住哪怕只是一點點的考驗。妳應該早就明白這一點才對。」敏瑜搖搖頭，沒有王蔓如那般憤慨，福安公主會這樣做她是很意外，但也想得通，就像她剛剛說的，沒有太高的期望，自然就不會太過失望。她更關心的是別的事情。

她滿臉沈思地看著王蔓如，道：「秦嫣然和公主、九殿下在博雅樓相遇，看到的人定然不少，可妳為什麼會認為公主是故意這樣做的呢？是誰和妳說了什麼嗎？」

「是曹彩音，她說……」王蔓如沒有把話說完便恍然大悟，恨恨地道：「我就說，她怎麼會拉著我訴了那麼半天的苦，原來是想利用我傳話。敏瑜，妳看這件事情到底是怎樣的？」

「如果我沒有推測錯誤，一開始應該是曹彩音為那天曹恒迪自取其辱的事情找了公主哭訴，而後建議公主給我添堵。譬如說給九殿下找個紅顏知己氣氣我，說不定還建議公主拉近她和九殿下的關係。但公主既然對曹恒迪有意，自然不會讓她和九殿下有過多的接觸，所以就算採納了她的建議，卻也將介紹給九殿下的對象換成了別人，於是漁翁得利的人成了秦嫣然。

「曹彩音偷雞不成蝕把米，自然是心有不甘。於是將這件事情透露給妳，想借妳的口讓我知道內情，和公主生隙。當然，要是我按捺不住性子，和公主吵了起來，從而影響我和九殿下的婚事，讓她從中獲利自然更好；就算我不上當，讓我心裡難過也不錯。」

或許是最近一直在沙盤推演，敏瑜的腦子越發的靈活了，幾乎不怎麼動腦子，就把所有的事情給看穿了。

她輕輕地搖搖頭，道：「看來曹家兄妹定然也懷疑，妳表面上和我水火不容，實際上卻不見得，所以才會利用妳。」

「那妳準備怎麼做？」王蔓如關心地看著敏瑜。

「我？我什麼都不準備做。」敏瑜微微一笑，道：「不管九殿下和秦嫣然有什麼，也不過是一樁風流韻事；而且以秦嫣然的出身家世，頂天了也就是一個侍妾的身分，我為了這種小事鬧將開來，不僅會讓自己顯得不夠大度，還會抬高她的身價，我沒有必要那麼做。再說，不還有皇后娘娘嗎？我相信皇后娘娘一定會好好處理的，我只要靜靜地等待她的處理結果就好。」

「敏瑜，妳受委屈了！」王蔓如很是心疼地道，原本以為敏瑜和九皇子是天造地設的一對，可是現在看來卻不盡然，如果敏瑜要嫁的不是皇子，她至於這般委屈自己嗎？

「我不覺得委屈。」敏瑜輕輕地拍拍王蔓如的手，人生在世，誰能不受委屈呢？不管是王侯將相還是販夫走卒，都有委屈，只是所受的委屈不一樣罷了，自己這一點點委屈又算得了什麼呢？她看著王蔓如，笑道：「不過，妳的急性子倒是該好好地穩一穩了，今日這樣的事情要不是遇上我的話，妳得好心辦壞事了。」

「我知道了！」王蔓如悶悶地點點頭，老實地道：「我回去就陪祖母抄經書去，好好地修身養性，免得又急急躁躁的給妳添亂子。」

「妳啊～～」敏瑜輕輕地搖頭，卻又關心地問道：「聽大嫂說，妳母親已經開始為妳張羅親事了？」

「可不是！」提到這個王蔓如就是一臉的苦色，道：「妳也知道我姊姊蔓芯的婚事雖然還行，但和大姊姊相比之下就差了太多，二姊夫的家世差一截、人品差一截、婆婆更差了一大截，二姊這才進門，那邊就給通房丫頭開臉……我娘覺得被大伯母比下去了，卯足了勁要在我的婚事上贏一回，我都快被她給煩死了。」

「我認識的人不多，但恰好認識一個各方面都很不錯的。」敏瑜看著王蔓如道。「就是許家的許仲珩，這人看起來木訥卻是個機敏的，為人十分沈穩，是個不錯的對象……妳不妨考慮考慮他。」

「他？」王蔓如怔住，對許仲珩她還真沒有太多的印象，好的、壞的印象都沒有，但她相信敏瑜的眼光，既然敏瑜說不錯，那就肯定不會差。只是，她遲疑道：「他那麼癡迷棋藝，我對棋藝又沒有什麼興趣，不大合適吧？」

「要是兩個人都為一樣事情著迷的話，可不見得是好事，也不一定就相配。」敏瑜笑了，卻又道：「當然，這只是我的小小建議，最主要的還是看妳自己喜歡不喜歡，妳和他應該有很多接觸的機會，不妨考慮看看。我打聽過，許家的家風極嚴謹。許老爺子不用說，那是出了名的潔身自好，許家的幾位爺也只有三爺納過妾室，而許仲珩這一代，不管是已經成親或尚未成親的，都沒聽說過有什麼風流韻事……這樣的人家可不多，值得費點心思好好地打聽打聽。」

「我聽妳的！」王蔓如點點頭，卻又玩笑道：「說到家風嚴謹，現在不知道有多少好人家的姑娘盯著妳另外的兩個哥哥呢！都說伯母是個好婆婆，給她當兒媳一定很幸福。」

「那倒是！」不管心裡是怎麼想的，對著外人，敏瑜從來只會說哥哥們好，她笑嘻嘻地道：「妳也不看看那是誰的哥哥，能差嗎？」

王蔓如也嘻笑起來，兩人說笑了好一會兒，王蔓如才告辭離開。

等她一走，敏瑜的臉就沈了下來，將剛剛回來的秋喜叫到身邊，吩咐道：「盯緊了三姑娘那邊，如果她和秦嫣然有什麼接觸的話，馬上回稟。」

「是，姑娘。」秋喜點點頭，而後遲疑地道：「三姑娘昨兒放了話出去，說是想見表姑娘，我看就這幾天，表姑娘可能會再次登門。」

「給我盯死了，她們的一舉一動都必須在我的眼皮子底下才行。」

「是，姑娘。」

「明兒一早和我進宮，皇后娘娘要見妳。」丁夫人看著女兒沈靜的面孔，想起外面盛傳九皇子和耒陽侯府表姑娘的風流韻事，心裡就像吞了一隻蒼蠅，說不出的難受，也深深地為女兒不值。

「嗯。」敏瑜點點頭，輕聲吩咐秋霞將她前些日子做好的那些鞋襪收拾出來，她準備檢查了之後明天順道帶進宮去。

「瑜兒，妳不想知道皇后娘娘召妳進宮是想和妳說什麼嗎？」看著女兒一如既往的樣子，丁夫人終究忍不住地問了一聲。她知道白天王蔓如來找過女兒，也認定一向嘴巴不嚴的王蔓如定然將那件她不知道應該怎麼和女兒開口的事情說了出來，可是看著敏瑜和平常沒有什麼兩樣的態度，她卻又懷疑自己的判斷了。

「娘，我大概猜得到，蔓如今天都和我說了。」敏瑜點點頭，將秋霞取出來的鞋襪再仔細地檢查一遍，確定都是自己親手所做的之後，親手將它們包好，然後放到最顯眼的位置，再揮手讓秋霞等人下去，給她和丁夫人單獨說話的空間。

「那妳怎麼還……」女兒不緊不慢的樣子讓丁夫人著急了，這件事情她都在為女兒叫屈了，可是女兒呢……唉，這一刻丁夫人真不知道應該怎麼說了。

「娘～～」看著丁夫人心疼著急的樣子，敏瑜貼心地偎進丁夫人懷裡，就像小的時候窩在她懷裡撒嬌一樣，笑著道：「娘，九殿下會和秦嫣然攪和到一起我也很意外，福安公主為了給曹恒迪出氣這樣做我也很憤慨，可是事情都已經發生了，我們該做的是平靜地接受這件事情、處理這件事情，儘量降低這件事情帶來的影響，而不是叫屈或者憤怒，不是嗎？」

如果敏瑜任性地哭鬧，丁夫人或許會壓制她、教育她，但敏瑜就這樣輕輕鬆鬆地接受了這一切，卻讓丁夫人自己越發不能接受這件事情了，她惱怒道：「這件事情不能就這樣接受了，明兒進宮，妳什麼都別說，娘一定要和皇后娘娘好好地說道說道，一定不能就這樣嚥下這口氣……」

「娘，女兒都不著急、不生氣，您氣什麼啊！」看著丁夫人心疼生氣的樣子，敏瑜立刻輕輕地拍著她的胸口，輕聲道：「娘，皇后娘娘心疼女兒沒錯，可是再怎麼心疼也越不過九殿下啊！那是她的親生兒子，是她心疼、驕寵長大的，她怎麼會為了女兒一個外人發落九殿下呢？

「易地而處，如果今日犯錯的是大哥，您再怎麼心疼大嫂，再怎麼氣惱大哥，也絕對不會因為這樣的事情把大哥給怎麼樣的。頂多不過是心生愧疚，好言好語地安慰一番，而後狠狠地責罵大哥幾句，讓他以後不許再犯。那還是您的兒媳婦，是自家人，而女兒呢？不過是相互有默契而已，連訂親都不曾。

「再說，這種事情對男人而言，不過是無傷大雅的風流韻事，真不值得大發脾氣。現在皇后娘娘心中或許還有些愧疚，但如果您和我擺出一副興師問罪的樣子，那麼我敢保證，皇后娘娘心裡的愧疚會馬上消失，說不定還會覺得女兒心胸太小，無容人之量，連這種事情都容不下。」

「妳說的都對，可是……唉，娘心疼啊！妳是娘的心肝寶貝，卻要受這樣的委屈！」還是那句話，敏瑜越懂事，丁夫人就越是心疼，甚至都在質疑自己是不是教錯了，把女兒養出了一副逆來順受的樣子，她恨恨地道：「如是旁人倒也罷了，可卻偏偏是秦嫣然……」

「娘，女兒真不覺得委屈。」敏瑜輕輕地拍著丁夫人的胸口，安慰道：「九殿下是皇子，照定例，除了正妃之外，兩個側妃、四或五個侍妾，甚至一群姬妾都是少不了的。秦嫣然出身擺在那裡，她和九殿下鬧成這個樣子，皇后娘娘心裡定然也很惱怒，最後頂多給她一個侍妾的身分。九殿下身邊多她一個不多、少她一個不少。要是多她這麼一個人，女兒就委屈得不行，那將來怎麼辦？」

「瑜兒，娘是不是錯了？」丁夫人心裡越發地難受起來，道：「如果不嫁皇子，以妳的聰慧能幹，一定能將丈夫牢牢地拴在身邊，一定能和和美美地過一輩子；可是因為娘，妳年紀小小的就出入宮闈，就入了皇后娘娘的眼……」

「娘，您這又是在說什麼呢？」敏瑜嗔怪地看著丁夫人，道：「京城那麼多的高門貴女，不知道有多少想要嫁給皇子呢，您這樣說可是有貪心不足的嫌疑哦！」

「別人家的閨女怎麼想，娘不想知道，娘只想知道妳心裡是怎麼想的。」丁夫人多瞭解敏瑜啊，一看就知道敏瑜是在寬慰自己，她扶起敏瑜，面對面的看著她，難得嚴肅地道：「瑜兒，妳認真地告訴娘，妳到底想不想嫁給九殿下？」

丁夫人嚴肅，敏瑜也不再撒嬌，她看著丁夫人，認真地道：「娘，說實話，我雖沒有多麼的熱衷，但也並不排斥。不熱衷是因為女兒對皇宮甚至比對自己的家還要熟悉，熟悉宮闈中那錯綜複雜的人際關係，熟悉那些勾心鬥角，更熟悉皇家的無情。不排斥是因為對方是九殿下，我們一起長大，對彼此的性情很瞭解，九殿下有再多的毛病都無所謂，但是有一點，他對我真的很好，願意寵著我、讓著我，皇后娘娘對我也是真心疼愛的。嫁給九殿下，我會面對很多的問題，不過我相信自己能過得很好。」

「也就是說，若非娘和皇后娘娘在背後推動，妳……」丁夫人越聽越覺得內疚，以前總想著女兒和九皇子青梅竹馬，想著皇后和九皇子會待女兒好，但是現在，卻覺得那不過是自己在自欺欺人罷了。

「娘～～」敏瑜輕笑著打斷丁夫人，她笑盈盈地道：「娘別因為這一點點事情就走了死胡同，您換一個思路去想，您想想您能找到一個比九殿下更能什麼時候都寵著我、讓著我的人嗎？或許有，但很難。誰沒個脾氣？誰又肯隨意讓人拿捏？若非我和九殿下是青梅竹馬，從小一起鬧著長大，他豈能這樣對我？嫁給九殿下，知根知底的，不用擔心對方有什麼不為人知的怪脾氣，不用擔心對方表裡不一，女兒覺得已經很好很好了。至於和秦嫣然的這些事情……娘，其實如果不是秦嫣然，而是一個我們素不相識的人，您或許也不會像現在這麼生氣了。」

丁夫人被敏瑜說得心裡總算是舒服了一些，她輕輕地摟著敏瑜，嘆氣道：「知道這件事情之後，娘這心裡一直都很不舒服。恨秦嫣然，恨她這麼多年還沒有改掉什麼都想和妳搶的個性；惱九殿下，真不明白他怎麼會被秦嫣然給迷惑了，一點都不顧妳的感受，和秦嫣然出雙入對，鬧得人盡皆知。

「還有福安公主……就為一個徒有虛名的男人，她就這樣對妳，和……真是有其母必有其女。唉，娘心裡真的很不舒服，更不知道該怎麼和妳開口說這個，怕妳受刺激失去理智……可現在，娘更心疼，我這麼懂事的女兒，不該受這樣的委屈！」

「我還以為娘覺得女兒不該為這些小事分心，所以就沒有和女兒提起呢！」敏瑜明白自己誤解了丁夫人的態度，不過這樣也好，如果不是認定丁夫人只覺得這不過是小事一樁，自己或許不會那麼簡單地就接受了這件事情。

「傻丫頭，若這都是小事，那什麼才算是大事呢？」丁夫人輕輕地點了點敏瑜的腦門，頗有些啼笑皆非的感覺。

「女兒最近做的那些事情啊！或許不一定能幫得上二哥，或許都是些幼稚的想法和推演，或許到最後不過是白費力氣，但是女兒真的努力了，只要想到能夠幫到二哥那麼一點點，女兒這心裡就興奮不已。娘，那些東西真的很有趣，要不是擔心有不好的影響，女兒都不想將沙盤和地圖交給爹爹保管起來。」

敏瑜的眼睛亮晶晶的，她一個女兒家，以前從未有人想過給她看兵書，而她也從未想過兵書會這麼的……有趣，她看了之後整個人都無法自拔了。

「好好的姑娘家，看那些做什麼？」丁夫人輕輕地拍了女兒一下，嗔怪地道：「妳爹也是，什麼都不管，只會縱容著妳。」

「娘不也一樣縱容著女兒嗎？」敏瑜嘻笑著。

丁夫人也總算是笑得出來了，母女倆笑著說了幾句閒話之後，丁夫人才回歸正題，道：「那麼，明天進宮想怎麼做，自己心裡有底了？」

「放心，女兒知道該怎麼做的，娘只管看女兒的表現就是。」敏瑜點點頭，然後卻又微微一皺眉，道：「不過，明天要進宮，可得把家裡先安排好。」

「妳說的是敏柔？」丁夫人了然地看著她。

「半個月前，秦嫣然不是已經和三妹妹冰釋前嫌、重歸於好了嗎？我想表姊一定很希望在沒有人干擾的情況下，和三妹妹好好地說說話……我不想給她這個機會。」敏瑜點點頭，秦嫣然和敏柔那日的談話敏瑜一字不差地都知道了，只是那個時候她有更要緊的事情，沒有心思理會她們，而現在，她可以騰出手來了。

「妳想怎麼做就怎麼做吧，我讓蔓青配合妳。」丁夫人心裡也發了狠，道：「至於敏柔，我會和妳爹爹好好地談談，我不想像放縱秦嫣然一樣放縱著她了。我不希望將來某一天她像秦嫣然一樣，給我的寶貝女兒造成困擾。」

「娘這麼說了，我就放手去做了。」敏瑜點點頭，笑著道：「娘，一會兒把姚黃留下來，我借用一下，很快就還給您。」

丁夫人自然不會拒絕，她點頭笑笑，道：「好，娘依妳就是！」

第四十八章

第二日一早，順利地進了宮，敏瑜到了坤寧宮，拜見了皇后。

敏瑜一如既往地笑著將自己親手做的鞋襪獻給皇后，得了皇后的誇獎，又笑著說了些閒話之後，皇后這才進入正題，她狀似隨意地道：「瑜兒，小九最近鬧出的那些糟心事，妳聽說了嗎？」

敏瑜老老實實地點點頭，道：「聽說了。不瞞娘娘，剛剛聽到的時候敏瑜還發了頓脾氣，一個不留神還砸了一個粉彩盤口瓶……」她輕輕地吐吐舌頭，臉上頗有些不好意思，道：「那可是敏瑜求了好久，小氣的娘才讓敏瑜去庫房裡挑出來的好東西，只哐啷一聲，東西就沒了。然後敏瑜的火氣也沒了，心也疼了起來……」

敏瑜的樣子讓皇后笑了出來，她笑罵道：「什麼好東西，把妳心疼成那個樣子！嵐娘，前些日子不是呈上來一對漂亮精緻的梅瓶嗎？妳去找找，把它找出來，一會兒給這小財迷帶回去。」

嵐娘笑盈盈地應諾。

敏瑜歡歡喜喜地笑著道：「謝謝娘娘！唔，沒想到發脾氣還能攤上這樣的好事，看來敏瑜以後時不時地要發些小脾氣了。」

「這個促狹丫頭！」皇后被敏瑜逗得笑了起來，但很快的，笑容就微微一斂，道：「那麼，對這件事情，敏瑜有什麼想法嗎？」

敏瑜知道皇后認真了，她不再耍寶，認真老實地道：「敏瑜心裡很難受，不過，敏瑜想聽娘娘的，娘娘說什麼敏瑜都會乖乖地聽，我相信娘娘一定不會讓敏瑜受委屈的。」

「妳這孩子，就是讓人心疼。」敏瑜的反應並沒有出乎皇后的意料，在她眼中，敏瑜聰慧乖巧、善解人意，更難得的是她懂得掌握分寸，知道什麼可以要，什麼卻不能奢望；面對誘惑也能控制住自己，有這樣一個兒媳，她才能放心兒子啊！

敏瑜甜甜一笑，沒有說話，靜靜地等著皇后開口。

皇后沒有讓她等太久，微笑著道：「這件事情鬧得著實不像話，本宮已經狠狠地責罵過小九，而他也知道錯了，他也向本宮保證過了，這樣的事情絕不再犯。」

看皇后故意頓住，敏瑜便重重地點點頭，帶了些憤慨地道：「是該狠狠地罵一頓，敏瑜一點都不可憐他！」

皇后又笑了笑，道：「人罵過了，但是事情卻還是要處理。秦嫣然好歹也是官宦之後，和妳是表姊妹，在耒陽侯府也養了那麼多年，要是不給一個交代的話也說不過去。本宮決定先派幾個教養嬤嬤好好地教教她規矩，等小九的皇子府建好，她也差不多及笄了，到時候一乘轎子抬進府當個侍妾。敏瑜，妳看這樣可好？」

敏瑜早猜到會是這樣的結果，她點點頭，道：「全聽娘娘的，不過……娘娘一定要派幾個最嚴格的教養嬤嬤，我這表姊可從來沒有好好地學過規矩，規矩懶散得很，可得好好地教教。」

敏瑜帶了些小心眼的補充條件讓皇后笑了，心裡滿意，嘴上笑罵道：「妳這小心眼的丫頭，本宮聽妳的，一定不會讓她隨隨便便地就過了這一關的。至於小九，本宮也會將他禁足一段時間，在秦嫣然被抬進府之前，本宮也絕對不會讓他和秦嫣然再見面，妳看怎樣？」

「這個……」敏瑜帶了幾分不忍，輕聲求情道：「娘娘，殿下那性子，您讓他禁足比打他一頓板子還要讓他難受，就禁止他和秦嫣然見面，禁足就算了吧！」

「心疼了？」敏瑜的求情讓皇后心裡很熨貼，沒有幾個當娘的願意為這種事情處罰兒子，她也不例外。

「才不呢！」敏瑜一副死鴨子嘴硬的樣子，她皺皺鼻子道：「敏瑜這是想慫恿您打他一頓板子，好替敏瑜出出氣呢！」

「哦？這樣啊！」皇后娘娘裝出恍然的樣子，然後對一旁的嵐娘道：「傳我口諭，把小九打一頓板子給瑜兒出氣！」

「是，娘娘！」嵐娘知道皇后是在逗弄敏瑜，立刻笑盈盈地點頭應諾。

敏瑜立刻跺著腳不依地叫了起來。「娘娘啊～～」

「看看、看看，心疼了吧！」皇后哈哈大笑起來，招招手，讓敏瑜到她身邊，輕輕地摟著她，疼惜地道：「瑜兒，本宮知道，這件事情讓妳受委屈了，可是為了皇家的顏面，本宮卻只能讓妳受委屈，還希望妳能理解本宮的苦衷。」

「敏瑜知道娘娘也有難處，敏瑜也不覺得委屈。」敏瑜輕輕地靠在皇后肩上，貼心地道：「敏瑜知道娘娘是心疼敏瑜的，但不能因為心疼敏瑜就失了公允。」

「乖孩子！」皇后輕輕地拍拍敏瑜，道：「至於福安……這孩子最近野了些，本宮讓她好好地待在嫻甯宮抄寫經書，年前應該沒有時間和什麼人來往了，妳也別去打擾她修身養性。」

被禁足外加抄寫經書，看來皇后娘娘對福安公主敢慫恿、利用九皇子的事情很惱火啊！敏瑜沒有錯過皇后話裡的冷意，她點點頭，笑道：「敏瑜知道，敏瑜一定不會去打擾公主殿下清修的。」

「好孩子！」敏瑜的應對讓皇后很滿意，她看了看殿外一直探頭探腦的內侍，笑著搖搖頭，道：「看來有人想見妳呢，妳要是不想見的話，本宮一定為妳撐腰，把外面那個晃來晃去的奴才攆走。」

敏瑜也看到九皇子身邊的內侍喜樂故意在殿門口晃來晃去地惹人注意了。她心裡雖然很氣惱，但也沒有因此失去理智，便笑著道：「娘娘，敏瑜才不想見什麼人呢！不過，難得今天下雪，御花園的紅梅一定開得很好，敏瑜去給您折幾枝來插瓶，您說好不好？」

「好、好！」敏瑜的藉口讓皇后忍俊不禁地笑了起來，看著敏瑜在幾個宮女的侍候下披上大氅，又笑嘻嘻地出去，到了門口的時候還故意高昂著頭，理都不理喜樂就走了，喜樂跟在後面賠小心地說了幾句話，就一溜煙地跑回去找九皇子回話去了。

敏瑜走了之後，皇后屏退了大部分的宮女，帶了幾分歉意地對丁夫人道：「慧娘，這件事情真是委屈瑜兒了！」

丁夫人心裡也為女兒抱屈，但是她清楚，敏瑜的做法才是對的。她連忙搖頭，道：「娘娘不要這麼說，她有什麼好委屈的，又不是什麼大不了的事情。要不是娘娘心疼她，這種小事哪裡還需要娘娘過問，還專門叫臣妾母女進宮說道。」

皇后娘娘輕輕地嘆了一聲，道：「妳這是在臊本宮呢！這件事情是小九做得不對，如果不是小九不知道收斂，還和秦嫣然出雙入對、鬧得人盡皆知的話，本宮定然不會這樣處理的。慧娘，本宮向妳保證，一定會讓她無聲無息地消失，不會讓她總那麼杵在那裡給瑜兒添堵的。」

皇后娘娘這一番話總算讓丁夫人心裡的不平少了些，她笑呵呵地道：「娘娘，瑜兒看著和軟，但也不是什麼人都能欺負的，您不用事事都為她著想，慣得她越發的嬌氣了。」

「本宮不慣著她還能慣著誰？」皇后娘娘白了丁夫人一眼，而後臉色微微一沈，道：「還有福安……為了一個只見過一次面、頗有好感的男人，就暗中算計和自己一起長大的姊妹，還真是有乃母之風啊！」

丁夫人心裡對福安公主也很有意見，並沒有像往常一樣為她說幾句好話，但也沒有落井下石，只是輕輕地嘆息了一聲，什麼話都沒有說。

「她對曹家那個繡花枕頭有好感本宮也略有耳聞，原本還想成全了她的念想，但是現在，等她及笄之後再說吧！要是到了那個時候，曹恒迪還沒有訂親事，本宮就出面為她招了這個駙馬；要是曹家見機不妙，早一步給曹恒迪訂了親事，那就再說吧。」

對著丁夫人，皇后娘娘也沒有隱瞞自己原本的打算，她輕輕地搖搖頭，道：「福安小的時候看著還不錯，倒也天真活潑了幾年，但是年紀越大就越像嫻妃……妳和瑜兒說一聲，讓她疏遠著些。」

「臣妾曉得。」丁夫人點點頭，她也覺得女兒有必要和福安公主遠著點了，免得再被她傷了心。

「她被禁足，心裡定然不服；她和嫻妃一樣，不敢對此說半個不字，但絕對會用些迂迴的手段讓本宮解除了她的禁足，或許又會讓瑜兒為她求情。瑜兒那孩子什麼都好，就是像妳一樣，對身邊的人總是心軟，這一點最要不得，讓她改改。」皇后又交代一句。

丁夫人自然不會說敏瑜在這點上其實一點都不像她，只點頭答應下來，而皇后也沒有再說這些不開心的事情，拋開這話題，說起了別的……

得了喜樂回話的九皇子，緊跟著到了御花園那幾棵盛開的梅樹下，看到敏瑜正認真地挑選著適合插瓶的梅花，帶了幾分忐忑地上前，陪著笑臉道：「敏瑜妹妹，我來幫妳！」

敏瑜沒有給他好臉色，也沒有拒絕他幫忙，指著自己中意的幾枝梅花，九皇子連忙上前折下來，遞到敏瑜手中，而後繼續陪著笑臉，道：「敏瑜妹妹，妳真的生氣了？」

「我是生氣了，非常、非常的生氣！」敏瑜很直接地道，然後看著臉色有些訕訕的九皇子，反問道：「怎麼，難道我不該生氣、不能生氣嗎？」

「該！該！」九皇子沒有脾氣地點頭，和小的時候一樣，每當敏瑜真的生氣時，他除了服軟之外再無其他念頭。

敏瑜輕輕地哼了一聲，不高興地道：「既然知道會惹我生氣，為什麼還要那樣做呢？難道你覺得讓我生氣很有趣嗎？就像小的時候一樣，一再地惹惱我，然後又費盡心思地把我逗笑？」

九皇子輕輕地撓撓頭，輕聲解釋道：「敏瑜妹妹，我真的不是故意的，我也沒有想到事情會鬧成現在這樣子。」

「哦？那你原本是怎麼想的呢？」敏瑜好脾氣且耐心地看著他，擺出了一副洗耳恭聽的架勢。

「這……」九皇子看著認真的敏瑜，微微地頓了頓，也認真地道：「我原本只是陪七妹隨便出去逛逛……妳和王蔓如進宮次數少了之後，七妹妹真的很寂寞……」

「說重點！」敏瑜不想聽他提起福安公主，她淡淡地道：「我說了是給娘娘折梅花回去插瓶的，可不能耽擱太長的時間。」

「哦。」九皇子不在意地應了一聲，道：「一開始的時候我只是被秦嫣然的琴藝吸引了……她的琴藝其實一般，比妳差多了；但她彈的曲子真的是……那種豪情、那種灑脫……我都不知道該怎麼形容了，一聽之下，心馳神往是免不了的。敏瑜，妳不知道，我從來沒有聽過這麼對我胃口的曲子，癡癡迷迷地站在那裡聽她彈了一遍又一遍……」

「那首曲子我也聽過。」敏瑜淡淡地插了一句，她知道如果自己不打岔的話，九皇子定然會偏題，拉著自己討論那首曲子如何得他的心。

「聽了那首曲子之後，我心裡對秦嫣然就很是欣賞。我不知道她是從哪裡得到的曲譜，但我相信她一定很喜歡，才會在博雅樓彈奏。那首曲子豪情奔放，愛好之人就算不是生性灑脫不羈的，也差不了。」九皇子看著敏瑜的眼神很清澈，他在敏瑜面前一向是有什麼就說什麼，很少遮遮掩掩的。

「所以你就起了結識的心思？」敏瑜輕聲嘆息。秦嫣然喜歡那曲子嗎？未必吧！不過是她琴技普普，若想要一曲成名，只能在選曲上下功夫，而她不知道是對這首曲子特別有信心，還是因為就會這一首特別的曲子。她那人功利心太強，怎可能會有那般灑脫的心態？

「沒有！真的沒有！」九皇子連連搖頭，道：「男女有別，我怎麼會想著和一個素不相識的姑娘結識呢？」

「可是你還是和她結識了。」敏瑜淡淡地點出事實，道：「不但和她結識了，還和她來往密切，出雙入對，鬧得人盡皆知。」

「是七妹妹、七妹妹說她聽過這首曲子，還說是個熟人，便把秦嫣然請過來了，然後……」九皇子忽然有些心虛地看著敏瑜，道：「敏瑜妹妹，嫣然是妳表姊，妳應該也知道，她廣聞博見，不管是天文還是地理都知曉，雖然只是泛泛，卻已經很不得了了。而且她說話風趣、言談奇特，頗有見地，也不大在意男女之防，慢慢地也就熟稔起來了。」

九皇子表現出的心虛讓敏瑜心裡有些澀澀的，她知道如果九皇子沒有對秦嫣然動心的話，定然不會有這種表情，他一定會坦坦蕩蕩地看著自己的。

對九皇子她確實沒有多少男女之情，套一句秦嫣然對敏行說過的話，她心裡更多的是將九皇子當成了哥哥；但和秦嫣然不同的是，在察覺到皇后娘娘和丁夫人的心思之後，她就努力的讓自己全心地接受將要嫁給九皇子的事實，努力地瞭解九皇子的喜好，也努力地在他身上投注感情，可是現在……敏瑜再怎麼理智也只有十四歲，心裡能好受才怪！

「所以，你慢慢地喜歡上了她，是吧？」敏瑜沒有掩飾自己的不滿，她知道，皇后從來沒有指望過九皇子多麼的有出息，他是皇后嫡子，上面還有一個各方面都極為出色、也深得帝心的大哥，他要是太有出息可不是一件好事。因為皇后娘娘的刻意放縱和寵溺，九皇子過得很自在，也沒有太深的城府。和他說話相處，最好直接一些，要不然的話，有可能出現你被氣得半死，他卻渾然不覺的情況。

「敏瑜妹妹……」九皇子吶吶地叫了一聲，他從未見過像秦嫣然那樣的女子，長相對他來說還是其次，畢竟他也是見慣美人的，但是秦嫣然的性格、學識，還有她的行為處事，卻都顯示著她是那麼的與眾不同，這深深地吸引住了他——只是吸引，要說有多喜歡卻還談不上，至少比起眼前的敏瑜是遠遠不如的。

「別叫我！」敏瑜惱怒地看著他，然後問道：「你什麼時候知道她是我表姊的？」

「一開始沒有反應過來。」九皇子小心地看著敏瑜的臉色，道：「我知道妳有個不對盤的表姊，可是一直認為必然是個處處惹人厭的，而嫣然……七妹妹一開始也沒有和我說，直到我們見過好幾次，都很熟悉了之後，嫣然才偶然提起。」

「而那個時候你已經很喜歡她了，所以也不管她是不是我討厭到了極點的人，還是和她來往密切，是吧？」敏瑜心裡嘆氣，她認真地看著九皇子，道：「如果剛開始你就知道她是誰的話，你還會和她來往嗎？」

「不敢肯定，畢竟嫣然和我真的很合得來；但是，我一定會考慮到妳的心情，儘量疏遠一些……」九皇子老實地看著敏瑜，道：「等到我知道她的身分時，我心裡其實也很擔心，擔心妳生氣惱怒，我還特意找了七妹妹詢問。」

「公主說什麼了？」對福安公主，敏瑜再一次心寒，她相信福安公主是刻意將秦嫣然的身分隱瞞下來的。

「她說妳一向大度，不會真的生氣的。」這一次，九皇子沒有將福安公主的原話全部說出來，福安公主除了說敏瑜大度不會計較之外，還說敏瑜沒有資格管那麼多，畢竟他是皇子，就算敏瑜和他已經訂下親事，也不能這般拈酸吃醋，更不能管這管那……

「她是不是還說，我要是連自家的表姊都容不得的話，還能容得下什麼人？」敏瑜輕輕地搖頭，她知道福安公主一定說了很多讓九皇子能心安理得地和秦嫣然繼續往來的話，要不然以九皇子的性子，至少也會給自己送些小禮物賠小心的。

九皇子嘿嘿一笑，默認了敏瑜的話。

敏瑜輕輕嘆氣，道：「按理來說，我本沒有資格管這管那，畢竟你是皇子，而我不過是個不起眼的侯府姑娘……」

「敏瑜妹妹～～」敏瑜這句話讓九皇子著急起來，他從小就喜歡敏瑜，也認定了敏瑜以後會是他的皇妃，會是一輩子陪著他的那個女人。可不知道為什麼，母后雖然喜歡敏瑜，卻一直沒有把他們的婚事定下來。

「你好好地聽我說！」敏瑜看著九皇子著急的樣子，又嘆了一口氣，等九皇子平靜下來之後，認真地道：「我沒有資格管你什麼，但我卻有必要讓你知道我的態度。」

「敏瑜妹妹，妳說！」九皇子最喜歡的就是敏瑜這一點，生氣就生氣、高興就高興，從來不會拐彎抹角，不會故作深沈的讓自己猜來猜去。

「我討厭秦嫣然，一直以來都很討厭，從未想過與她和解。」敏瑜看著九皇子，認真地道：「皇后娘娘剛剛和我說了，怎麼處理她，我沒有任何異議，一切都聽娘娘的安排。但這不意味著我就會接受她，我接受的只是娘娘的安排，不是她。」

「敏瑜妹妹，其實嫣然真的很好，只要妳放棄成見……」

「冰凍三尺非一日之寒，我對她的厭惡，也絕對不只是因為一點點成見。」敏瑜輕輕地搖搖頭，道：「我之所以這般明白的表態，是不想在你面前粉飾太平，不想讓你看到一團和氣的假象。」

敏瑜的話讓九皇子有些垂頭喪氣，他知道敏瑜既然這般說了就不會改變，她有的時候固執得讓人頭疼，他老實地點點頭，看著敏瑜道：「如果現在我和嫣然徹底絕交，會不會讓妳心裡舒服一些？」

徹底絕交？敏瑜搖搖頭，皇后娘娘決定讓秦嫣然進府當侍妾，必然有很多考量，她現在推翻對大家都沒有好處，她不想談這個，揚揚手上的梅花，道：「娘娘一定等急了，我們還是先把花給娘娘送過去吧！」

第四十九章

「我很好奇，這個是什麼東西！」敏瑜指著桌子上那一顆小小的白色藥丸，玩味地道：「不知道這東西到底有多重要，能夠讓表姊親自回來取。」

秦嫣然滿眼恨意地看著敏瑜，她總算知道自己和敏柔的一舉一動都被人監視著。要不然，怎麼可能自己剛一拿到藥丸，就冒出一群力氣大、手腳快的丫鬟、婆子，不但將秘藥搶去，還將自己和敏柔押到了敏瑜跟前。

「表姊不想說嗎？」秦嫣然不掩飾的恨意敏瑜並沒有放在眼裡，反正多恨一些還是少恨一些都一樣，她轉向敏柔，笑盈盈地道：「那麼，三妹妹能告訴我這是什麼嗎？」

「這……」敏柔的眼神游移，道：「這不過是顆普通的糖丸，二姊姊要是不信的話可以嚐嚐。」

「這種來歷不明、作用不明的東西我可不敢隨便嚐，我可不想像老夫人一樣，莫名其妙地就把什麼人當成了命根子。」敏瑜意有所指的話讓敏柔的臉色一白，她原以為自己做得很隱秘，沒有想到敏瑜居然也知道。這讓她有一種被人看透了的感覺，她甚至懷疑敏瑜是不是也知道了她不是原主的事實。

但不管怎麼樣，敏柔只能堅持剛剛的說辭，死鴨子嘴硬地道：「二姊姊信也好、不信也罷，這就是一顆普通的糖丸。」

「那麼就試試吧！」敏瑜微微一招手，立刻有個粗使婆子抱上來一隻母雞，敏瑜點點頭，那婆子就麻利的將那藥丸塞到了雞嘴之中，讓牠吞下。看著那神奇的秘藥被一隻母雞給吃了，秦嫣然固然是心疼得要死，敏柔也好不到哪裡去，但是比起心疼，她們更關心的是這藥母雞吃了有沒有效果、又是什麼樣的效果。

藥丸服下好大一會兒，就見那母雞忽然來了精神一般，「咯咯咯」地叫了起來，一邊叫一邊用那雙黃豆般大小的眼睛炙熱地看著敏柔，脖子更伸得老長，一個勁兒地往敏柔那邊伸過去，這讓所有的人都為之一怔。

「鬆開。」敏瑜吩咐道。

那婆子手一鬆，那母雞就掙脫了她的手，兩隻翅膀撲騰著衝向了敏柔，嘴裡還「咯咯咯」的叫著，敏柔想要躲閃，可是她身後的丫鬟沒有得到敏瑜的吩咐，怎麼會讓她躲開，一左一右的夾住她，然後眼睜睜地看著那母雞撲到了她裙下，仰著頭，朝著她「咯咯咯」地叫喚著，一邊叫還一邊努力地往上撲騰，似乎想跳到敏柔懷裡一般。

縱然是滿腹心事，敏瑜也被這滑稽的一幕逗得笑了起來，她一笑出聲，一旁早就憋著笑的丫鬟、婆子也都笑得前俯後仰，只有一身狼狽的敏柔和恍悟過來的秦嫣然怎麼都笑不出來。

「看來這糖丸還真是有趣，吃了三妹妹的糖丸，連母雞都把三妹妹當成了最親的人。」

敏瑜看著臉色發青的敏柔，笑道：「對於這個，不知道三妹妹應該作何解釋？」

敏柔連嘴裡都泛起了苦苦的味道，她真的很後悔，早知道會被抓個正著，就應該拿上次的那種秘藥，而不是這種更高一級、也更昂貴的秘藥。這種特製的藥，裡面加了敏柔的血，不管下藥的是誰，只要被下了藥，哪怕未曾謀面，都會對敏柔生出好感；一旦見了面，就會像老夫人一樣，將自己捧在手心裡。這種藥不但更昂貴，還要專門訂製，也就是因為這樣，她才會耽擱到現在才和秦嫣然碰面。

她原本是打算借秦嫣然的手，將這藥下給某個貴人——她相信，秦嫣然發現藥效全無的時候，一定會找自己興師問罪，然後自己就能從她嘴裡知道那人的身分，之後再製造和那人見面的機會，而後，她就能青雲直上了。可是現在……她真不知道應該怎麼解釋，怎麼將自己撇清關係了。

一旁的秦嫣然除了憤怒之外，更多了一絲慶幸，她憤怒的對象自然是敏柔，沒有想到自己還是小看了這個老鄉；慶幸的是自己和她的小動作被敏瑜發現了，要不然，自己辛辛苦苦、冒著極大風險給人下藥，卻讓敏柔撿了大便宜，那才要把她給氣死。

這藥尚未到手時，秦嫣然一直在思索該給誰下藥，九皇子首先被她剔除了。她知道在九皇子心裡，她並沒有多重要。事情鬧開了之後，只有皇后娘娘派來的女官冷漠地宣佈了皇后對自己的處置，九皇子連面都沒有露。加上先前和他相處的短暫時光中，她故意提起敏瑜時九皇子的態度，她就知道，在九皇子眼中，自己或許是個紅顏知己，但絕對比不上敏瑜。不過就像她在九皇子心裡沒多少分量一樣，九皇子對她來說也還不夠分量，她並沒有打算對九皇子下藥。

她更想找機會將這藥用在皇后、皇帝或者那傳聞中最有可能繼承皇位的大皇子身上——好吧，她承認，以她的身分，她在九皇子心裡和身邊的地位，面聖是極難的；就算見了皇帝，要給皇帝下藥也是不可能完成的任務。

但是皇后呢？大皇子呢？尤其是後者，從九皇子無意中透露出來的資訊中得知，因為是一母同胞，大皇子和九皇子感情相當的好；加上九皇子從小就被嬌慣，大皇子也處處照顧著這個弟弟，兩人時不時地會見面小聚。自己和九皇子的名分定下來之後，一定有機會見到大皇子。至於下了藥後，大皇子迷戀她導致兄弟反目什麼的，秦嫣然都沒有考慮進去；反正，皇家無情是誰都知道的事情，骨肉相殘對皇家而言都是尋常事了，兄弟倆爭個女人又算得了什麼呢？

見敏柔滿臉苦色，卻不開口，敏瑜也不勉強，她偏頭，看著沒有掩飾自己憤怒情緒的秦嫣然，道：「看樣子三妹妹什麼都不想說，那麼表姊妳呢？妳怎麼解釋這件事情？這糖丸表姊又準備給什麼人服下呢？」

「我不知道該怎麼解釋！」秦嫣然看著敏瑜，冷淡地道：「是敏柔妹妹說有要事，特意讓我回來的，見面敘舊了幾句，她就拿了這個給我，說是糖丸，讓我嚐嚐味道。我剛剛接過來，就衝出一群丫鬟、婆子，不但將這糖丸搶了去，還把我們兩個推推搡搡地弄到這裡來了。」

「妳胡說！」秦嫣然的話讓敏柔著急了，秦嫣然這番話不但撇清了自己，還給敏柔加了一道謀害她的罪名。

「我胡說什麼了？」秦嫣然看著急紅眼的敏柔冷笑，道：「事實擺在眼前，這東西根本就不是妳說的什麼糖丸，而是吃了就會對妳好的秘藥，這樣的東西定然是妳拿來謀害人的。我剛剛差點就被妳給謀算了，不是嗎？」

「這明明是妳要的東西！」敏柔急了，道：「妳不是攀上了九皇子嗎？一定是想給九皇子下藥，讓他對妳千依百順，然後厭棄了二姊姊。」

「表妹可別血口噴人。」看著敏柔著急，秦嫣然反倒從容了，她冷笑著道：「要是這隻吃了藥的母雞往這嬷嬷身上撲騰，妳說的話尚可信；但是現在，這母雞只認妳，妳這話還有誰能相信？難不成我會傻到下藥給九皇子好為妳作嫁嗎？九皇子和我兩心相許，我犯得著冒天下之大不韙，給他下這勞什子秘藥嗎？」

「明明就是妳……」敏柔指責了 句，也覺得自己的說辭很蒼白，她轉向敏瑜，道：「二姊姊，妳相信我，這藥真的是秦嫣然要的。只是我存了私心，將藥效改了，原本是想借著她的手，給自己找一個靠山，沒想到卻被妳撞破，而後成了現在這樣子。妳要相信我啊！」

「沒有真憑實據，妳讓我怎麼相信妳？」敏瑜自然相信敏柔的話，但就如她所說的，沒有證據，她也不能將罪名定在秦嫣然身上。她輕輕地搖搖頭，道：「來人，仔細搜搜三妹妹身上，看看還有沒有這種奇怪的糖丸。姚黃，妳帶人去三妹妹和荷姨娘的住處好好的搜搜，一旦有發現，立刻送到我這裡來。」

「是該好好地搜搜！」秦嫣然點頭，她心裡現在是恨死了敏柔，她看著敏瑜，道：「我險些就被敏柔給謀算了去，這件事情妹妹和耒陽侯府得給我一個滿意的交代。」

「表姊想要交代啊？」敏瑜看著秦嫣然，很和氣地點點頭，道：「這個很簡單，我這就讓人去宮裡，求皇后娘娘派身邊的女官和九殿下一併前來，當著他們的面，將這件事情追究到底，給表姊一個滿意的答覆和交代。」

秦嫣然僵住，這件事情要是鬧到了皇后跟前，她決計討不了好；要是敏柔覺得自己到了窮途末路，不管不顧地將所有的一切牽扯出來……秦嫣然打了一個寒顫，不期然地想起了歐洲中世紀對付異端的辦法，她可不想自己也被綁在柱子上燒死。當然，他們也有可能會看在自己有極大用處的分上留自己一命，但是等到自己的利用價值不在的時候呢？迎接自己的必然還是一個極悲慘的結果。

想到這裡，秦嫣然心裡就一陣發寒，她努力地擠出一個笑容，道：「不過是自家姊妹之間的一點點小事、小誤會，沒有必要鬧那麼大吧！」

「小事、小誤會？」敏瑜輕輕地挑眉，看穿了秦嫣然的心虛，她倒是真的很想將敏柔和秦嫣然一併給處理了，但是想到這兩個妖孽一旦暴露，將給耒陽侯府帶來的不利影響，她也只能忍住那個誘人的念頭。

「不就是姊妹之間的小事嘛！敏瑜妹妹應該也不想因為這些小事影響到耒陽侯府吧！」秦嫣然訕笑一聲，她知道敏瑜在乎什麼，立刻拿出來做籌碼。

「既然表姊不介意了，那麼，還請表姊移駕，不要干擾我處理家務事。」敏瑜直接攆人，道：「秋喜，替我送表姑娘出去！」

姚黃的辦事效率一向很高，秦嫣然前腳才走，她後腳便到了，更查抄到了敏柔藏在首飾盒裡的白色藥丸，模樣和之前的那顆一般無二。

除了藥丸之外，姚黃還將敏柔院子裡的丫鬟、婆子一併帶了過來，惶惶不安的荷姨娘也來了，看到被兩個粗壯婆子押著的敏柔，她繃得緊緊的神經就繃不住斷了弦。她毫不猶豫地撲向敏柔，被人阻攔下來後，她帶了些忿忿地瞪著敏瑜，道：「二姑娘，妳怎麼能這樣糟蹋三姑娘呢？再怎麼說，她也是妳的親妹妹啊！」

「糟蹋？」敏瑜輕輕一挑眉，冷冷地道：「我怎麼糟蹋三妹妹了，姨娘可得好好地說清楚！」

敏瑜的口氣實在不好，讓荷姨娘微微一縮，心裡就有些怯懦，看了神色頹然的敏柔一眼，還是鼓起勇氣道：「二姑娘無緣無故地讓人把三姑娘這麼押著，還讓張金喜家的帶著人查抄三姑娘和婢妾的院子，這還不是糟蹋嗎？」

「這就算糟蹋了啊？」敏瑜恍悟，她輕輕地一抬手，秋霞立刻將那顆白色的藥丸遞給她，敏瑜用兩根手指小心地將它挾起來，輕輕地晃了一下，道：「荷姨娘可知道這是什麼東西？又是從什麼地方搜出來的？」

那藥丸是什麼荷姨娘還真不知道，但是姚黃帶著人查抄敏柔院子的時候，她聞訊趕了過去，親眼看到姚黃從敏柔的首飾盒裡將這顆用紙包著的藥丸搜出來的，她心裡怦怦直跳，嘴上卻還在為敏柔說話，道：「婢妾也不知道這是什麼，想來應該不是什麼害人的東西……二姑娘，三姑娘整日被拘在家裡，大門不出、二門不邁，怎麼樣都不會有害人的東西的。」

「我也是這麼認為的！」敏瑜點頭贊同荷姨娘的話，不等荷姨娘放下心來，卻又看著敏柔，道：「所以，我更好奇了，三妹妹到底是怎麼神不知、鬼不覺地弄來這東西的！」

這個……荷姨娘語塞，她將視線投向敏柔，她垂著頭站在那裡，不知道在想什麼，她的腳下有一隻羽毛光亮的母雞，從她進來到現在一直在鍥而不捨地朝著敏柔撲騰著，大有敏柔不將牠抱起來誓不甘休的架勢。這看起來很可笑，但是荷姨娘卻怎麼都笑不出來，她急切地道：「三姑娘，妳和二姑娘好好地解釋解釋啊！」

解釋什麼？敏柔不覺得自己還能解釋什麼，又有何必要再解釋什麼？反正事情已經到了這一步，解釋也是沒用的，還不如不要再浪費口舌。有被下了秘藥、絕對維護自己的老夫人當靠山，她就不相信敏瑜還能把她怎麼樣！她現在最煩的是裙下那隻努力地想要和自己親近的母雞，恨不得一腳把牠給踢死。

「三姑娘～～」敏柔無意開口可把荷姨娘急壞了，她看看眼神冷冽的敏瑜，再看看敏柔，撲通一聲跪了下去，哀求道：「二姑娘，求求您，您大人有大量，就不要和三姑娘一般計較了……」

「這是怎麼了？」

荷姨娘求情的話還沒有說完，暖閣外就傳來老夫人的聲音，而後老夫人就在依霞小心翼翼地攙扶下進了門，看看明顯被控制住了的敏柔，再看看跪在地上的荷姨娘，一張老臉難看得不得了，朝著敏瑜就責罵道：「我一直都知道妳這個丫頭是個心狠無情的，敏柔再怎樣也是妳的親妹妹，妳怎麼敢這麼對她？我告訴妳，今日有我這老婆子在，絕不會容得妳害了我的乖孫女！」

看著進了門不由分說地就維護敏柔的老夫人，敏瑜心裡只為她感到悲哀，她起身，照著規矩給老夫人請安，而後請她坐下，不等她又開口責罵，淡淡地道：「老夫人稍安勿躁，等敏瑜將事情的原委好好地和您說個清楚之後，您再說話也不遲。」

「什麼原委？」老夫人卻不想聽敏瑜好好地說話，她瞪著敏瑜道：「我才不管妳要說什麼！妳別以為我老了、糊塗了，就什麼都不知道了。我告訴妳，我人老心卻不老，我這心裡跟明鏡似的透亮著呢，我知道妳為什麼會為難敏柔。」

看著倚老賣老的老夫人，敏瑜臉上帶了恭順的表情，道：「我知道老夫人心裡是怎麼想的，無非是認為敏柔長得一副好相貌，又得您的歡心，我就嫉恨不已，想著法子的和她過不去……」

「妳知道就好！」老夫人心裡其實很清楚敏瑜再怎麼樣都不會嫉恨敏柔的。以敏瑜的出身，就算有一副比敏柔更出色的好相貌也算不得錦上添花；像她這樣的侯門嫡女，只要模樣端莊就好，真要像敏柔這樣妖妖嬈嬈的反倒不美，那只會讓她失了幾分威儀和貴氣。至於說自己的歡心……敏瑜可是得了皇后娘娘和嫻妃娘娘喜愛的，老夫人再怎麼沒有自知之明，也不會認為自己比這兩位貴人更有分量。

老夫人的出現讓荷姨娘有了些底氣，而敏柔篤定老夫人定然會什麼都不問的維護自己，荷姨娘將哀求的目光轉向老夫人，道：「老夫人，求求您……」

「好了！」老夫人沒有心思聽荷姨娘說些廢話，她一點都不留臉面地打斷荷姨娘的話，而後專橫地看著敏瑜，道：「我不管今天到底發生了什麼事情，也不管敏柔是否真的犯了什麼無傷大雅的小錯，但是今天的事情到此為止。」

到此為止？敏瑜沒有著惱，老夫人本來就是個偏心偏得沒邊的，又被敏柔下了藥，說這種話再正常不過了。她看著說了這麼幾句話，就滿臉慈愛地轉向敏柔的老夫人，不等她對敏柔噓寒問暖，涼涼地道：「哪怕是三妹妹對您暗中下了秘藥都一樣嗎？」

下了秘藥？她被下了秘藥？老夫人臉上的笑容就那麼凝固了，她慢慢地將臉又轉向敏瑜，道：「妳說什麼？妳再說一遍！」

「老夫人不覺得您忽然之間就那麼喜歡三妹妹很蹊蹺嗎？」敏瑜語氣淡淡的，說這話的時候她眼角的餘光輕輕地瞟了一眼那隻母雞，還有心思分心去想當日老夫人被敏柔下藥之後，是不是像那隻母雞一樣，眼光炙熱地看著敏柔。

老夫人定定地看了敏瑜好一會兒，臉上僵硬的表情瞬間又鮮活起來，自以為是地道：「說來說去，還是嫉妒我心疼嫣然、心疼敏柔，卻怎麼都不喜歡妳……」

老夫人的自說自話讓敏瑜一陣好笑，她沒有打斷老夫人的自言自語，等她說完之後，敏瑜才將藥丸放到手心，呈給老夫人看。「這是剛剛從三妹妹房裡搜出來的秘藥，服了這種藥的，會將三妹妹當成了最親、最愛的人，對她疼寵備至，甚至言聽計從。我不知道這種藥丸三妹妹有多少顆，唯一清楚的是她讓您服了一顆。」

老夫人臉色陰晴不定地看著那顆藥丸，她不想相信敏瑜的說辭，但是心頭最後的一絲理智卻讓她明白，敏瑜就算想騙她也不會編出這種謊言；可就算是這樣，她腦子裡也有一個聲音對她說：「敏柔最好，一定要好好地護著她。」兩種思維在腦子裡交替拉鋸著，讓她的頭都疼了起來。

「老夫人可以看一看三妹妹腳邊的那隻母雞！那是我讓人從廚房抱過來的，就在不久之前，當著表姊和不少人的面前，給牠餵了一顆從表姊手上得來的藥丸。」

敏瑜說這話的時候語氣中藏了一絲笑意，她努力地讓自己的聲音聽起來沒有任何的異樣。「老夫人或許還不知道，表姊剛剛回來過又走了，她是特意回來找三妹妹取一顆和我手上這個看起來沒有多大區別的藥丸……據說，那藥丸是一種秘藥，不管是什麼人服了，都會對下藥的人言聽計從。我很好奇，就試了一下，不過結果卻很讓人意外，服了藥的母雞沒有將那個餵牠吃藥的婆子當親人，卻……您自己看吧，牠現在都還巴巴地看著三妹妹呢！」

敏瑜的話讓老夫人的臉青一陣、紅一陣，她看著那隻母雞，想到了那日自己莫名其妙地就覺得敏柔怎麼看怎麼好，她甚至難得和敏瑜有默契地想著自己那日是不是和這母雞一樣，巴巴地看著敏柔……

老夫人的臉色讓敏瑜的心裡笑翻了天，臉上卻絲毫不顯，語氣還是淡淡的，道：「如果老夫人有興趣的話，不妨再試試這顆藥的效果。」

老夫人看看敏柔，心頭湧起親切感；再看看敏瑜，理智卻又占了上風。如此幾次之後，她閉上眼，不去看敏柔、也不去想她，冷冷地道：「再抱一隻雞來！」

老夫人的話讓敏柔不敢置信地瞪大了眼睛，服了藥的老夫人不是應該無條件地相信自己、護著自己、什麼都依著自己的嗎？怎麼……怎麼……一直有恃無恐的敏柔慌了！

很快，又一隻母雞被抱來了，或許是心存懷疑，老夫人並沒有讓丫鬟、婆子給母雞餵藥，而是讓婆子抓緊了母雞，將牠的嘴撬開，自己親手將那顆藥塞進了那隻母雞嘴裡……就如之前一樣，那母雞很快就精神一振，「咯咯咯」地叫了起來，和之前不同的是，那黃豆般大小的眼睛看的不是敏柔，而是給牠服藥的老夫人，脖子也拚命地往老夫人那邊伸……

不用敏瑜示意，抓著母雞的婆子手上一鬆，那母雞立刻撲騰著衝向老夫人，像見到了最親、最愛的人一樣。而老夫人的臉徹底地黑了下來，對敏瑜說的，她被敏柔下了藥的說法再也無法懷疑。

想到敏柔，她還是忍不住朝她看去，就那麼一眼，心裡又升起袒護她的念頭，這讓老夫人嚇了一跳。她立刻閉上眼，等心情平復了之後，才從牙縫裡擠出一句話。「該怎麼處理妳自己看著辦，我不插手就是！」

老夫人的話並沒有讓敏瑜太意外，她根本就不相信世上有能夠完全控制人的藥。老夫人不知道自己被下了藥，受其影響，本能地護著敏柔；知道自己被算計了，心頭升起的厭惡雖然不一定就能抵銷藥物的作用，但起碼也不會再被輕易地左右。

「祖母～～」敏柔急了，立刻叫了一聲，卻只是讓老夫人捂住耳朵，連依霞攙扶都不用，就疾步出了暖閣。依霞匆匆地跟了出去，卻很快地又折了回來，對敏瑜道：「二姑娘，老夫人說了，以後絕對不想再見到三姑娘，連提都不想再聽人提起她！」

「我知道了。」敏瑜點點頭，等依霞出去，她看著癱軟在地的荷姨娘，再看看臉色灰暗的敏柔，淡淡地道：「這件事情暫且這樣，最後怎麼處理，等我和父親、母親好好地彙報過再定！」

第五十章

「二姊姊，二哥真的快要回來了嗎？」敏玥跟在敏瑜身後轉悠，看著敏瑜滿臉笑容地指揮著丫鬟、婆子佈置敏惟的房間，她都已經很久沒有見敏瑜這般歡樂、這般精神了。

「信上說還有五、六天就會班師回京！二哥的家書一般七、八天就能到，他現在應該已經在路上了，用不了十天就能回來！」敏瑜歡喜地點點頭，卻又輕輕皺眉，讓人將剛剛掛起的帳子取下來，換了一個簡單素淨的；退後兩步，看了又看，才滿意地點點頭。

敏惟的家書是前天中午收到的，信上說大齊和韃靼大軍連連大捷，將瓦剌打得毫無反擊之力，肅州這邊更生擒了瓦剌的數名將領，俘獲了士卒兩萬餘。和瓦剌交戰這麼多年，今年的仗打得最痛快，取得的成績也最好。聖上大悅，下旨令肅州大軍班師回朝，並將所擒獲的瓦剌將領一併押送回朝，而敏惟等人也跟隨大軍一同回京論功行賞。

敏惟的家書給有些沈悶的耒陽侯府增添了喜悅，丁夫人和丁培寧固然是歡喜無限，敏瑜更歡歡喜喜地將為敏惟整理房間的任務攬在身上，不但讓人將敏惟的院子裡裡外外清掃了一遍，更開了庫房，準備好好地佈置一番。

「這麼說二哥能回來過年嘍？」敏玥的眼睛一亮，上前一步挽著敏瑜的手道：「二姊姊，等二哥回來之後，讓二哥多陪我們倆出門逛逛，好不好啊？」

敏玥性子活潑，最不耐煩被關在家中，但她出門的機會偏偏又不多，自然巴望著敏惟早點回來，然後就能像他上次回來的時候一樣，隔三差五地帶著她和敏瑜出門玩耍了。

「好！」敏瑜心情好，這麼一點點小事情自然是滿口答應，她雖然早就斷定戰事將在近期結束，前幾天也得了大齊大捷的消息，但卻仍擔心敏惟的安危。他原本就是個不要命、不會愛惜自己的傻子，又跟在楊瑜霖那個新一代的大齊第一勇將身邊，誰知道會不會受什麼重傷。

雖然敏惟在家書上說了，他這一次運氣極好，一點傷都沒有，但敏瑜是怎麼都不會相信的，只是敏惟既然敢這麼說，那麼他受的定然只是一些小傷或者皮肉傷；他身強力壯，又是血氣旺盛的年紀，那些小傷用不了幾天就能調養好。

「二姊姊，妳說二哥這次回來是不是就不走了？」敏玥睜大了眼睛，道：「二哥都十七、八歲了，大哥這個年紀的時候早已經成了親，可是他卻連親事的影子都還沒有見著呢！」

「這個我不敢肯定，但是我想二哥一定能夠在家裡多待一段時間，不一定真能給我們娶位二嫂回來，但定下一門好親事應該是綽綽有餘的。」敏瑜笑咪咪地道。「我猜過完年之後，母親一定會開始張羅二哥的親事……唔，說不定母親心裡已經有了一些人選，就等二哥回來再仔細為他謀劃了。」

今年的戰事敏瑜知之甚詳，她知道瓦剌在大齊和韃靼的聯手打擊之下，敗得一塌糊塗，還知道，如果不是因為擔心將瓦剌徹底打殘會讓韃靼坐大，肅州這邊的大軍甚至有可能直接打到瓦剌的王都上都去。然而就算故意手下留情，瓦剌經此一役之後也元氣大傷，內部更出現了不少矛盾。那位野心頗大的瓦剌新君，不但要將自己一統東西兩部的雄心壯志收回來，還得擔心自己的皇位能不能坐穩。短則七、八年，甚至更久，瓦剌都不會有叩關擾邊的能力了，肅州總算能夠有一段休養生息的時間。

「二姊姊，妳說，母親放出去為二哥找媳婦的消息之後，我們家的門檻會不會被人給踏平了啊？」敏玥笑嘻嘻地問道。雖然她鮮少往外面跑，但也知道大嫂王蔓青是京城多少夫人、少奶奶羨慕的對象，也知道如果不是因為敏惟一直在肅州，一定會有人上門探口風，凡是心疼女兒的人家，莫不希望自己的女兒遇上一個像丁夫人這樣的婆婆。

「肯定會！二哥信上沒說，但他秋天的時候就已經是正七品的把總了，這次回京論功行賞至少能再升兩級，或許能升到正六品的千總。」敏瑜滿臉自豪地笑著道。「京城的勛貴子弟中，能夠在及冠之前，不靠祖蔭，憑藉自己的本事當上六品官的，二哥不能說是獨一個，但至少也是百裡挑一的。這樣的好兒郎，定然搶手得不得了。」

「嗯嗯！」敏玥連連點頭，卻又忍不住地嘆氣道：「也不知道三哥哥怎麼樣了？兗州到京城好像更近一些，可是他怎麼還沒有家書回來呢？真是讓人擔心啊！」

相比起來，敏玥更惦記敏行。畢竟她剛懂事的時候，敏惟就離開侯府去了大平山莊，和她相處極少；和敏行卻是一起長大的，自然會更掛念一些。

敏玥提起敏行，也讓敏瑜臉上的笑容淡了很多，她心裡其實也很擔心敏行，雖然最慘烈的幾場仗都在肅州，但並不意味著兗州就風平浪靜，什麼事情都沒有，兗州那邊打了好幾場仗，死傷也不少。她相信馬胥武一定會照顧敏行，但卻還是擔心，畢竟戰爭打起來的時候，沒有一個人可以保證自己能完全置身事外。

「二姊姊，妳也不用太擔心了……」看著敏瑜笑容都勉強起來，敏玥安慰道：「說不定三哥哥壓根兒沒想過他會和打仗有關係，也沒有想過我們會擔心他，所以就沒有寫信回來。」

「但願如此吧！」敏瑜輕輕地嘆了一口氣，打起精神繼續為敏惟佈置房間。敏玥暗自有些後悔提起敏行，雖然想從敏瑜這裡打聽一些事情，但現在，她卻不敢問了。

「有什麼話就直說吧！」敏玥的小動作哪裡瞞得過敏瑜，等敏惟的房間佈置滿意之後，才淡淡地開口，對敏玥能夠耐得住性子心中頗感欣慰。

「二姊姊看出來了啊？」敏玥輕輕地吐了吐舌頭，湊上去，拉著敏瑜的手，一臉的討好。

「這麼明顯都看不出來的話，我該成睜眼瞎子了。」敏瑜沒有好氣地輕拍了她一下才道：「想問什麼，問吧！」

「那個……」敏瑜一邊看著敏瑜的臉色一邊小心地道：「二姊姊，三姊姊和荷姨娘過年會回來嗎？」

「不會。」敏瑜很肯定地搖搖頭，沒有了老夫人維護，丁培寧當天晚上就決定了對敏柔的處置——將她送去京郊的古月庵。

對於京城的尋常百姓而言，古月庵不過是京郊一個偏遠的小庵堂，甚至大多數百姓或許都不知道這個地方，但勛貴人家對古月庵卻都不陌生——被休回家的當家夫人、不規矩的姑娘，還有犯了大錯，卻因為出身不錯而不好隨意處置的姨娘，她們之中大多數都會被家人送去古月庵。

身為姨娘，荷姨娘還是知道那是什麼地方的。她在聽到這樣的處置後就暈了過去，被人捏了人中弄醒，又哭哭啼啼地求丁培寧開恩，說什麼三姑娘知錯了，以後絕對不會再犯錯云云。

丁培寧哪裡會聽她這些，敏柔犯錯不是一次、兩次了；好在丁夫人當家之後，家裡的規矩極嚴，敏柔沒有多少出門的機會，也只能在府裡造成麻煩。但是她已經不小，不能一直這樣拘著她，他擔心將來一不注意就讓她惹出大麻煩來，與其到時候想辦法補救，還不如現在就解決了這個隱患。

荷姨娘確定無法改變丁培寧的想法，倒也難得堅強了一回，主動要求陪著敏柔一起去。用她自己的話來說，她在這府裡原本就是個可有可無的，最大的牽掛就是敏柔，與其留在府裡日日擔憂，還不如跟著敏柔一起去，起碼還能相互做個伴。丁培寧答應了她的請求。

因為古月庵的名聲「響亮」，丁培寧只說荷姨娘和敏柔去吃齋唸佛，卻沒有說是去了哪一座庵堂；要是敏玥知道的話，就絕對不會這樣問了。

每年被家人送進古月庵的雖然不多，但起碼也有十幾、二十個，能被接出來的卻寥寥無幾；而這寥寥無幾的幾個基本上都是那種被休回家的，她們在夫家生養的兒女長大了，能夠當家作主了，才將生母接出來好生贍養。像敏柔和荷姨娘這種，一般都是有進無出。

「哦。」敏玥點點頭，眼睛卻骨碌碌地轉個不停，敏瑜被她鬼靈精的樣子逗得笑了起來，輕輕地拍了拍她，道：「這件事情妳就別打聽了，至少一、兩年之內，妳是不會再見到敏柔和荷姨娘的；妳也轉告青姨娘，不要隨便打聽這件事情。」

「我明白了。」敏玥點點頭，這件事情還真是青姨娘讓她打聽的，不過青姨娘關心的卻不是荷姨娘和敏柔，而是另有其事。她輕聲道：「二姊姊，要是荷姨娘一直不回來的話，這家裡是不是稍微冷清了些？」

敏瑜輕輕地搖頭，道：「老夫人倒也和父親提了，說姨娘原本就不多，麗姨娘一心向佛；桂姨娘跑去照顧大姊姊，連家都不想回；荷姨娘又被送去庵堂唸經，越發地冷清了。還說她身邊的依霞樣樣都好，想讓父親收房。」

「父親怎麼說？」敏玥有些緊張地看著敏瑜，依霞模樣出挑，手腕不差，人也聰明；更重要的是她還是耒陽侯府的家生奴才子，要是丁培寧將她收房的話，定然會影響青姨娘的地位。

「依霞父親收下了，不過不準備收房，而是讓母親看著，是給她安排一門親事或是放她出去自行婚配。」敏瑜微微一笑，她知道青姨娘定然擔心這個，不過她們肯定猜不到依霞有多聰明。就在老夫人透了口風之後，依霞便找機會求到丁夫人跟前，求丁夫人給她一個出路，她寧願嫁個什麼都不是的小廝，也不願意讓丁培寧收房。

丁夫人沒有一口答應，只說要看丁培寧的態度，而丁培寧也沒有再納妾、納通房的心思；他說自己都已經是等著抱孫子的人了，還一個勁兒地納妾，只會讓人笑話。不過，依霞年紀確實不小，而老夫人也不知道體諒身邊侍候的丫鬟，所以還是將她收下，然後順手做件積德的事情。

「那就好！」敏玥大大地鬆了一口氣。

「四妹妹……」看著敏玥的樣子，敏瑜搖搖頭，道：「以後再有這樣的事情，讓青姨娘自己向母親打聽，這不是妳該管的，對妳不好，明白嗎？」

「嗯。」敏玥輕輕地點頭，她知道，敏瑜是真心為了她好才這樣說的。

臘月二十五這天，才寅時，京城就響起了沙沙的掃雪聲，開始只是零零星星地響著，慢慢地聲音越來越多、越來越響，而後匯聚一起，最後，整個京城都浸在那沙沙的聲音中。

等到天邊的第一縷陽光劃破晨霧的時候，整個京城乾乾淨淨，一點都不像連下了好幾場大雪的樣子；沿街的商鋪也紛紛將準備過節的大紅燈籠提前掛了出來，穿上了為過年準備的新衣裳，湧上了街頭，等候凱旋而歸的勇士們。

敏瑜早早地就帶著敏玥出了門，到了天客來，五天前她就讓管家訂好了一間臨街的雅室，這裡的視野極好，能夠清晰地看到凱旋歸來的大軍，她等不及要看看二哥敏惟的英姿了。

「還是妳有本事，訂到了雅室，要不然的話我只能乖乖地待在家裡了！」王蔓如一進門就笑嘻嘻地拍了一記。她和大多數人一樣，前天才得知大軍凱旋而歸的消息，那個時候像敏瑜訂的這種臨街的雅室已經被預訂一空。王家的管事跑了一個下午都沒有訂到一間，好在她聰明，知道讓人找敏瑜打聽，然後就跟過來蹭了。

「我早就猜到會有這麼一天，所以就讓管家早早地過來預訂好雅室。」敏瑜笑著，沒有說自己其實也不清楚到底大軍是哪一天回京，就讓管家一口氣訂了十天，而今天正好在那十天的範圍內。

「先見之明也是一種本事啊！」王蔓如笑嘻嘻地又拍了她一記，而後問道：「除了我之外，還有誰會過來？」

「許姊姊和石倩倩，她們都沒有訂到雅室。」敏瑜笑著道。許珂寧是臨時想過來湊熱鬧，而石倩倩則是早就知道消息，卻因為母親石夫人阻攔，沒有早一點行動；今天也是好不容易才求到了石夫人鬆口，讓她出來湊熱鬧的。

「許姊姊也要來啊?!」王蔓如臉上飛起一絲不明顯的紅暈，語氣也有些怪怪的。敏瑜察覺到了，她眼睛一亮，帶了戲謔地道：「還叫許姊姊？」

「敏瑜！」王蔓如又羞又惱地叫了一聲，臉也徹底地紅了，那樣子比平日可愛多了。

「嘖嘖，看妳這樣子！」看王蔓如的樣子敏瑜就能猜出，那日的話她不但聽進去了，還回去和家人長輩好好地說了，王家人甚至已經和許家商議了兩人的親事，要不然的話，王蔓如也不會羞惱成這樣子。敏瑜打心裡為她高興，笑著道：「什麼時候訂親有沒有說好？」

「已經交換了庚帖，合了八字，剩下的就等過完年再說了。」說起這個的時候王蔓如臉上帶了羞澀，那日聽了敏瑜的話，她回去和母親萬氏提了提，她娘一心想給她找一樁比王蔓青更好的親事，當下就否決了。但不知道怎麼的，這件事情卻傳到了祖母耳中，和萬氏不一樣，老夫人對這件事情倒很是看好，沒幾日就找機會和許家的老夫人通了氣——她知道自己的孫女是個不錯的，但更清楚許家選媳婦有多麼的苛刻，王蔓如在外面一直有小心眼的名聲，許家還真不一定就能看上她。但意外的是，隔天許家就送來了求婚啟，顯然對王蔓如是喜歡的。

到了這一步，就算萬氏不情願，也不能左右這樁婚事了。王家回了草帖，許家合了八字，八字大吉，又回了庚帖。以兩家的交情和地位，到了這一步，兩人的婚事基本上也就大致底定了，所以王蔓如聽到許珂寧來才會有些不自然和不好意思。

「這可是大好事！」敏瑜高興起來，她看著王蔓如，嘻笑道：「看來妳會是最早嫁人的那一個，唔，妳這個人一向不好打發，我回去之後可得好好地準備東西給妳添嫁妝，免得到時候落了妳的埋怨。」

「我撕了妳的嘴，看妳還敢不敢取笑我！」王蔓如被敏瑜逗得坐不住了，撲上來和她嬉鬧成一團，鬧了好一會兒，兩人才安靜下來。王蔓如看著臉色紅潤的敏瑜，裝作若無其事的樣子，道：「前兒方嬤嬤去找我了，說公主最近悶得慌，讓我多進宮陪公主說說話，還指名讓我昨兒一早就去。」

「妳怎麼回的話？」敏瑜沈默了一下，方嬤嬤是嫻甯宮的，一直在福安公主身邊侍候，她一定是奉了嫻妃或者福安公主的命令才找上王蔓如的，這一點敏瑜不意外。她比較意外的是方嬤嬤沒有找過自己，看來福安公主並沒有因為被禁足而意識到她自己錯了，惹皇后不滿；相反，她可能怨上了自己，甚至可能猜測是自己在皇后面前抱怨，才導致她被禁足。

「我還能怎麼回話？只能照做。」王蔓如輕輕地撇撇嘴，道：「我去看望了公主，她拉著我說了不少話，還說她今天也想出宮來湊熱鬧；又說她不知道被什麼人在皇后娘娘那裡進了讒言，被皇后娘娘禁了足，讓我去皇后娘娘面前給她求求情……她以為我是誰啊，能在皇后娘娘面前說得上話？不過，她都開了這樣的口，我自然也不能說不，就去坤寧宮求見皇后娘娘了。我不知道皇后娘娘是不是早就猜到了這點，連見都沒讓我見，就打發人把我送出宮了。」

「沒有見到最好。」敏瑜心裡輕嘆，看來福安公主是覺得自己說了什麼，才讓她被禁足了。

「我也是這麼想的！如果見了，要是求情成功也就罷了；要是求情不成，公主說不定還會抱怨我沒有為她盡心盡力呢！」王蔓如點點頭，而後帶了幾分好奇地道：「公主怎麼會被禁足？是不是和妳有關係？」

「她故意引著九殿下認識秦嫣然的事情，讓皇后娘娘生氣了。」敏瑜簡單地道，沒有解釋更多，她相信王蔓如能聽懂的。

「是該生氣！」王蔓如忍了忍，沒有說出「活該被禁足」的話，福安公主那件事情做得實在是太不地道了。哪怕是她故意讓曹彩音接近九皇子，都比製造機會讓秦嫣然接近九皇子要好一些，起碼那還能說她是為了和曹彩音拉近關係。

敏瑜笑笑，沒等她說什麼，門外便傳來一聲輕輕的叩門聲，兩人不約而同地閉嘴，看敏玥蹦過去開門，卻是許珂寧和石倩倩一起到了。

敏瑜笑盈盈地迎上去，王蔓如臉色微微一紅，她真的有些不知道應該怎麼和許珂寧打招呼了，叫許姊姊不妥，跟著許仲珩叫姑姑更不妥，就乾脆坐在那裡一動不動。

許珂寧看著彆扭的王蔓如，會心地一笑，也沒有故意逗她，裝作什麼都沒有察覺地坐下，王蔓如大大地吐了一口氣，心裡也覺得有些好笑起來。

「倩倩，妳這是怎麼了？」敏瑜卻沒有留意她們兩個之間的小動作，她驚訝地看著取下帷帽的石倩倩，不過一個多月沒有見到，她整個人瘦了一圈，臉上也帶著脂粉都遮不住的憔悴。

「沒什麼！」石倩倩輕輕地搖搖頭，臉色卻越發地晦暗起來，忍了又忍，還是沒有忍住，輕聲道：「我娘已經給我定了一門親事，男方已經下定了。以後我恐怕不能像現在這樣，想出門就出門了，娘讓我待在家裡繡嫁妝。」

已經定了親事？敏瑜微微一怔，上次見面才說石夫人馬氏為她相看人家，這才一個月就已經訂了親，石夫人這速度還真是……但一怔之後，敏瑜卻明白石夫人為什麼這麼著急了，她勉強地笑了笑，道：「那真是要恭喜妳了，倩倩。」

「有什麼好恭喜的。」石倩倩的笑容比哭還難看，男方是禮部員外郎林大人的長子林平奇，各方面都很平常，挑不出什麼大的毛病，但也沒有特別出彩的地方，石倩倩是一百個不滿意，可石夫人卻對這門親事十分的滿意。用她的話來說，林平奇或許不夠出彩，但卻是個老實本分的，和這樣的人過日子最踏實。

「倩倩……」敏瑜輕輕皺眉，雖然她不知道石夫人為石倩倩訂的是哪一家，但她卻相信和全天下的母親一樣，石夫人定然希望女兒幸福和美；可是看石倩倩現在的表情，就知道她根本就無法理解石夫人的苦心，要是她一直這樣的話，不管嫁的人好不好，都很難過得好的。

「敏瑜，妳什麼都別說，我知道我現在這樣不好，可是我……唉，我會慢慢調整自己的，努力讓自己出嫁的時候歡歡喜喜。」石倩倩又擠出一個難看的笑容，其實她心裡知道，母親絕對是為了她好；要不然的話，事事順從父親的石夫人絕對不會在這件事情上和父親唱反調，更不會這麼急匆匆的，在表哥回京之前為自己定下親事，鬧得大家心裡都挺不自在的。可是，知道歸知道，只要想到自己因為母親的偏見，只能嫁給一個各方面都平平無奇的男人，她心裡就多了些埋怨。

敏瑜輕輕地拍拍石倩倩，什麼都沒有說，事實上她也不知道說什麼好……

「來了，來了！」一直滿心期待地伸著頭往外看的敏玥大叫一聲，坐在桌子邊相顧而笑，卻不知道該怎麼開口說話的許珂寧和土蔓如也一起湊了過去。

石倩倩努力地笑了笑，道：「敏瑜，我們也去看吧。過了今天，我不知道還有沒有機會看表哥這麼威風凜凜的樣子呢！」

第五十一章

大軍的最前面是整齊的士兵隊伍，年紀都在二、三十歲之間，身上帶著敏瑜從未見過的殺氣，那是經歷了戰爭的洗禮，卻還未被平常的生活淡化的血性。這讓隊伍中的每一個人都透著一種英氣，這種英氣給旁觀的人帶來了直接的衝擊。

除了迎面而來的殺氣之外，更多的卻是讓人心裡踏實的安全感，有這樣一支英武、充滿了氣勢的強壯軍隊，老百姓又怎麼不能過上安穩的日子呢？

在這約略兩千人的整齊隊伍之後，卻是一隊俘虜，他們身上的衣衫還算整齊，顯然並沒有遭到虐待，但麻木的表情、遲緩的腳步、僵硬的行動，都讓人看得出來，他們對自己的未來只有悲觀。他們的出現讓圍觀的老百姓紛紛咒罵，有那種準備齊全的，還朝著他們扔起了爛菜葉子，控制現場的衙役也沒有阻止老百姓的舉動，只要不衝進隊伍之中，影響隊伍前進的速度，他們是不會多管的。

在這一隊大約四、五百人的俘虜之後，則是七、八輛囚車，每輛囚車裡都押著一個衣冠整齊、表情豐富的俘虜，他們有的滿臉慚愧，有的滿臉憤怒，有的一副視死如歸，還有的閉上眼睛，似乎這樣就能逃避眼前的現實……

敏瑜知道，這些就是這一次俘虜到的瓦剌將領了，他們之中可能有那麼一、兩個人最後會被大齊以苛刻的條件放回去，但更多的則永遠都回不去了；他們甚至連普通俘虜那種直接送去礦山當苦力的機會都不會有，像他們這樣的，如果不是為了牽制韃靼，一個都不能活著回去。

囚車之後則是這一次帶領大軍凱旋而歸的將領，領頭的是一位五十開外、滿臉白鬚的老將軍；雖然從未見過，但敏瑜卻一眼就判斷出了他的身分，大齊第一軍神，勇國公吳廣義。他在大齊軍中的威望極高，幾乎沒有第二個人能夠與他比肩。他年紀雖然已經不小，但精神矍鑠、滿臉紅光，一點都不像是個年近花甲的老人。

他的左邊是一位年約四十的男子，他臉上帶著平和的微笑，看起來就是一個溫文儒雅的書生；敏瑜知道，這人沒有表面看起來的那麼無害，此人姓辜，名鴻東，是一代國手辜老大人的幼子，也是吳老將軍最為倚重的軍師，說他是千年狐狸都不為過。

他能在這種場合陪在吳老將軍身邊，敏瑜是一點都不意外。事實上辜鴻東雖然沒有任何職務，但在軍中卻有獨一無二的地位，就算是吳老將軍都要敬稱他一句先生，更不用說其他人了。

敏瑜意外的是吳老將軍身邊的另外一人——石倩倩仰慕不已的楊瑜霖——他能陪在吳老將軍身邊，這說明他在短短兩年內，就取得了常人需要七、八年甚至更久時間才能取得的成績和地位。

或許是肅州的氣候使然，楊瑜霖看上去比兩年前更黑了，臉上也帶了一絲風霜；雖然身上那種儒雅的氣質未消，但卻多了記憶中沒有的殺氣，使原本就冷厲的他，添了分讓人望而生畏的感覺。哪怕是這麼遠遠地看著，敏瑜都覺得有些心顫。

「老將軍右手邊的那人是誰啊？」許珂寧眼前一亮，這般充滿了男子漢氣概的男人可不多見，起碼這京城裡沒有一個。在她眼中，這才算是真正的男人，曹恒迪和他一比，也就是個軟腳蝦的角色；至於九皇子，那只是個還沒有長大的大男孩，根本不算男人。

「那是我表哥！」石倩倩的眼睛裡滿是仰慕，整張臉都煥發著不一樣的光芒，她十分驕傲地道：「表哥是老將軍的參將，被譽為大齊第一勇將！」

參將？許珂寧眼睛中的光芒更甚，看模樣也不過是二十多歲，就已經是三品的參將了，此人的前途定然無量，說不定就是下一個大齊軍神。

而一旁的敏瑜則微微一愣，她還真沒有關心過楊瑜霖是什麼官職品級，也沒有人和她提過，但是這一瞬間她卻明白了石夫人為什麼極力反對石倩倩和楊瑜霖的婚事了。

要知道石倩倩的父親石信威自己也不過是個五品的都指揮同知，比楊瑜霖低了好幾級，將女兒嫁給他可是高嫁，高嫁的女子一般而言都少了些底氣，沒有底氣的媳婦想在像楊家那般混亂、沒有規矩的人家裡過得好，可不是件容易的事情。石倩倩雖然是武將人家的姑娘，也跟著父兄學了幾手花架子，但性子柔弱，還真是駕馭不了那樣的婆家人。

「大齊第一勇將？」許珂寧滿臉的問號，道：「大齊第一勇將不是昭毅將軍楊勇嗎？怎麼忽然變成了妳表哥？」

「才不是忽然變的呢！」見到楊瑜霖之後，石倩倩整個人都多了些活力和朝氣，她愛嬌地道：「去年瓦刺進犯，表哥帶著人馬在瓦刺大軍之中殺了個九進九出，如入無人之境；殺得瓦剌軍人人膽寒，也殺出了自己的名聲，從那之後就被譽為大齊第一勇將了，至於楊勇，那已經是昨日黃花了。」

「九進九出？」許珂寧的眼中也帶了仰慕，這樣傳奇的人物她只在書上看過，一直以為是寫書的誇張其詞，卻沒有想到有幸見到真人。

「這個我也知道！」敏玥不甘寂寞地插嘴，臉上的驕傲不比石倩倩少，她與有榮焉地道：「我二哥也跟著楊大哥一起殺了個九進九出！」

「楊大哥？」丁家那個一點名聲都沒有傳出來的二少爺，居然也是一員猛將，讓許珂寧很意外，但更意外的是那個讓她覺得充滿了男子漢氣概的少年將軍居然姓楊，她試探道：「倩倩，妳表哥不會和楊勇將軍是一家人吧？」

許珂寧的話讓石倩倩臉上的傲然消散了一些，她悶悶地道：「雖然我不願意承認，但也不能否認楊勇是我姑父、是表哥父親的事實……哼，有楊勇這樣的父親，一定是表哥這一生最大的污點。如果不是因為有這樣的一個爹，表哥哪至於到現在都還沒有定下一樁好親事呢！」

昭毅將軍楊勇被戲稱為京城最沒有規矩的人家，許珂寧對楊家的那些事情並不陌生，她看著眼中滿是愛慕、臉上卻滿是鬱悶的石倩倩，想起了剛剛石倩倩說起自己親事時那一臉的苦澀，她心裡輕輕地搖了搖頭，道：「聽說楊家那位逼死了原配夫人，也就是妳姑母的姨娘，是楊勇的親表妹……我最不耐煩這種表哥、表妹的事情了，我看那些將表哥、表妹湊成一對的父母，腦子都有毛病。」

「許姊姊為什麼這樣說？」石倩倩微微一怔，如果不是肯定敏瑜並非碎嘴的人，絕對不會將自己的私事說給別人聽，她都會以為許珂寧知道自己愛慕表哥的事情了。

「表哥、表妹湊成一對，說是親上加親，但實際卻不然。婆媳天生是冤家，這並不會因為兒媳婦是自己的姪女而有什麼不一樣；相反，還會因為是自己的姪女而少了些尊重和忌憚。兒媳婦什麼都聽婆婆的，那是理所應當；但凡有一點點不聽話，當婆婆的就會用雙重的長輩身分來壓制兒媳。兒媳呢，回去和父母訴苦還得考慮父母會不會更偏向婆婆，多不好啊！」

許珂寧最見不得的就是表妹對表哥一往情深的戲碼，她撇撇嘴，又道：「至於那種娶了正室還要納表妹的就更噁心了，既然對表妹情深意重，就不該讓她當妾，讓她受另外一個女人的管轄和擺佈；一個男人卻要讓自己所喜愛的女子委屈至此，算得了什麼大丈夫？對妻子就更是了，既貪圖娶了人家帶來的好處，卻又不願意好好地對人家，活脫脫的就是個無情無義的白眼狼。」

「他不就是個白眼狼嗎！」石倩倩只聽進去了後半截，她恨恨地道：「害死了姑姑不說，還連累了表哥……為了表哥的婚事，我爹都愁死了，人家一聽說是昭毅將軍楊勇的長子就一口回絕……唉，也不知道表哥什麼時候才能找到一門好親事！」

許珂寧沈默了，在她看來楊瑜霖絕對是個好丈夫人選。一身的男子漢氣概，這樣的男人一般不會讓自己的家人受什麼委屈；年紀輕輕就已經是三品武官，這一次回京定然還會受到封賞，起碼也能升至二品，前途無量；母親早亡，和父親關係似乎也不好，嫁過去既沒有婆婆管制，公公也不好插手兒子的房中事……這樣的男人要是在前一世必然是眾多女人搶破頭的好男人，但在這個時代，卻是人人避讓不及，這就是差異啊！

「二姊姊，妳看那個，是不是二哥?!」

敏玥興奮的尖叫讓許珂寧回過神來，卻見敏瑜、敏玥姊妹小臉紅通通的，滿臉興奮地對隊伍中的某一個人指指點點，敏玥倒也罷了，她見過幾次都是一副被驕寵的小女孩樣子；但一向穩重大方的敏瑜居然也有這麼孩子氣的一面，倒真是讓她大開眼界。

「二哥，我們在這裡！」敏瑜和敏玥卻沒有發現許珂寧的眼神，她們兩個難得一樣幼稚地朝著隊伍中的敏惟大聲叫著，不管他能不能從滿大街的歡呼聲中辨別出她們的聲音，也不管這樣做是不是會讓人笑話，她們只想努力的讓敏惟知道她們來看他了。

敏惟並沒有聽到她們的叫聲，但他相信敏瑜定然不會老老實實地在家裡等他回去，他的眼睛一直骨碌碌地到處觀望，每一間路過的酒樓、茶樓的窗戶都沒有放過，看過了一張張陌生男女的興奮面孔之後，他終於見到了記憶中的兩張俏臉，唔，比記憶中更漂亮了，他也不管兩個妹妹是不是能夠看到，努力地朝著她們揮手致意。

他的舉動並不出格，像他一樣朝著認識或者不認識的看客揮手的同僚不少，可是不知道為何，在他前方的楊瑜霖卻唯獨留意到了他的視線和舉動。

順著敏惟的視線，他看到了兩張完全陌生的俏臉，雖然是第一次見到廬山真面目，雖然相隔甚遠、看得不是很清楚，但奇異的是，楊瑜霖卻將敏瑜和兩年前那個拽著敏惟的衣角，怎麼都不願意撒手的小姑娘重疊在了一起。他會心地一笑，心裡只有升起一個淡淡的念頭——

師弟那個妹妹果然來了！

至於和敏瑜緊挨著的石倩倩，楊瑜霖壓根兒就沒有認出來……

「二哥，房裡的佈置還滿意不？」敏瑜關心地問道，一大早，她就親自帶著秋霞、秋喜去了廚房，親手為敏惟做了他愛吃的大餡餃子送過來——敏惟在寫回來的家書上不止一次地提到懷念上次歸家時，敏瑜姊妹三個給他做的餃子，也因為這個，敏瑜特意下了功夫，她包的餃子甚至比耒陽侯府最好的廚娘包的還要好吃。

「嗚嗚！」敏惟正大口地吃著餃子，哪裡有空回話？支吾一聲，就當是回答了。而一大碗餃子也很快被他吃了個底朝天，看他吃得那麼香甜，敏瑜心裡不知道有多自豪。

「二哥，要是不夠我讓秋喜再去給你端一碗過來，廚房還有包好的餃子呢！」敏瑜笑著道，她已經照著敏彥的分量加了一倍，但敏惟是習武之人，胃口大，這麼一碗餃子覺得不夠也很正常。

「夠了！」敏惟笑著搖搖頭，而後又看著乾淨的碗笑道：「很久沒有吃到這麼好吃的餃子了……瑜兒，妳真是越來越能幹了！」

「二哥喜歡就好。」敏瑜歡歡喜喜地點頭，又問了一遍剛剛的問題，笑著道：「二哥要是覺得有什麼不滿意的，我立馬重新給你佈置，務必讓你百分之百的滿意和喜歡。」

「這已經很好了，不用再折騰了！」敏惟笑著搖頭，他昨日一進自己的房間就被裡面的佈置嚇了一跳。不但和兩年前回來的時候完全不一樣，而且處處都合自己的心意，不是真的關心他的人絕對不會將房間佈置得這麼好。他當時就問一直在他院子裡侍候的青松，得知是敏瑜親自監督著佈置的之後，心裡只覺得有這麼一個妹妹是他最幸福的事情之一。

「那就好！」敏瑜笑咪咪的，而後又道：「二哥，沙盤和地圖我讓爹爹好生收起來了，你看看什麼時候把它們送回去，這些東西放在家裡始終不大妥當。」

「沒關係，那些東西都是軍師作主送給妳的，已經做了記錄、過了明路，就留家裡給妳玩，別讓不相干的人知道妳手裡有這些就好。」敏惟笑呵呵的，一點都沒有當一回事，把這沙盤和地圖當成了玩具一般。

「是辜先生作主送過來的？」敏瑜微微一怔，她倒沒有認為是敏惟私下瞞著別人送給她的，畢竟不管是沙盤還是地圖都是登記在冊的重要東西，不是敏惟這一個小小的把總就能私下弄出來給自己玩的；但和辜鴻東扯上關係，卻還是讓她感到意外——她原以為這些東西是敏惟他們這幫出身大平山莊的師兄弟聯手送出來的呢！

「不錯！」敏惟點點頭，看著敏瑜的目光中帶著濃濃的驕傲，道：「妹妹第一封信上的那些推演，雖然稍嫌生嫩，卻也做得極好。我給大師兄看過後，大師兄便建議私下拿給軍師看看。軍師對此大為驚豔，連連稱讚，知道出自妳手後，不知道惋惜成什麼樣子。一直說可惜了，說妳要是個男兒身，一定要想盡辦法把妳收為弟子，他也不用再擔心沒有人繼承他的衣缽了。」

「至於嗎？」敏瑜不好意思了，她原意不過是想盡一份力幫敏惟一點點忙而已，哪裡就當得起辜鴻東那般稱讚了。

「至於呢！」敏惟笑呵呵地道。「軍師說妹妹雖然並不熟知兵法，卻有自己的獨到見解，妹妹另闢蹊徑，讓人猜不到下一步會怎麼走，這可是一個出色的軍師最應該具備卻又是最難得的要件……軍師還說，如果妹妹是男兒身，只要在軍中廝混幾年，經歷幾場大小戰事，再給妳一點點時間，成為出色的軍師是早晚的事情，甚至還可能超越他！」

「這個就太誇張了吧！」敏瑜可不是那種聽了幾句好話就飄飄然，將自己當成了再世諸葛的人，她嬌俏的皺了皺鼻子，道：「我才不相信辜先生會這麼說，一定是二哥誇大其詞哄我開心的。」

「真沒有！」敏惟笑著道。「大將軍和軍師還說，回到京城之後一定要找時間、找機會見見妳，看看到底是怎樣一個鍾靈毓秀的女孩兒……妹妹，過年的時候我得去勇國公府和辜府給大將軍和軍師拜年，妳到時候和我一道去吧！」

「辜府我倒是可以和二哥一起去，但是勇國公府……」敏瑜微微有些遲疑，她跟著辜老大人學棋藝，每年過年的時候也都會去辜府給老大人拜年，和敏惟一道去倒也沒有什麼，但是勇國公府卻不一樣，她跟著去不大合適。

被敏瑜這麼一說，敏惟撓撓頭，笑著道：「這樣吧，我們問問爹娘的意思，他們要是同意了，我們就一起去，要是他們覺得不大合適，那我們就只一起去辜府，勇國公府我一個人單獨去。」

「好！」敏瑜點點頭，這件事情就算定下來了。

「對了，瑜兒，那個表妹和九皇子到底是怎麼一回事？她怎麼和九皇子攪和到了一起？」敏惟心裡更關心的是這個，他帶了幾分煞氣地道：「是不是九皇子覺得妳的性子好，可以隨意地拿捏，就胡來？」

昨晚的家宴上，敏惟順口問了一句怎麼不見敏柔和秦嫣然，結果卻聽到了讓他惱怒生氣的事情，到現在都還在耿耿於懷。

「這件事情說來話長……」敏瑜知道敏惟有的時候就是一根筋直到底，如果不和他把話說清楚，他絕不會輕易放過。便從敏柔想暗算自己開始講起，將所有的事情原原本本地講給他聽，沒有隱瞞，但也沒有添枝加葉。

「這個敏柔，這個秦嫣然，這個九皇子……」敏惟臉上的煞氣更重，深深地覺得妹妹受了太多的委屈，他恨恨地道：「爹娘是怎麼了？他們就這麼眼睜睜地看著妳受委屈？還有大哥……哼，要是我在家的話，一定不會讓敏柔有機會一再的興風作浪，更不會讓秦嫣然這隻白眼狼有機會勾搭上九皇子……她這種人，就算不在她離開之後找機會將她給滅了，也應該直接把她送回秦家故里去，我就不相信，她一個姑娘家的，還能再回到京城。」

「二哥～～」敏惟的維護讓敏瑜心裡暖洋洋的。

其實說起來三個嫡親哥哥對她都是相當的疼愛；只是敏彥太理智，敏行又太幼稚，唯獨敏惟，雖然不見得有多成熟，但卻毫無理由地偏疼自己，哪怕自己不占理也一樣。

她笑著道：「我受什麼委屈了？敏柔是想害我，可沒有得逞不說，還被我先下手為強推下水，現在又被送去了庵裡，還不知道能不能被接出來。而秦嫣然，說實話，一開始的時候我心裡確實是很不舒服，可是轉念一想，我和九皇子之間可什麼名分都沒有，我根本就沒有立場多管閒事。

「要是將來我不嫁給他，那麼他和秦嫣然是什麼關係和我又有何干；要是嫁了，我絕對是原配正室。至於秦嫣然呢，不過是個有名分的侍妾，就算她識趣不敢再招惹我，我想要整治她也是名正言順的……不管是爹娘還是大哥，可都知道我到底是個什麼脾氣，也都知道我真沒有受什麼委屈，既然沒有受委屈，那還出什麼頭啊！」

「怎麼不委屈？」敏惟恨恨地道。「娘也真是的，對我們就說什麼，將來娶了妻子一定要一心一意地對人家好，別見一個愛一個，然後一個勁兒地往家裡抬，那會傷了人家的心，也會讓家宅不寧……可對妳怎麼就變了，連這樣的事情都要妳忍著……」

「二哥，你怎麼能這麼說娘呢？」敏瑜輕責一聲，嘆氣道：「娘這樣區別對待是對的。娘知道凡是女人都不願意多出一個或者更多女子來搶走丈夫的體貼關愛，更清楚一旦女人多了，為了自己、為了自己的親生兒女，各種勾心鬥角的事情就多……京城的勛貴也好、清流也罷，但凡是家中妻妾成群的，內宅的各種骯髒事情就多，孩子夭折的也多。娘既不願意看自己兒子的後院有那些骯髒事情，又不願意看到自己的孫兒、孫女因人為而夭折；更不想看到你們因為內院的事情，一輩子都糊塗或者不快活。她相信你們都是聽話的兒子，都能夠理解她的苦心，更堅信自己不是那種恨不得兒子享盡人間豔福，一個勁兒地往兒子身邊塞人的婆婆，所以會那樣教導你們、要求你們。

「而我呢？娘可不能保證我就能遇上一個像她那般明事理的婆婆，或像哥哥們這樣自律自愛的丈夫……與其讓我吃了苦、傷了心，遍體鱗傷之後大徹大悟，還不如一開始就不要抱有幻想。」

「瑜兒，這真是太委屈妳了！」敏瑜越是這般貼心明理，敏惟就越是心疼，他像以前一樣，用大手揉了揉敏瑜的頭，而後又發狠道：「瑜兒妳放心，就算他是皇子，妳也沒有必要這樣忍氣吞聲。等過了年我會找九皇子好好的談談……上次他不是還為我不能多待些日子、不能多跟我切磋而滿心惋惜嗎？這回，我一定好好地滿足滿足他的願望，好好地和他切磋切磋！」

看著敏惟臉上的煞氣，敏瑜忍不住地笑了，道：「二哥，哪有你這樣護短的？那可是皇子！」

「皇子又怎麼樣？只要是敢欺負妳的，就算是天王老子，我也不會讓他好過！」敏惟眼睛一瞪，混不講理地道。

敏瑜哈哈大笑起來，覺得敏惟這樣子怎麼看怎麼可愛，笑了好大一會兒，她才停下，偏著頭看著敏惟道：「二哥，你知道兗州那邊的情況嗎？自開戰以來，三哥就寫了一封信回來，之後再也沒有消息；馬將軍的女兒原本每個月都會給我寫信的，可最近也沒有什麼消息，我真的很擔心三哥。」

「兗州那邊……」敏惟有些為難，兗州那邊的情況他大概知道些，但卻不知道應不應該和妹妹說。

「我只想知道三哥會不會有什麼危險，別的二哥不用和我說。」敏瑜也不是不知道分寸的，立刻道。

敏惟立刻鬆了一口氣，而後笑著道：「這個妳就不用擔心了，兗州那邊雖然也打了幾場仗，但傷亡不多，敏行又不在先鋒營中，絕對不會有什麼事情的。」

敏瑜點點頭，終於放下了心，又笑著道：「二哥，過年的時候你準備給哪些人拜年？和我說說，我去給你準備拜年要用的節禮。」

「好啊！」敏惟點點頭，立刻將他準備拜訪的人家告訴敏瑜……

第五十二章

京城今年格外的熱鬧和喜慶，大公也作美，自打大軍凱旋而歸之後，下了近半個月的雪也停住了，露出了久違的陽光，照得人心裡都暖和起來了。

大年初二這天一早，敏惟就帶著敏瑜一起到辜府拜年——勇國公府敏惟大年初一就去了，敏瑜則跟著丁夫人去了高家，她覺得自己跟著敏惟去勇國公府不妥，丁夫人也覺得她跟著去太惹人注目，便也反對。

到了辜府，敏惟和敏瑜卻分開了，兩人一個是去給辜老大人拜年，而另一個卻是給辜鴻東拜年，進了辜府，就被下人帶去了不同的地方。

看到敏瑜進來，辜老大人臉上就笑開了花，和他坐在一起的老夫人更是歡喜地等敏瑜行禮拜年之後，就讓敏瑜站在她身邊，拉著她的手笑著道：「半年沒見，瑜兒看起來又長大了，越來越漂亮了。」

「老夫人喜歡敏瑜，才會覺得敏瑜越長越好！」敏瑜笑吟吟地回了一聲，而後將自己為老夫人準備的年禮遞過去，笑著道：「這是敏瑜給老夫人繡的抹額，您看看喜歡不喜歡？」

「瑜兒的手巧，做的花樣也好，能不喜歡嗎？」老夫人笑呵呵地接過，還真是她喜歡的樣子。她帶著笑，讓敏瑜和身邊的婆子一起給她戴上，然後轉過臉問老伴，道：「怎麼樣，好看不？」

「好看！好看！」辜老大人滿臉帶笑，敏瑜立刻將為他做的鞋子奉上，辜老大人也立刻穿上，而後笑道：「還是敏瑜手藝好，做的鞋子特別的合腳、特別舒服。」

「那是因為瑜兒最用心！」老夫人看敏瑜是怎麼看怎麼喜歡，笑著給敏瑜一個紅包，辜老大人也笑著拿出一個包好的紅綢布包，笑道：「敏瑜猜猜這裡面是什麼？」

看著辜老大人臉上那老小孩的頑皮，敏瑜的心突地一跳，瞪大了眼睛，帶了幾分不敢相信地道：「不會是兵書吧？」

「怎麼樣，我就說敏瑜聰明，一定知道是什麼！」敏瑜猜中讓辜老大人很有幾分得意，他將東西遞給敏瑜，笑呵呵地道：「這還真是一本兵書，妳年紀小，一定不知道老夫年輕的時候曾經是大齊最有名的軍師，我家小二就是我手把手地教出來的。可惜的是，他的天分雖高，但我卻不是個好老師，只知道將自己所知傾數傳授，卻沒有引導他，形成他自己的風格，他這一生想要超越我不大容易……而妳不一樣，我從來就沒有約束過妳，妳的棋藝已經有了自己獨到的風格，我想一法通、萬法通，兵法上妳也有機會形成自己的風格。」

「老大人，我可不要這個！」敏瑜嘟起了嘴，帶了些嗔意地道：「人家可是姑娘家，怎麼能給人家這個？」

「現在知道姑娘家看兵書不好了？」辜老大人不以為怪地大笑起來，逗弄道：「怎麼自己躲著看兵書，還大著膽子做推演，並將推演送去肅州的時候沒有這麼想？」

「那個時候人家擔心哥哥，就沒有想這麼多嘛！」敏瑜輕輕地吐了吐舌頭，俏皮道：「老大人，這個東西我真的不能要。」

「那好吧，我還是換成棋譜給妳！」辜老大人也不生氣，將兵書收起來，換了另一個紅綢布包遞給敏瑜，笑道：「不過，這本兵書我給妳留著，等將來某一天，妳改變主意的話，上門來拿就是。」

敏瑜不認為自己會有那麼一天，但還是笑盈盈地點點頭。這個時候，外面進來一個丫鬟，向辜老大人夫妻行過禮之後，道：「老爺、老夫人，二爺聽說丁姑娘也來了，很想見丁姑娘一面，命奴婢過來請。」

「我就猜那小子一定會過來搶人！」辜老大人哈哈大笑，對敏瑜道：「以前我和那小子說妳棋藝非凡，以後定然比他更有出息。他總是不相信，還總說什麼女兒家，天生就心軟，就做不到殺伐決斷，這回，他算是知道妳的厲害了，知道上趕著見識見識了！」

敏瑜只是甜甜的笑，並沒有做任何的評論。

辜老大人笑呵呵地道：「也罷、也罷！妳雖然是個姑娘家，卻是我這一生最得意的弟子，就讓他見識見識。敏瑜，一會兒我旁觀，看你們手談一局，別給他留面子，一定要拿出妳的壓箱本事，殺得他無還手之力，好好地給我掙面子。」

辜老大人的話讓老夫人哭笑不得，總說老人小孩子心性，她這丈夫少年是老成穩重，中年時山崩於前面不改色，老了之後反倒多了幾分孩子氣。她也不掃興，笑呵呵地道：「去吧！不過，東兒那裡應該還有別的人，瑜兒戴上帷帽，別讓不相干的人衝撞了。」

「嗯！」敏瑜點點頭，她知道定然有不少軍中之人前來拜年，老夫人是擔心她被那些粗魯漢子給衝撞嚇到。

辜老大人雖然覺得老夫人想得多了些，但他大概知道皇后屬意敏瑜當兒媳婦的事情，也沒有阻止。慎重其事地讓敏瑜戴了帷帽之後，才帶著她緩緩走向兒子的院子。

辜鴻東的院子裡還真是擠了不少人，最顯眼的卻是精神矍鑠的勇國公吳廣義，看到他居然也在，別說敏瑜，就連辜老大人都微微一愣，老眼一瞪，道：「你這老傢伙，怎麼不聲不響地就來了？」

「我這不是擔心你知道我在這裡，又把你的得意弟子給藏起來嗎？」勇國公哈哈笑著，然後上下打量著緊跟在辜老大人身後的敏瑜，笑呵呵地道：「小姑娘就是敏惟這傻小子總掛在嘴上的妹妹了吧？昨日聽敏惟說妳今日會和他一起過來給辜老怪拜年，我這就特意來湊熱鬧了，小姑娘不要見怪啊！」

敏瑜大大方方地站出來，給勇國公行禮，很自然地道：「老將軍是小女子仰慕的大英雄，能夠見到老將軍，小女子心裡歡喜得緊，又怎麼會發小孩子脾氣呢？」

「嗯！嗯！」敏瑜的話讓勇國公很滿意。當然，這也是因為他知道敏瑜的才能，要是換了另外一個小姑娘說了這麼一番話，他定然只會一笑而過。

「丫頭，別和他客氣！」辜老大人和吳廣義是幾十年的朋友了，立刻不給面子地揭老友的短，道：「這老傢伙也就生了一身力氣，腦子裡全是漿糊，仰慕他這樣的，丟分！」

「你個老怪物，在孩子們面前給我留點面子不行啊，非要揭我的短！」勇國公立刻吹鬍子瞪眼睛。

「爹，吳叔，您們就別鬥嘴了。」辜鴻東無奈地看著這一對老冤家，他一揮手，立刻有丫鬟將棋盤、棋子捧上來，他笑呵呵地看著敏瑜，道：「賢姪女，我知道妳跟著老爺子學棋藝好些年了，也總聽老爺子一個勁兒地誇妳，說別看妳年幼，一般人還真不是妳的對手。我們叔姪倆來一局，看看到底是我這塊老薑辣，還是妳這根小辣椒更勝一籌？」

「丫頭，別給我丟面子！」辜老大人這一刻完全忘了，這兩人都是他教出來的，純粹是內部矛盾，誰贏誰輸和他的面子真沒多大關係。

「是。」敏瑜點點頭，當仁不讓地坐下，大方地道：「您是年長不錯，但長的是年紀還是輩分且慢慢再論……我可不想被人非議，說我不知道尊老敬賢。」

敏瑜的話讓眾人哄笑起來，勇國公更大笑著對辜老大人道：「看著挺斯文、挺乖巧的一個小姑娘，但這一說話……真不愧是你這個老怪物教出來的。鴻東，要真輸給了小姑娘的話，你可真沒臉自稱叔叔了！」

辜鴻東也大笑起來，當下也不客氣地選了黑子，敏瑜執白，兩人一來一往地下了起來……

落不過十餘子，敏瑜便已經大概地掌握了辜鴻東的棋路——不是他們水平相差太大，事實上辜鴻東棋藝極高，或許還比不上辜老大人，卻和敏瑜在伯仲之間。但就如辜老大人剛剛說的，辜鴻東是他一手教出來的，下棋的風格和他同出一脈。

確定了辜鴻東的棋路之後，敏瑜的心裡就踏實了起來，落子極快，看起來幾乎不用思考一般，而辜鴻東臉上的輕鬆表情也慢慢地消失，取而代之的是一臉的慎重，但下子卻絲毫不慢——他可是四十多歲的人了，要是和一個還沒有及笄的小丫頭下棋還要左思右想的話，贏了也等於輸了。

然而敏瑜的棋路他完全不熟，不出五十子，他便落在了下風；不到半局，便顯露出了敗象，等到一局下完，居然輸了十九子，比辜老大人預期的輸得更慘……

「我輸了！」辜鴻東看著棋局，雖然怎麼都不願意相信自己居然輸給了比自己女兒還要年幼的黃毛小丫頭，但他卻不得不承認自己技不如人。

「丫頭，說說看，他輸在哪裡？」辜老大人瞪了一眼不爭氣的兒子，卻滿臉鼓勵地看著敏瑜，這個關門弟子果然比這個不成器的兒子更能給他掙面子。

「辜先生的棋藝高超，若說與小女子在伯仲之間，那是小女子往自己臉上貼金，貼切地說，先生更勝一籌。」敏瑜並沒有因為贏了就沾沾自喜，她實事求是地道：「但先生輸給小女卻也不意外。首先，先生和小女子一樣，都是老大人教導的棋藝；不同的是，老大人在先生身上下的功夫更多，先生和老大人的棋路也是一脈相承。而小女子雖然跟著老大人學棋，但老大人並沒有手把手的教導，更多的時候是慢慢地引導，小女子的棋路和老大人風格迥異。小女子下得十餘子便能夠大概知曉先生的棋路風格，而先生卻不可能僅憑那麼十餘子就判斷出小女子的棋路；相反，還可能會因為小女子也跟著老大人學習而有了先入為主的偏見……知己知彼這一點，小女子占了優勢。」

「不錯！」辜鴻東點點頭，而後又道：「不過，妳為什麼不說妳開局的時候故意用了老爺子慣用的開局誤導我，以為妳和我一樣，深得老爺子真傳也深受其影響，難以跳出他的棋路，獨創自己的一套棋路呢？」

不但能探出辜鴻東的棋路風格，還不忘給他挖陷阱？這個小丫頭真厲害！一旁圍觀的人都在心裡發出一聲讚嘆，他們之中不是每一個都會下棋，也不是每個都看懂了兩個人的這場廝殺，但他們都知道辜鴻東棋藝極高，在肅州絕無對手。眼前這個安安靜靜地坐在那裡、怎麼看怎麼無害的小姑娘，居然能把他給贏過了，不得不說是件奇事。尤其這小姑娘還是他們最熟悉不過的丁敏惟的親妹妹，那個和他們一樣習慣直來直去的師兄弟居然有這麼聰慧百變的妹妹，還真是件不可思議的事情！

哈，被揭穿了！敏瑜暗自吐舌頭，她並不意外辜鴻東能看穿自己的小伎倆，他要是連這個都看不穿的話，也不可能成為軍師了。她比較意外的是辜鴻東會這般坦然承認他被自己給暗算了一記。

她無辜地道：「有嗎？沒有吧？我不過是習慣那樣開局而已。」

「妳就裝吧！」辜鴻東瞪了眼前這個得了便宜還賣乖的丫頭一眼，眼中滿滿的都是欣賞，終於明白為什麼老爺子提起這丫頭就兩眼發光了，這樣聰慧的學生又有幾個當先生的不喜歡呢？

「丫頭，還有呢？」辜老大人呵呵大笑，滿臉的驕傲。

「其次，先生輕敵了。」敏瑜看著辜鴻東道：「在先生看來，一個黃毛丫頭，就算從娘胎裡就學下棋，也高明不到哪裡去。可是先生卻忘了，小女子既然敢和先生對弈，起碼也有幾分底氣；先生更忘了，女子最愛的便是面子，小女子雖然年幼，但也一樣愛面子，注定一敗塗地的挑戰，小女子必然會避開。小女子可不想輸得太淒慘，讓人笑話自不量力。」

辜鴻東點點頭，他是輕敵了，原因也被敏瑜說中了。

辜老大人神色稍微嚴肅了一些，看著他道：「這些年你事事順心如意，軍中上自吳廣義這老傢伙，下至剛剛入伍的新丁，對你都是敬重有加。漸漸地，你已經有些飄然了，忘了獅子搏兔亦用全力的道理。」

辜老大人的話讓辜鴻東一陣凜然，起身恭敬地道：「兒子這些年順風順水慣了，確實是自高自得自滿，兒子以後一定會時時警惕自己的。」

「嗯！」辜老大人點點頭，再和藹的對敏瑜道：「還有嗎？」

「第三，先生愛面子，無奈地被迫接受了小女子以快打快的方式。」敏瑜微微一笑，道：「小女子之所以能夠稍一思索就落子，是因為小女子和老大人經常對弈，習慣了老大人的棋路，以此推彼，自然也就能夠將先生的棋路大致判斷出來；加上平日也習慣了沒有時間思索的下棋方式，加快速度對小女子而言並非負擔。先生卻不同，先生是軍師，在軍中這麼多年，定然已經養成了深思熟慮的習慣，飛速落子定非先生的習慣。小女子以自己所長對先生之短，自然贏得更輕鬆了些。」

敏瑜的話讓辜鴻東微微一愣，她連這個都算計到了？

辜老大人哈哈大笑起來，看著兒子，道：「沒想到吧，從落第一子的時候這丫頭就已經在算計你了，而你，又要面子又輕敵……你輸得一點都不冤啊！」

「活該我輸！」剛剛認輸的時候，辜鴻東心裡多少還有些覺得是自己太輕敵了，所以才會輸給敏瑜。但是這一番話之後，辜鴻東心裡的那些念頭蕩然無存。他甚至認為，自己就算慎重其事也未必就能贏敏瑜，不知不覺中，他把敏瑜當成了一個值得尊重的對手，而不只是一個討人喜歡的晚輩了。

「最後，我們的身分不對等！」敏瑜卻沒有就此打住，她環視一圈，道：「先生是受人尊敬的軍師，是長者；小女子不過是個養在閨中、名不見經傳的黃毛丫頭，你我對弈，你若贏了，那是理所當然，甚至勝之不武；你我和局，你便已經算輸了；若像現在這般，小女子僥倖贏了，你卻已經算是一敗塗地。小女子卻完全相反，贏了是榮耀，輸了卻能說一句雖敗猶榮。這樣不公平的對弈，給先生一定的壓力，當先生發現要贏並不是那麼容易的時候，必然求勝心切，當先生察覺到可能要和局，甚至要輸了，必然會失了方寸，而這便是小女子的機會。」

「我服了！」敏瑜這番話說出來，辜鴻東當真是心服口服，他起身向敏瑜深深一鞠，道：「原本還以為自己輕敵這才輸了，但現在看來，還未開局我便已經注定要輸，我輸得還真是一點都不冤。」

「確實不冤！」辜鴻東此舉最歡喜的卻是辜老大人，他笑呵呵地道：「這丫頭早就已經出師了，我和她對弈都得打起十二分精神來，要不然的話還真不知道誰贏誰輸呢！」

「連父親也輸過？」辜鴻東瞬間心裡平衡了。

「不光老夫輸過，李奇陽和張子韶也輸過。我們三人與這丫頭同時開局，這丫頭以一對三尚能有輸有贏，更別說只對付一個人了。」辜老大人的話讓辜鴻東瞪大了眼睛，看敏瑜的眼神也變了，不再只是看一個優秀的後輩，而是看一個不知道從哪裡冒出來的怪物了！

「那是因為你們擔心打擊太重，會讓我沒了信心和鬥志，要不然我哪有贏的機會？」敏瑜可是有自知之明得很。

敏瑜的話讓辜老大人哈哈大笑起來，看她的眼神越發地歡喜了，他笑著道：「你們再來一局，都認真地使出自己的壓箱本事來，看看到底誰更勝一籌！」

「是。」他都這麼說了，辜鴻東和敏瑜哪能說不，當下重開一局，這一次辜鴻東固然慎重其事，敏瑜也半點不敢懈怠，比剛剛有看頭多了，一局下完，足足花了一個時辰。最後，辜鴻東還是輸在了棋路被人摸清了這一點上，輸了兩子。

這一局完了，辜鴻東倒是意猶未盡，棋藝到了他們這般水平，找一個合適的對手真的不容易；但是敏瑜卻不能再陪他下棋，她還要去給別人拜年呢！她和敏惟只得告辭離開，倒讓辜鴻東好生不捨。

「這丫頭真不錯！」敏瑜離開之後，辜鴻東也將那些拜年的晚輩一一遣走，最後只剩下他們父子和勇國公三人，勇國公這才稱讚道：「真沒想到這麼小的一個小丫頭，居然有這般的大局觀，可惜生為女兒身。」

「這話我不愛聽！」辜老大人卻不贊同。「難道你沒有發現，正是因為身為女子，她的心思才更為細膩、佈局更為小心謹慎，不露半點先兆？」

辜鴻東點頭，道：「這丫頭的棋路倒和她的推演極為相似，大處著眼，小處著手、取捨果決，真的是極為難得。吳叔說的沒錯，真是可惜了，要是個男兒身，我還真的找到後繼者了。」

「聽敏惟說她還沒有及笄，我猜一定也沒訂親事吧！」吳廣義打起了主意，道：「老怪，我家老三的長子你也見過，書讀得稍微差了一點，但一表人才不說，德行好，武功也不錯，要不你給我當個中人，去耒陽侯府探探口風？若丁培寧家兩口子覺得還可以的話，我馬上請媒人上門。要是這個不滿意，我可還有別的孫子，除去已經有了親事的，挑哪個都可以。」

「你還是別打算了！」辜老大人搖搖頭，道：「這丫頭長在宮闈之中，皇后娘娘不知道有多喜歡她呢！要是我猜得沒錯，皇后娘娘一定早就相中了她，想把她留在身邊當兒媳婦。」

「她當皇子妃？這合適嗎？」這麼聰慧能幹的好姑娘，嫁給皇子，規規矩矩地當個皇子妃，真的是太可惜了。

「這丫頭懂進退、知分寸，明取捨，更重要的是她清楚什麼可以要，什麼卻萬萬不能伸手……看皇后娘娘對九皇子的教養就知道，她只希望九皇子當一個富貴閒人，但九皇子的身分卻注定了他身邊必然有各種心思叵測、有野心的人；如果沒有一個能掌握全局的皇子妃，誰知道他會不會走錯路。敏瑜不但能夠掌握全局，也能讓他心甘情願的聽話，就這一點，皇后娘娘就絕對不會放棄她了。」辜老大人輕輕地搖頭，他也覺得敏瑜嫁皇子可惜了，但有些事情卻不是他們能夠左右的。

「唉……」吳廣義嘆氣，真是可惜啊！

「二爺，有一位楊瑜霖楊公子來給您拜年了。」一個丫鬟打斷了幾個人的嘆息。

「瑾澤？他怎麼這會兒才來？」吳廣義微微皺眉，道：「展羽，你說是不是楊勇又出什麼么蛾子了？」

「難說，要不然以瑾澤的性格，怎麼可能到現在才過來。」辜鴻東也皺起了眉頭，道：「等瑾澤來了好好地問問他吧！」

第五十三章

「二哥，我要這個！」敏玥歡喜地指著街邊的風車。

今日是大年初四，不用再去給什麼人拜年，敏惟就作主帶著兩個妹妹出門閒逛。她們出門多是坐馬車，哪有這樣步行閒逛的機會，自然特別的興奮。尤其是敏玥，一路過來不知道買了多少小玩意兒。她身邊的丫鬟和敏惟的小廝手上都已經快抱不下了，可就算這樣，敏玥卻還嫌不夠，又看上了風車。

「好，二哥給妳買！」敏惟一點都沒有不耐煩的樣子，親自上前從小販那裡挑了一支風車，付了錢之後遞到敏玥手裡。

敏玥歡喜地將手上的泥娃娃遞給身後的丫鬟，接過風車，甜甜地道：「謝謝二哥！」

「和哥哥說什麼客氣話！」敏惟輕責一聲，然後對一路過來都沒有買幾樣東西的敏瑜道：「瑜兒沒有喜歡的嗎？」

「遇上喜歡的我會讓二哥給我買的。」敏瑜說這話的時候心情有些低落，卻是想起了敏行，她的第一支風車、第一個泥娃娃、第一串糖葫蘆……都是敏行給她買的。就算秦嫣然來了，他滿心滿眼的都只看得到秦嫣然，卻也沒有忘記給自己搜羅這些小東西。

「瑜兒心情不好？」敏惟看看歡喜無限的敏玥，再看看明顯沒有多少興致的敏瑜，關心地問了一句。

「一定又想三哥哥了！」敏玥瞭解地道，直到現在，敏行還沒有寫信回來。這倒也罷了，馬瑛也沒有寫信回來，往年春節之前她都有信和禮物送過來的，這讓敏瑜擔心不已。

「能不想嗎？」敏瑜苦笑一聲，她現在已經懷疑自己當初逼著敏行去兗州是不是個正確的決定，逼著敏行長大有無數方法，而她用了最危險的一種。

「瑜兒，別想那麼多。」敏惟看著敏瑜，嘆氣道：「敏行一定不會有什麼事情的，妳就放心吧！」

「三哥沒有信回來，馬瑛也沒有，我真的……」敏瑜輕輕嘆氣，如果一切都好的話，為什麼兩個人都沒有信回來呢？

「敏行為什麼沒有寄信回來我真不知道，但妳那個朋友沒有來信……馬將軍應該在回京的路上了，他或許會帶著妻兒一起回京。妳那朋友說不定想給妳個驚喜，才故意不寫信的。」看敏瑜這麼擔心，敏惟透露了一點消息。

「馬瑛要回來？」敏瑜瞪大了眼睛。

「我只是說或許，不能肯定。」敏惟沒把話說死，他笑著道：「我只知道馬將軍一定會回來……」

「是因為韃靼的緣故嗎？」敏瑜立刻將馬胥武回京的事情和韃靼聯繫在一起了。按理說今年邊關大捷，將瓦剌打得元氣大傷，兗州那邊也功不可沒，但是大軍凱旋而歸的時候卻只有肅州將士回歸，那麼，兗州方面若非加強戒備，嚴防韃靼伺機而動，就是可能和韃靼方面達成了什麼盟約。現在看來應該是後者，說不定馬胥武回京就是負責護送陪伴韃靼使者。

「我什麼都不知道，什麼都沒有說啊！」敏惟立刻道，一邊說著還一邊朝著敏瑜擠眉弄眼，心裡卻腹誹，大師兄就是英明，知道露一點點口風就能讓妹妹猜中事實。

「我也什麼都沒有說啊！」敏瑜心下大定，卻發現自己累了，怎麼都走不動了，她抬眼一看，剛好到了清風樓附近，她笑著道：「二哥，前面就是清風樓了，他們的招牌菜很有特色，點心也做得很好，我們去坐一會兒，吃點東西，歇歇腳，然後再逛吧！」

「好，依妳就是。」敏惟好脾氣地點頭，看看抱滿東西的小廝和丫鬟，他笑著道：「你們趕緊把東西先送回去，玥兒難得出來逛，想必還要買不少東西，別一會兒抱不下就掃興了。」

「二哥真好！」敏惟的話讓敏玥的眼睛都笑彎了，真心覺得敏惟就是世上最好的哥哥，敏彥、敏行都要靠邊站了。

敏玥的話讓敏惟和敏瑜都笑了起來，敏瑜更笑著挽著敏玥的手，笑罵道：「現實的小丫頭，二哥一點點小玩意兒就收買了妳。」

「二哥本來就好嘛！」敏玥輕輕吐舌，就算戴著帷帽，敏惟也能猜得出這個妹妹定然是一副鬼靈精的樣子。

兄妹說笑間進了清風樓，店小二都是極有眼力的，一看三人的打扮就上前招呼，而敏玥則眼尖地看到一副老實相的許仲珩陪著一個熟悉的身影正準備上樓，她立刻笑著道：「前面可是許姊姊？」

「真巧，妳們姊妹也來了！」許珂寧回過頭，笑著迎上來，看了敏惟一眼，道：「這位應該就是妳們一直掛念的丁家二少爺了吧？」

「嗯，是我二哥！」和敏瑜一樣，敏玥也很喜歡許珂寧，敏感而聰慧的她能夠看出許珂寧看她的眼神和看敏瑜的沒有多大區別，並沒有那種讓她極度不自在的輕蔑，這讓她覺得被人尊重。她放開敏瑜，歡歡喜喜地湊上去，親暱地挽著許珂寧的手，笑道：「二哥今天是特意陪我們姊妹出來閒逛的，逛到這裡，我正好覺得有些餓了，二姊姊就建議我們上來坐坐，沒想到會遇上許姊姊。」

「那就一起坐吧！」許珂寧笑著邀請。「正好一起等蔓如！」

蔓如要來？敏瑜微微一怔，視線不由自主地落在許仲珩身上，許仲珩看著老實，但實際上比大多數男人都機靈，立刻察覺到了敏瑜的視線。他臉上雖看不出什麼，脖子卻泛起了可疑的紅色，敏瑜使勁地捏緊拳頭，才忍住沒有當場笑出來。

察覺到敏瑜隱忍的濃濃笑意，許珂寧輕輕地頂了她一下，讓她忍著。

敏瑜點點頭，輕輕地咳嗽了一聲，將湧到了喉嚨的笑聲嚥下，道：「一起好，一起熱鬧！」

正說著，曹恒迪略帶陰陽怪氣的聲音就響起，道：「仲珩，你怎麼會在這裡，還和丁姑娘一起？我聽說伯母正在張羅你的親事，不會是……」

看著從旁邊冒出來的曹恒迪，敏瑜微微皺眉，不知道是日子過得不如意還是怎樣，曹恒迪身上多了些陰沈氣息。

「這位又是誰？」敏惟低聲問向回到敏瑜身側的敏玥，總覺得眼前這個小白臉來意不善。

「曹學士府的二公子，京城有名的美男子，曹家玉郎曹恒迪，他身旁那個女的應該是他的妹妹，曹家才女曹彩音。」敏玥看曹恒迪兄妹的眼神滿是敵視，凡是和敏瑜過不去的人都是她的仇人，她低聲道：「就是一直招惹二姊姊的那對兄妹！」

敏玥的話讓敏惟的臉徹底黑了下來，拜敏玥所賜，他也知道曹恒迪兄妹幾次找敏瑜麻煩的事情了，而不知死活的曹恒迪卻不知道已經惹惱了一個煞神，輕輕地嘆了一口氣，看著許仲珩的目光充滿了失望和傷感，道：「仲珩，我一直以為我們是好朋友，你怎麼能……你明明知道我對丁姑娘……」

「你就是曹恒迪？」敏惟不想聽到他嘴裡冒出任何對妹妹不敬的言語，略顯得蠻橫地打斷了他的話，自己更上前一步，將敏瑜姊妹擋住，維護的意思表露無遺。

「不錯，我就是！」曹恒迪雖然打聽過耒陽侯府的情況，也知道耒陽侯府有幾個少爺、姑娘，但卻沒有將眼前這般健碩、又帶著隱隱煞氣的人，和耒陽侯府的二少爺聯想到一起，他臉上帶著笑，道：「不知道閣下是……」

「你不用管我是誰，你只要記住我的話就好！」敏惟可沒有心思和曹恒迪這樣的人多費口舌，他直白地道：「我警告你，以後見到耒陽侯府所有的姑娘都得退避三舍，不要上前搭訕。要不然我會讓你明白我的拳頭有多硬、力道有多重，打在身上又是什麼滋味！」

「你是什麼人，怎麼敢這麼威脅人?!」曹恒迪打娘胎裡出來就沒有遇上過像敏惟這樣的人，更沒有被人這樣直接威脅過，一時間還真沒反應過來；反倒是他身邊的曹彩音早一步跳出來，氣勢洶洶地瞪著敏惟，還衝著敏瑜道：「丁敏瑜，妳從什麼地方找來的野蠻子……」

「妳就是曹家那什麼勞什子才女？」敏惟不在意曹彩音說自己野蠻子，但卻很介意曹彩音敢這般囂張地對妹妹說話。

「不錯，我……啊～～」曹彩音一聲尖叫將所有的視線都吸引過來，卻是敏惟不負他野蠻子的稱呼，將她的帷帽一把給撤掉——在大庭廣眾之下取下帷帽不算什麼大事，但事出突然，敏惟的動作又那麼粗魯，毫無防備的曹彩音自然被嚇得尖叫起來。

「說話難聽，人長得也難看，一看就是個尖酸刻薄的！」始作俑者的敏惟卻對那些側目的視線渾然不覺，粗粗打量了一番，順手將曹彩音的帷帽又扣回去，不留口德地道：「妳還是遮著點吧，免得嚇到人了！」

聽著耳邊傳來的「噗哧」一聲，曹彩音恨不得將眼前這個蠻子給凌遲了，她尖叫道：「你是什麼人，你怎麼敢……」

「我怎麼不敢？」敏惟上前一步，將回到家之後一直刻意收斂的一身煞氣釋放了出來。

首當其衝的就是看到妹妹被欺負，上前想要維護她的曹恒迪，那種煞氣讓他渾身一冷，寒毛都豎了起來。眼前的男人讓他覺得無比的危險，他甚至能聞到一股淡淡的血腥味，他不由自主地後退了兩步，退到了曹彩音身後。

敏惟似乎沒有察覺到這一點，他右手翹起大拇指，指著自己的鼻子，對驚魂未定的曹彩音道：「認清爺這張臉，爺是耒陽侯府的二少爺。」

「耒陽侯府的二少爺就能這般胡作非為嗎？」知道眼前的男子是敏瑜的哥哥，曹彩音稍微有了些底氣，在她看來敏惟既然是耒陽侯府的少爺，行為多少就該有些節制，不敢太肆意妄為才是。

「這就算胡作非為了嗎？」敏惟一點都不覺得自己胡來，可兩個妹妹卻努力地點頭給他看，他的臉上浮現兩分傻氣，轉瞬即逝，像是自言自語，又像是說給別人聽地道：「胡作非為就胡作非為，只要能護著妹妹，再怎麼胡來也無所謂了。」

「你……」曹彩音恨得咬牙，她瞥了曹恒迪一眼，第一次覺得完美的二哥不爭氣。

「我怎樣？」敏惟冷哼一聲，滿臉的煞氣，道：「我警告你們，以後不管什麼場合遇上了我的妹妹們，最好敬著點、遠著點，要是再有什麼招惹的言語和舉止，就算我不能當場抽你們，事後也會找你們算帳的。」

「你敢?!」曹恒迪終於鼓足了勇氣，上前一步和曹彩音並排站到了一起。

「你可以試試，看我敢不敢！」敏惟認真地道。「你放心，我知道輕重，一定不會用殺瓦剌韃子的力氣對付你的，頂多斷根肋骨、瘸條腿、破個相什麼的，絕對不會殺了你。至於妳……」他轉向曹彩音，那眼神將曹彩音嚇得連退三步，好不容易才站穩了，敏惟卻和氣地道：「妳放心，我不打女人，頂多也就是不介意妳一副尖酸刻薄、讓人倒胃口的模樣，隨意地調戲一下而已！妳說要是妳被我調戲了，曹家會不會上趕著把妳送給我當使喚丫頭呢？唔，這倒真是個問題，娘可不准我們拈花惹草的。妹妹，要真是那樣，妳們可得幫我向娘求情，別讓娘動家法啊！」

「唉，我要是早點出門就好了！」聽敏玥一臉淘氣地繪聲繪影，講述著敏惟毫不講理地將曹恒迪兄妹羞辱威脅一頓，讓這兄妹倆最後夾著尾巴落荒而逃的光榮事蹟之後，王蔓如扼腕不已，為自己錯過了這樣的熱鬧大感可惜。她眨巴了一下眼睛，看著敏惟道：「丁二哥，我大姊是你大嫂，我和敏瑜又是最好最好的朋友，也算是你的妹妹了吧？」

呃？敏惟微微一怔，一旁的敏瑜吃吃地笑了起來，道：「二哥，她的意思是如果她被人欺負的話，你可得像護著我和敏玥一樣護著她才行！」

敏惟恍悟，而後重重地點頭，只差沒有拍著胸脯地道：「沒問題，有我這個當哥哥的在，只有妳們欺負別人，絕對不會讓人欺負妳們。」

「這話真不講理，可是聽著真舒服！」王蔓如大笑起來，覺得敏惟怎麼看怎麼順眼，甚至比許仲珩看起來更順眼。

許珂寧也被敏惟這番護短的話逗笑了，她還作怪地朝著許仲珩使了個眼色，示意他以後可得著勁的對王蔓如好，要不然王蔓如的那個親大哥不能把他怎麼樣，敏惟卻能讓他大吃苦頭。

許仲珩心裡大大地翻了一個白眼，懶得理會小姑姑的調戲，用他自己都沒有意識到的敬佩口氣，道：「丁二哥，如果曹彩音不聽您的警告，再找丁姑娘的麻煩，你真的會……咳咳，調戲她嗎？」

「不會！」敏惟立刻搖頭，道：「我看那女人原本就愁嫁了，要是因為我調戲她，曹家就名正言順地賴上我的話，那才糟糕呢！」

「噗哧！」敏惟的話讓豎著耳朵的幾女一起噴笑，這話說得可真夠損的，換了個不認識曹彩音的人聽了，還不知道會把曹彩音想成什麼呢！

許仲珩也被逗得笑了起來，卻繼續道：「這麼說來丁二哥只是隨便說了嚇唬嚇唬她的了？」

「也不全是！」敏惟卻搖搖頭，很隨意地道：「我是不敢那樣做，要是曹家賴上我，非要將她送給我當妾的話，我娘說不準真會打斷我的腿，我還是老實一點的好。不過，我們師兄弟在京城的也不少，只要我吱一聲，一定有那種不嫌棄那女人長得不怎樣、性子又刻薄的會跳出來幫這個忙，調戲個上趕著找死的丫頭，比喝水還要簡單。」

「聽你這話……」敏瑜的眼睛瞇了起來，神色中帶了一絲危險，道：「你們對這種事情好像很有經驗啊！」

「只是見多了而已。」敏惟面對自家人的時候最是個遲鈍的榆木疙瘩，壓根兒就沒有察覺到敏瑜的眼神和神色已經不對勁了，他呵呵笑著道：「當兵的，整天關在軍營，得了空出來遛風的時候，看什麼都覺得好；見了小媳婦、大姑娘吹個口哨什麼的也很正常，但要真說存了壞心思卻也未必。肅州民風和京城也大不一樣，那些女子也不會真的生氣就是了。」

「那你呢？也做過那種……」敏瑜有些不知道應該怎麼形容，而一旁的許珂寧補了一句，道：「很二的事情！」

很二？這是什麼意思？眾人都微微一怔，一時之間都是一臉茫然，而許珂寧這才意識到自己說了大家都聽不懂的話，帶了些不好意思地道：「就是有些傻的意思！」

「許姑娘說的不錯，確實是挺傻的！」敏惟呵呵一笑，卻又道：「不過我倒是沒有做過，大師兄管得緊，師兄弟中哪個要是敢做那種事情，大師兄一定會認為我們精力過剩，然後把我們狠狠地操練一番……」說到這裡，敏惟微微一頓，搖搖頭，臉上帶了些同情，道：「大師兄素來嚴厲，被他整治一頓，比急行軍三天還要累、還要慘。有了一個先例之後，所有人都老實了……不過，回京城就沒有那麼多的顧忌了，不像在軍中須嚴守軍紀，大師兄應該也不會管那麼多。」

「你們大師兄……」許珂寧的心突地一跳，不期然地想起了那日遠遠地一瞥給她帶來深刻印象的男人，她的聲音不知不覺中柔和了下來，道：「就是被譽為大齊第一勇將的那位楊將軍吧？」

「我大師兄還不是什麼將軍，不過也快了！」敏惟笑呵呵地道。「這次能這麼快地結束戰事，除了老將軍指揮有方、軍師足智多謀以外，大師兄的功勞也十分重要，論功行賞的時候，定然記他首功。」

「那個……」許珂寧很想多問一些關於楊瑜霖的事情，卻又不知道該怎麼開口。

看著許珂寧欲言又止的樣子，敏瑜心裡有些異樣，卻還是什麼都沒有表示，哪怕是一個眼神。

一旁的敏玥可沒有察覺那麼多、也沒有什麼忌諱，笑嘻嘻地道：「二哥，聽石姊姊說你們那個大師兄很厲害很厲害……二哥，他到底有多厲害啊？」

「大師兄……」

「別說什麼帶著你們殺個九進九出的事情，石姊姊都說了好幾遍了，我的耳朵都聽得生出繭子來了！」敏玥補充了一句，石倩倩將那件事情翻來覆去地講了很多次，敏玥都聽過好幾次了。

「知道了！」敏惟好脾氣地點頭，然後順著她的意講了一些楊瑜霖的事情——

帶著一支百人小隊連夜奔襲，截殺瓦剌的運糧隊、伏擊瓦剌的探子……好些都是他親身參與過的，就算敏惟口才一般，講得也是驚心動魄，敏玥這小丫頭固然聽得心馳神往，王蔓如和許仲珩也佩服得厲害。至於許珂寧，更是眼中異彩連連，只有敏瑜，忍了又忍才沒有就某些細節做出評價。

「哇！」敏玥眼睛裡閃爍著小星星，看著敏惟道：「二哥，你說我們有沒有機會見識見識你這個大師兄的本事呢？別的不說，見識一下他百步穿楊的本事我就滿足了！」

「這個簡單！」不等敏瑜開口說什麼，敏惟就笑呵呵地點頭，道：「有機會二哥帶妳去見識。唔，回京的路上，吳行遠提過，說勇國公在南郊有一座莊子，後面就是山，山裡雖然沒有什麼大的猛獸，但是像狼啊、山貓啊、獾子什麼的卻不少，野兔、野雞更是滿地跑，還說等春暖花開時，我們若還在京城，就相約去打獵。如果成行，二哥帶妳一起去。」

「好啊、好啊！」敏玥歡呼起來，但很快又懨懨的，小心地看了敏瑜一眼，道：「到時候再說吧，如果去的人太多、太雜，就不去了。」

「想去又有機會的話就去吧！」敏瑜知道她擔心自己反對，她沒有將敏玥拘得死死的念頭，敏玥比表面上看起來更聰慧、做事也更有分寸，可以適當的寬鬆一些。

「嗯嗯！」敏玥立刻連連點頭，歡欣的模樣讓所有人都莞爾一笑。

敏瑜不想讓敏玥再在一旁打諢插科，問楊瑜霖的事情，她真沒有心思再聽關於那個人的事情，便笑著對許珂寧道：「難得像今天這樣有機會、有閒心，我們一會兒還要這樣慢慢地閒逛，妳們呢？」

「我們原來是想去博雅樓的，現在嘛……」許珂寧笑著看了看許仲珩和王蔓如，今天是她特意約了王蔓如出來走走逛逛的，說白了就是讓這一對已經開始議婚的有機會多相處一下——這樁婚事進行得這麼順利，她功不可沒；而許仲珩雖然相信她和長輩們的眼光不會錯，但因為王蔓如的名聲不是那麼的完美無缺，心裡多少還是有些疙疙瘩瘩的，也想多接觸、多瞭解一下，也就有了今天的邀約。

「我們一起吧！」王蔓如心裡卻還是很羞澀，敏瑜兄妹在的話稍好一些，如果他們也走了，就她和許仲珩姑姪，還真是挺讓人害羞的。立刻笑著道：「我也很少有機會這樣純粹就是為了閒逛而閒逛，跟著湊湊熱鬧吧！」

「許姊姊，一起吧！」敏瑜笑著邀請許珂寧，不等她回答，就促狹地道：「仲珩賢姪應該是想跟我們一道走的，對吧？」

看著被敏瑜的話弄了個大紅臉的許仲珩和王蔓如，許珂寧呵呵大笑起來，這件事情也就定下來了。

用過簡單的一餐，一行人繼續逛街，而這一次帶路的卻是許珂寧，哪裡有更好玩、更新奇的東西她似乎很瞭解，她指揮著一行人慢慢往前走，許仲珩陪著她，敏瑜挽著王蔓如，倒也讓這兩人多了些交談和對視的機會，敏玥還是像剛剛一樣歡樂得不得了，上躥下跳的一會兒要這個、一會兒要那個，敏惟也都寵溺的放縱著她。

「真是個難得的好哥哥！」看著敏惟的好脾氣和寵愛的態度，再想想之前那番極不講理卻又格外窩心的話，許珂寧感嘆地道，對一個庶妹都能這樣，對敏瑜定然更心疼。

「二哥真的是很好！」敏瑜一點都不謙虛地點頭，看著敏惟的眼神中滿是驕傲。

一旁的王蔓如見她這副樣子，一點都不客氣地哼她一聲，下巴一揚，故意鬧她的話還沒有說出口，卻因為不經意瞟到的一個熟悉身影而說不出來了。

「怎麼了？」聽到了熟悉的輕哼聲，卻沒有下文，敏瑜有些奇怪，笑著轉向王蔓如，發現她正看著某個方向，眼中帶著濃濃的惱怒，她順著王蔓如的視線看去，看到了九皇子和他身邊那熟悉的身影——

那是秦嫣然！

敏瑜的臉色微微一沈，看來今天還真不適合出門，總遇上些讓人不愉快的人，她看了看前面的敏惟和敏玥，真心不希望這兩個人破壞了這良好的氣氛，便輕輕地拉了許珂寧一把，輕聲道：「許姊姊，我們避一下吧！」

許珂寧看到了九皇子，也看到了他身邊的女子，她輕輕地點點頭，不等他們做出什麼反應，九皇子似乎就得了某人的提醒，也看見了他們，大步走過來，敏瑜的臉瞬間陰沈到底。沒心沒肺的九皇子還呵呵地笑著湊上來，道：「妳也出來玩了？怎麼不和我說一聲，大家一起呢？」

「和你……們嗎？」敏瑜心頭惱怒到了極點，故意加重了語氣，看著跟在九皇子身後的秦嫣然，臉色難看。

「表妹，妳生氣了？」秦嫣然的語氣很無辜，但心裡卻已經得意得整個人都要飛起來了。

表妹？敏瑜的表姊？就是憑藉　曲〈笑傲江湖〉攀上九皇子的那個秦嫣然？那個寄住在耒陽侯府好些年的老鄉？許珂寧微微一怔，看向秦嫣然的眼神多了些理解也多了些防備……

哪怕是看不到秦嫣然臉上的表情，敏瑜也知道她現在多麼的得意，尤其是看到她故意貼近九皇子的小動作……敏瑜淡淡一笑，道：「不知道秦姑娘為什麼會說我生氣了呢？」

「表妹……」

「妳生氣了？」九皇子這才後知後覺地省悟過來自己帶著秦嫣然一起過來打招呼似乎不妥，他看了一眼恨不得貼到他身上的秦嫣然，本能地往側邊讓了讓，拉開了一點點距離，小心地道：「我這不是見到妳心裡高興嗎，我……」

看著九皇子對敏瑜那副討好的嘴臉，被九皇子打斷了話的秦嫣然心頭一陣惱怒，她原以為自己的美麗和優秀已經讓九皇子神魂顛倒了，要不然的話也不會過了年就去看她，更不會帶著她出來閒逛。可是，看他對敏瑜的態度……她恨不得跳起來對著他大吼一聲，但最後，她只能保持緘默。

「這不是九殿下嗎？」這麼兩個大活人加上明裡、暗裡的一群侍衛，敏惟不可能沒看到，他之所以晚了一步，是為了私下先向鬼靈精的敏玥確定了秦嫣然的身分，他臉上帶著笑，眼神卻冰冰的，不冷不熱地打招呼道：「好幾年未見九殿下，殿下又長高了不少啊！」

「你是……」兩年前敏惟回來的那一次，九皇子見過敏惟兩面，但兩年過去，敏惟不但黑了、高了、壯了，整個人的氣質也有了不小的變化，所以九皇子沒有一眼認出敏惟來。敏惟一開口，他也就反應過來了，笑呵呵地上前，帶著久別重逢的親熱和驚喜，道：「是敏惟二哥吧，你變了不少，我都有些認不出來了！」

「你也變得讓我認不出來了！」敏惟話裡有話地道，而後毫不客氣地用力拍了拍九皇子的肩膀，他沒有用全力也沒有手下留情地拍了九皇子一下，九皇子就不由自主地矮了一截，疼得齜牙咧嘴。他身邊的侍衛連忙上前，將敏惟包圍起來——他們在九皇子身邊待得最久的起碼有七、八年了，就算不能一眼認出敏惟，但也絕對不會錯認敏瑜，因此並沒有將敏惟當成了對九皇子不利的人，自然也沒有做那種上前護主卻可能遭訓斥的，吃力不討好的事情。

「你住手！」秦嫣然也沒有認出人來，但聽了九皇子的稱呼也確定了敏惟的身分，她上前一邊伸手去扶被拍得腰都彎了下去的九皇子，一邊喝斥道：「你怎麼敢對九殿下這般無禮？你們還愣著做什麼？還不把這個膽大包天、敢對九殿下下毒手的狂徒給拿下！」

秦嫣然的喝斥讓準備住手的敏惟又補了一下，這一下更狠，險些就把九皇子拍到地下去了，也讓原本只是在旁觀望的侍衛們擺出了動手的架勢。敏惟收回手，冷淡地掃了他們一眼——能給九皇子當侍衛的都有兩把刷子，但在敏惟這種打小就習武，又上過戰場見過血、殺過人的眼中，卻不夠看，敏惟有把握在十個呼吸之間將他們全部放倒，這一幫子人還比不上正在暗處保護的那兩個讓他感到棘手。

「哪有妳說話的分？」九皇子和敏惟兄妹一向親近，前者是從小帶著他頑皮搗蛋的哥哥，後者是他要白首偕老的女子；別說敏惟不過是手上力道大了些，讓他的肩頭上多了幾個巴掌印，就算是直接將他拍倒在地上，他心裡的第一個念頭也是反省自己是否做了什麼讓敏惟生氣，而不是找敏惟的麻煩。

九皇子一點都不知道憐香惜玉地將秦嫣然的手甩開，湊了上去，笑著道：「敏惟二哥的力氣越來越大了！」

「要不要再試試？」敏惟並沒有因為九皇子的笑臉就將態度放軟，他冷冷地將手伸到九皇子眼前，等著他將手伸過來試試。

「這個……」看著敏惟那看起來粗壯有力、滿是繭子的手，九皇子就覺得自己的手隱隱地生疼，他還沒有想清楚自己到底做錯了什麼，讓敏惟一見面就給了自己一個下馬威，但卻知道要是自己敢把手伸過去，敏惟就敢讓自己知道什麼叫疼。他將祈求的目光投向敏瑜，失望地發現敏瑜正對敏玥手上的那個紅繩編的金魚絡子大感興趣，全神貫注地看著那金魚，連餘光都沒有瞟自己一眼。

被九皇子甩開了手，又羞、又惱、又恨的秦嫣然又跳了出來，擋在九皇子面前，對著敏惟又喝斥道：「你以為你是什麼人，怎麼敢對殿下這般無禮！」

「那麼妳又是什麼東西，敢在這裡胡吠？」敏惟的眼神很冷，冷冷地問九皇子，道：「這個女人是什麼人？是你從哪家青樓叫來陪你遊街的粉頭，還是你身邊的姬妾？怎麼一點規矩都沒有！」

粉頭？姬妾？秦嫣然被敏惟口裡冒出的稱呼氣得頭上都冒煙了，她就算看過那種穿越成青樓女都能和王公貴族甚至皇帝來一段情事的小說，也不願意自己被當成那樣的人。

不等秦嫣然一口氣上來，表露自己的身分，敏玥就鬼靈精地插話，道：「二哥，你可說錯了，她就是祖母心疼了好多年的寶貝秦嫣然！」

「原來不是什麼粉頭娼婦，而是祖母老眼昏花養的白眼狼啊？」敏惟從善如流地道。

被秦嫣然擋住的九皇子這才總算是明白了一點——自己這無妄之災就是秦嫣然給招來的！他小心地看了戴著帷帽的敏瑜一眼，想起那日宮裡她直說厭惡秦嫣然的話，心裡發虛。但再怎麼虛，他也不能讓事態更惡化，他推開擋著他的秦嫣然，喝斥道：「妳一邊站好，沒有讓妳開口別多話，更別多事！」

嫌她多話多事？秦嫣然氣得臉都扭曲了。

而九皇子根本就沒有心思理會她在想什麼，咬著牙向敏惟伸出手，心裡祈禱著他看在自己主動的分上手下留情。

敏惟可沒有想過他主動交代就留情，用力地握緊他的手，直到他疼得倒抽好幾口冷氣才放開，等到他放開的時候，九皇子的手已經疼得失去了知覺，白皙的手上更留了明顯的青印。就算疼得想要叫，九皇子卻還只能苦笑著道：「敏惟二哥的力氣真的是越來越大了！」

那樣子、那口吻，都讓許珂寧覺得好笑，也覺得九皇子總算還有可取之處，要不然敏瑜這樣好的姑娘嫁給他真是被糟蹋了。

九皇子的態度讓敏惟心裡終於舒服了一些，臉色也好看了些，淡淡地道：「我們還要走走逛逛，你要是想一起的話就一起，不過……」他冷冷地看了秦嫣然一眼，道：「你身邊的這個白眼狼不能跟著。」

「好！好！」敏惟真不客氣，九皇子臉上卻終於露出放心的笑容，他偏頭就對秦嫣然道：「妳自己安排自己吧！」

「我……」秦嫣然真是恨得牙癢，這裡一個、兩個的都沒有把她放在眼裡，他們難道都是瞎子嗎？都不知道自己有多麼的獨一無二嗎？

「小九，你們怎麼都在這裡？」

一個好聽的男聲打斷了秦嫣然即將出口的叫屈。

那聲音是那麼的好聽，秦嫣然反射性的一轉身，只看到一個男子在三、五個人的簇擁下，分開圍觀的人走上前來，那撲面而來的尊貴氣息讓她連呼吸都有些困難，她的眼睛亮了起來。這渾然天成的貴氣、俊朗如鑄的容顏，這舉手投足間的王者之風，讓她的心都顫了起來，這才是她一直想要遇見的真命天子了啊！

咳咳，好吧，她承認，比起確實過人的外表，最吸引她的還是這人的身分——敏彥在這人身邊當跟班，他又這麼隨意地稱呼九皇子，那麼他的身分也就呼之欲出了……

第五十四章

「大哥——」九皇子叫了一聲，呵呵地笑著道：「還真巧啊，連逛個街都能遇上你們！」

「巧也說不上！」大皇子慶郡王溫和地看著透著一絲心虛的弟弟，溫聲道：「敏彥無意中提起敏惟帶著妹妹們出門閒逛，我想著也有兩年多沒有見到敏惟了，就特意過來這邊，看看能不能遇上他。」

簡單地解釋了一聲，慶郡王又將目光轉向敏惟，笑容中透著隱隱的欣賞，笑道：「個子長高了，人也長大了，這護短的脾氣還是一點都沒有變。」

敏惟傻笑一聲，他知道慶郡王等人已經在旁邊看了一會兒，自己收拾九皇子的事情也被他看在眼中。不過，他還真不覺得自己做得有什麼不好，要是連自己的妹妹都不能護著，又談何保家衛國？

「還是跟小時候一樣，覺得不好說就裝傻！」慶郡王的語氣親暱，側臉對敏彥道：「我新得了一把重劍，是把好劍，就是太沉了，舞起來費力。我看敏惟的力氣大，一定合適，就把它留給敏惟吧！我最近事多，你記著點，別讓我給忘了。」

「是，王爺。」敏彥點點頭，滿臉含笑的朝著敏瑜、敏玥招招手，姊妹倆走過去，他笑著道：「還不見過王爺！」

敏瑜和慶郡王也是經常見的，也不見外，自然地行了禮，敏玥卻有些拘謹，老老實實地行了禮之後，一句話都不敢多說，和平日的歡脫大相逕庭。

敏瑜笑道：「王爺，這是我四妹妹，最是個頑皮不過的，和我也最好了。」

「說別人頑皮，就忘了自己小時候有多皮了？」慶郡王搖搖頭，對著幾乎是自己看著長大的敏瑜，素來溫和的他也多了幾分寵溺，他笑著對敏玥道：「今日初次見面，本應該給妳見面禮，可卻沒有合適的。這樣吧，我讓人給敏惟送劍的時候一併讓人給妳帶過去。」

見慶郡王對敏玥都這般地和藹可親，秦嫣然心裡有了底氣，原本想上前做個精彩的、讓人印象深刻的自我介紹，但終究還是知道那樣有些不妥，她自以為不著痕跡地往九皇子身邊靠了靠，伸手去拉他的手，想要提醒他為眾人尤其是尊貴的大皇子介紹自己。

在場的除了敏惟之外都是些人精中的人精，秦嫣然自以為隱秘的小動作怎麼可能瞞得過他們，慶郡王溫和的臉上閃過一絲不悅——這種不悅並不是針對秦嫣然，對他來說，秦嫣然不過是螻蟻一般的小人物，這樣的人做什麼對他來說全然可以無視。令他不悅的是九皇子，惱怒他居然和這麼輕佻、這麼上不了檯面的女人糾纏不清。

「妳做什麼？」就在秦嫣然拉到九皇子的手的那一瞬間，九皇子反應極快地將手縮了回去，惱怒地輕斥了一聲，對秦嫣然當著這麼多人的面做這種親暱的小動作很是不滿，大家可都看著呢！

「你不為我介紹一下嗎？」秦嫣然低聲道，她的視線幾乎全都落在了大皇子身上。和他比起來，對她原本就沒有太大吸引力的九皇子更加的黯淡無光。

秦嫣然的聲音很低，但除了敏瑜等女子，在場的男子大多都習過武，至少耳聰目明，將她的話聽得清清楚楚的，除了原本就知道她是什麼脾性的敏彥之外，其他的男子眼中都浮現了不屑，就算原本對她沒有什麼惡感的人，也頓時看不起她了——他們和九皇子不一樣，秦嫣然的小心思在他們眼中無所遁形，他們比較疑惑的是九皇子怎麼就看不出身邊這個女人心懷叵測呢！

九皇子微微皺眉，秦嫣然以後必然是他的侍妾，就她這樣的身分，鄭重地介紹給人實在是失禮，而秦嫣然卻不知道自己的要求和舉止很不妥當，見九皇子皺眉遲疑，只當是他不願意讓更多男人認識自己……她略微驕傲地抬了抬下巴，等著九皇子結束內心的天人交戰。

「我們還要逛逛，妳跟著不合適，先回去吧！」九皇子可沒有和她想到一處去，他只想著秦嫣然的身分不妥，還是早點將她打發走比較妥當。

秦嫣然等了半天就得了這麼個回答，她心裡惱怒，語氣也不好起來，道：「有什麼不合適的？」

「我說不合適就是不合適！」對秦嫣然，九皇子可沒有那麼好的耐心，他生硬地回了一聲，也不管秦嫣然是什麼反應，就笑著走到慶郡王身邊，笑著道：「大哥，你們有沒有想好去哪裡？」

「你……」看著九皇子毫不猶豫地就將自己撇下，秦嫣然帷帽下的臉都綠了。

「小九，這位姑娘是誰？」慶郡王的表情一如既往的溫和，但熟知他的人卻知道他生氣了——如果不是不滿的話，以他的身分怎麼會主動問起一個女子的身分。

「她……」九皇子微微有些遲疑地看了敏瑜一眼，很希望敏瑜能插一句話，但敏瑜正和許珂寧幾人湊在一起小聲說話，似乎一點都沒有注意到他求助的眼神。

「嗯？」慶郡王的聲音微微一挑，他知道九皇子在等敏瑜為他解圍，他心裡輕嘆一聲，真的為親弟弟的腦子著急，他怎麼會認為都到了這個分上，敏瑜還會幫他呢？

「那個……她叫秦嫣然，是，是耒陽侯府的表姑娘，也是……」

「也是九殿下的朋友！」急切地想要把握機會，讓真命天子認識自己的秦嫣然很擔心九皇子說自己是他的紅顏知己，在九皇子介紹了自己的名字以及和耒陽侯府的關係之後，便自以為很得體地插了句話，將九皇子後面的話給打斷了。

許珂寧頗有些無言，她這個老鄉是剛剛穿過來的嗎，怎麼能說出這樣無知的話呢？她怎麼不再添油加醋的來一句「他們之間只是純粹的友誼」呢？真是……

「沒規矩！」敏惟看秦嫣然是怎麼看怎麼都不順眼，偏偏苦於自己是個大男人，要是一個勁兒地找她的麻煩，未免會讓人嘲笑，現在有了喝斥她的機會，自然不會放過，他滿臉厭惡地道：「九殿下在回話妳插什麼嘴？妳的規矩都學到哪裡去了！」

「二哥哥，這個你就不知道了吧，她啊，就沒有學過規矩！」敏惟一開口，敏玥立刻湊上去，道：「我們學規矩的時候，某人不願意吃苦，不願意被規矩束縛，連一天規矩都沒有學過。」

「你們……」敏惟的喝斥、敏玥的擠兌，讓秦嫣然心頭火起，但恨恨地吐出兩個字後便將剩下的話嚥了下去，不是她忽然之間不氣了，而是她猛然意識到這是一個和九皇子撇清關係的好機會，一個當著慶郡王的面表明自己和九皇子之間其實只是單純的友誼、沒有任何曖昧的好機會！想到這裡，秦嫣然的語氣驟然一變，充滿了被誤解的哀怨，道：「表哥、表妹，我不知道是我什麼地方做錯了，還是我們之間有什麼誤解，讓你們這樣對我……我真的很傷心、很難過……」

說到最後，秦嫣然的語氣已經帶了些哽咽。當然，她的心裡滿是得意，為自己的機智聰明而得意，也做好了為自己辯解的準備，甚至在腦子裡思索著應該用什麼樣的措辭才能打動在場的人。

「沒規矩！」出人意料的，一直沈默的敏彥最先開口，他不知道秦嫣然心裡在算計什麼，但是他卻清楚秦嫣然的「心氣」，當年的她能夠不知羞恥、不顧顏面地衝到自己面前說什麼「等她長大」的話，今天就有可能當著九皇子的面對慶郡王表示愛慕之情。他冷哼一聲，道：「皇后娘娘特意給妳指派了教養嬤嬤教妳規矩，就是不滿意妳沒規矩，怎麼學了這麼久，還沒長進？」

秦嫣然愣住了，怎麼還在說規矩啊？他不是該痛斥她不顧姊妹之情和九皇子混在一起，影響九皇子和敏瑜的感情嗎？她都已經做好當著慶郡王的面辯解，澄清自己不是那種不顧姊妹情誼的人，而後撇清和九皇子的關係了呀！

「皇后娘娘都鬆口，答應讓她侍候九殿下了，她哪裡還願意下功夫學規矩啊！」敏玥撇撇嘴，埋汰道：「秦表姊素來便是這個脾氣，沒有得到之前汲汲營營，得到了便視若敝屣……哪有那麼多傻子給人當跳板，好自為之吧！」

「我……」秦嫣然急了，著急地道：「我和九殿下只是朋友，我們……」

「原來是朋友啊，我還以為表姊妳也把九殿下當成哥哥了呢！」敏玥機靈的一句話讓所有人都笑了，看向秦嫣然的眼神更不屑，一個「也」字說明了確實有個被她當跳板的傻子。

怎麼越說越混了？秦嫣然終於明白何謂解釋不清了，她將求助的目光投向慶郡王，期望她的真命天子拯救被人詰難的她。她在心裡發誓，只要慶郡王為她說話解圍，她就一定會以身相許，更會用她所掌握的超越了這個時代幾千年的學識輔佐他，讓他順利地登基，成為一代明君。

如她所願的，慶郡王開口了，一貫溫和的他語氣卻十分冰冷，淡淡地道：「小九，我知道母后默許你收下她，母后既然點了頭，我不想多說，但是……讓人看管好了，別再放出來丟人現眼。」

「知道了，大哥。」九皇子低著頭，心裡懊惱無比，早知道這樣的話，今天就不該去看她，更不該被她幾句話就說得心軟，然後帶她出來惹禍了。

「知道了還不快去做！」

「瑜兒，覺得心裡委屈的話就說出來！」回府之後，敏彥讓敏瑜去了他的書房，親眼看到九皇子那般毫不顧忌敏瑜地帶著秦嫣然招人現眼，他真的是惱怒了。

「現在才說這個話是不是晚了些？」敏惟在一旁涼涼地擠兌，道：「剛剛當著眾人的面怎麼不說這個？」

「你以為每個人都像你一樣做事不經腦子嗎？」敏彥瞪了一眼弟弟，對敏惟的行為他很讚賞，但不意味著就表示贊同，他冷冷地道：「是，皇后娘娘是屬意瑜兒，是說過要讓她嫁給九皇子，但這件事情沒有過明路，就不能拿到檯面上來。若我當著那麼多的人問瑜兒委屈不委屈，你是想讓人以為瑜兒不守規矩，利用自己進出宮闈的便利和九皇子私相授受？還是想讓人以為瑜兒妄想九皇子，而我們這些當哥哥的，也都指望著妹妹高嫁好利用裙帶關係往上爬，所以想方設法的將他們撮合在一起？」

「反正瑜兒最終還是要嫁給九皇子……」

「那也不能什麼都不顧及！」敏彥又瞪敏惟一眼，道：「瑜兒要嫁，那也只能是皇后娘娘喜歡看重，也只能是九皇子主動求娶，絕不能讓人認為是瑜兒攀附上去的，那會影響瑜兒在眾人心中的地位、分量，甚至會影響她的生活。」

「我可想不了那麼多！」敏惟冷哼一聲，道：「我只知道只要我們兄弟越來越好，就能為瑜兒撐腰，瑜兒也能大聲說話；我只知道我這個當哥哥的，只要看見有人讓妹妹受委屈，不管那是誰，都應該衝上去狠狠地教訓一頓，而不是顧及這個顧及那個，有的時候，拳頭大比什麼都重要。」

看著兩個哥哥為自己的事情起了爭執，敏瑜笑了，道：「好了，好了，你們就別爭了，我知道你們都是心疼我。大哥、二哥，你們都別多想了，我真的不覺得自己受了委屈……唔，看到九殿下和秦嫣然在一起的時候，心裡確實是有些不舒服，可是看到他差點被二哥給打趴下，我這心裡就平衡了；看到秦嫣然被訓斥、被看不起，甚至被押送離開，我就更開心了，哪還有委屈？」

「真的？」這一次，兩個當哥哥的異口同聲地問了出來。

「真的！」敏瑜肯定地點點頭，沒有說自己今天又一次對九皇子失望了——她都把話說得那麼清楚明白了，他卻還……唉！

「看吧，還是我的方法管用，一下就讓瑜兒開心起來了！」敏惟很有些得意地看著敏彥。

「管用？你那種蠻橫的法子也就一時有效，能一勞永逸嗎？」敏彥不屑地埋汰了一句，而後正色對敏瑜道：「我今日和大皇子認真地談了一下，請他教導教導九皇子，他這般地不知事，我們實在不放心將妳的終身託付給他。大皇子說了，會和他好好談談，務必讓他意識到自己的錯誤。」

啊？敏瑜微微一怔，終於明白為什麼大家各自告辭離開的時候，大皇子會說他要送九皇子回宮了！

「大哥，我有侍衛，你不用特意送我回宮的。」回宮的路上，九皇子和慶郡王並轡緩行。慶郡王比九皇子年長了整整九歲，大婚封郡王之後便搬出宮了。

「我送你回去，順便也和你好好地談談。」慶郡王溫和地道。「我好久都沒有好好的和你說說話了。」

「大哥，我已經不是小孩子了！」九皇子嘟囔一句，說是兄弟倆好好的說說話，其實還不都是他在教訓自己。慶郡王離宮這幾年，對九皇子來說唯一的好處就是不用再時時事事的被長兄教訓了，哪知道今天又來一齣。

「知道自己不是小孩子，為什麼還一個勁兒地做些小孩子才會做的事情？」慶郡王輕輕地搖搖頭，道：「你今天為什麼會帶著那個秦嫣然出門？她不是應該被關在家中學規矩的嗎？」

「今天不是沒多少事情嗎？我閒著也是閒著，就去看她一眼，發現她被拘得實在是太緊，覺得於心不忍，就帶著她出門了。」九皇子真不覺得這有什麼大不了的，不就是憐香惜玉被人撞見了嘛！

「那麼，你就沒有想過，可能會遇上敏瑜或者耒陽侯府的其他人嗎？你有沒有想過他們是什麼感受？」慶郡王心裡暗自搖頭，他敢肯定，九皇子還真是什麼都沒有想過。

「這有什麼好想的？」九皇子嘟囔著道。「他們又不是不知道嫣然以後是我的侍妾，等我的府邸建好之後就會抬她進門。還有敏惟……見到我就給一頓下馬威也就算了，一整天都沒有給個好臉色，要不是因為他是丁敏惟、要不是敏瑜還在一旁看著，我才不會一直用熱臉去貼他的冷屁股呢！」

「你還有臉抱怨敏惟！」慶郡王看著覺得自己挺委屈的九皇子，心裡嘆氣，道：「我倒覺得敏惟到現在都還能保持他的真性情著實難得，知道護著自己的妹妹，不讓妹妹受委屈。」

「誰讓敏瑜受委屈了？」九皇子嘟囔著，他真不覺得敏瑜受了什麼委屈，自己挨了敏惟看似友善、實際上肩頭到現在還隱隱作痛的幾掌，又被他捏得手上至今都還留著青色的手指印，秦嫣然不過說了幾句話就被擠兌、埋汰、訓斥，最後還被直接押送回去，而敏瑜從頭至尾就一直有人護著，哪裡受什麼委屈了？

「你！」慶郡王看著到現在都還不明白自己犯了什麼錯的九皇子，直截了當地點明。

「我哪有讓她受委屈了……」九皇子立刻叫冤，道：「大哥，我對敏瑜有多好你也是知道的，凡是得了什麼好吃的、好玩的、有趣的，我都給她送去……」

「你們都長大了，不是吃喝玩樂就好的年紀了。」慶郡王總是溫和的臉上沒有了一絲和藹，他嚴肅地看著九皇子，道：「你應該知道，母后對她有多中意，應該知道母后到現在都還沒有為你選皇子妃，就是在等她長大。」

「我知道啊！我知道我以後會娶她，然後白首偕老！」九皇子懷疑地看著大皇子，不明白他為什麼刻意提起這種大家心裡都很清楚的事情，他自然地道：「我也盼著早點將敏瑜娶進門，也想過會一直對她好，不讓她受委屈的。」

「既然如此，你為什麼還和秦嫣然攪和在一起？」慶郡王真心懷疑，自己的這個弟弟到底知不知道什麼叫做「對一個人好」了。

「這是兩回事啊！」九皇子更不理解了，他理直氣壯地道：「我是挺喜歡秦嫣然的，長得美、說話有趣，但是我絕對不會讓她越過敏瑜。」

「你覺得這樣就夠了嗎？」慶郡王對這個弟弟無言了。

「難道這樣還不夠嗎？」九皇子更覺得無辜了。「敏瑜以後是正妃，我會對她好、尊敬她，不讓任何人、任何事情影響她的地位，更不會讓人給她氣受，我自己也會事事讓著她；至於秦嫣然，不就是一個侍妾嗎？頂多也就多陪陪、多哄哄、多給點賞賜而已，父皇不是這樣的嗎？大哥你不也是這樣的嗎？」

「你……」慶郡王氣絕，他和慶郡王妃並非青梅竹馬，婚前甚至都沒有見過幾次面，能和他與敏瑜青梅竹馬的感情相比嗎？至於父皇……慶郡王心裡有些酸楚，如果那個人還在，父皇斷然不會像對母后那樣對她；可是如果她還在，她或許已經有了自己的孩子，而自己就算不會淪落到不上不下的處境，也不會像現在這樣地位穩固。

「沒話說了吧？」九皇子不知道慶郡王心裡在想什麼，只以為他被自己辯駁得無言以對了，在他記憶中這可是從未有過的事情，這讓九皇子有些洋洋得意起來。

「你生在皇家，身為皇子，大哥從未想過你能像敏彥一樣，一心一意地只守著正妻過日子……」慶郡王說到這裡的時候微微一頓，心頭再一次閃過那張都已經快記不清楚的面孔，他輕輕地將她藏到心底的角落，對九皇子正色道：「大哥不反對你納侍妾、娶側妃，但那麼多女子，你為什麼偏偏要秦嫣然呢？」

「為什麼別人都行，就秦嫣然不行呢？」九皇子就不明白了，為什麼一個、兩個都針對秦嫣然呢？

「因為她是敏瑜一直以來都深深厭惡的人。小九，你記住，你納侍妾、娶側妃有兩種人萬萬不能選，一種是敏瑜深惡痛絕的，另一種則是和敏瑜親如姊妹的。」慶郡王的聲音很輕，但卻比任何時候都認真。「前者會讓敏瑜覺得同時被你和仇人傷害了，後者會讓她覺得同時被你和朋友背叛了，雙重的傷害和背叛會讓人分外的難受。」

「可是……可是嫻妃娘娘說……」九皇子真不知道該聽誰的了，嫻妃明明說她們終究是表姊妹、是一起長大的，有的也不過是些小矛盾，敏瑜是個明理懂事的，不會糾結這個的。

「嫻妃的話你也聽得！」慶郡王冷哼一聲，道：「她自己就是個背叛了友誼的，又怎麼會考慮別人的感受呢？」

「可是事情都已經這樣了，我能怎麼做呢？」九皇子很無措，他是喜歡秦嫣然不錯，但再怎麼也比不上敏瑜，哪怕是敏瑜的一絲一毫也比不上。

「很簡單，盡早將秦嫣然給處理了，最起碼在你和敏瑜大婚之前一定要將她和她存在的痕跡處理得乾乾淨淨。」見到秦嫣然之前，慶郡王還真沒有這麼想，但見到之後他心裡就升起了「若不將她給除了，她遲早會是個大禍害」的念頭。

「這……」九皇子又猶豫了，這樣是不是太殘忍了些？

「你想想敏瑜吧！」慶郡王沒有逼他，而是淡淡地道：「你想想敏瑜小的時候是什麼樣子，而現在又是什麼樣子，她有這樣大的改變是為了什麼？還不是因為你，皇家的兒媳可不是那麼好當的。為了你，她生生地將自己的性子給掰成了另一種樣子，你就不能為了她放棄那麼一個無足輕重的女人嗎？」

「這……」九皇子還是猶豫，但終究還是給了慶郡王一個準話，道：「大哥，這件事情我需要好好地考慮考慮，你放心，我一定會認認真真的，從敏瑜的喜惡好好地考慮的。」

第五十五章

將精心泡好的茶水遞到永昌帝手中，嫻妃小心翼翼地看著永昌帝緊皺的眉頭，溫聲道：「陛下看起來好像有些煩惱。」

永昌帝輕輕地揉了揉眉頭，身子往後靠了靠，輕嘆一聲道：「朕心頭有一樁煩心事，不知道應該怎麼解決，所以想到妳這裡坐坐，喝杯好茶，靜靜心。」

嫻妃不知道有多久沒有聽到永昌帝用這種語氣和態度和她說話了，嘴角壓抑不住地挑了起來，神情和聲音也更溫柔了，體貼地道：「陛下英明果決，就連瓦剌這樣的心腹大患都已經解決，還有什麼事情能難倒陛下呢？相信只要陛下作了決定，所有的苦難和煩惱都會迎刃而解的。」

「這宮裡最溫柔、最體貼的也就愛妃了！」永昌帝輕讚了一聲，卻沒有說什麼，喝了一口茶，卻又皺起了眉頭，似乎真的被某事困擾著。

嫻妃體貼地走到永昌帝身後，輕輕地為他按摩著，等到他舒服地閉上眼，眉頭也鬆開後，輕聲道：「陛下在煩惱什麼？不知道能否說給臣妾聽聽，說不定臣妾還能為您分憂。」

「說起來也不是什麼大事。」永昌帝似乎很放鬆，說話也就隨意了些，淡淡地道：「剛勇國公在朕這裡求一個恩典，求朕為楊瑜霖指婚。楊瑜霖是軍中的後起之秀，人才也極為出眾，這次與瓦剌交戰中更立下奇功，朕加封他為勇國公參將。按理來說這樣的少年將軍應該是姑娘們心目中的大英雄，是她們夢寐以求的丈夫，可偏偏有那麼一個不靠譜、寵妾滅妻的父親……」

原來是這種事情？嫻妃的眼神閃爍，輕聲道：「不知道陛下心裡有沒有合適的人選？如果有，臣妾可以召人進宮詳談。」

「要是有的話朕直接賜婚也就是了，就是沒有合適的人選朕才煩惱。勇國公原是想讓朕作主，將他的孫女指給楊瑜霖；但在他求到朕這裡之前，楊家已經拒絕了勇國公的好意，要是再賜婚，難免讓人看輕了國公府的姑娘。」永昌帝沒有睜眼，眉頭又緊皺起來，道：「朕答應老國公，一定給他指一個知事明理、端莊大方，知進退、懂取捨，更能鎮得住楊家那些鬼魅魍魎的，可要符合這些條件且尚未有婚約的姑娘可不好找啊！」

永昌帝的話讓嫻妃立刻想起一個人，她有些遲疑，眼神閃了幾閃，終究還是什麼都沒有說。

「小七呢？朕來了這麼大一會兒，她怎麼都沒過來？」沒有等到嫻妃說話，永昌帝也不著急，問起一直沒有露面的福安公主，不知道是玩笑還是嘆息地道：「可惜的是駙馬不能任要職，更不能掌兵權，要不然朕這麼多的公主，哪個都很合適，朕也不用煩惱了。」

永昌帝的話讓嫻妃心裡一驚，但還是沒有將那個已經到了嘴邊的名字說出口，笑道：「小七前些日子心煩氣躁，正在抄寫經書靜心，不知道陛下過來，臣妾這就叫她過來給陛下請安。」

「嗯。」永昌帝輕輕地發出一個鼻音，聽到嫻妃的腳步漸遠，才睜開眼睛，眼中閃過一絲情緒，她是沒有想到那個人，還是想到了卻怕擔上干係不願意說出口呢？只是，這個黑鍋容不得她不背了。

「女兒給父皇請安！」福安公主很快就來了，乖巧可人地給永昌帝請安，而後站到永昌帝身後，輕輕地為他捶著肩頭，笑盈盈地道：「母妃說父皇正煩惱著，果然沒錯，您看您的肩頭都硬邦邦的。」

「父皇實在煩惱，可惜卻沒有人能為父皇分憂。」永昌帝呵呵一笑，享受著女兒的殷勤。

「女兒可以為父皇分憂啊！女兒聽母妃說了，父皇正在為勇國公的請求而煩惱，女兒心裡倒是有個很合適的人選。」福安公主笑盈盈地道。「父皇可還記得女兒的兩個伴讀？」

「七兒指的是王蔓如和丁敏瑜？她們不大合適吧！」永昌帝心裡輕輕地嘆息一聲，看來嫻妃剛才已經想到了人選，只是不願意自己說出口罷了。

「蔓如是不大合適，她心眼小，說話尖酸，自然不合適，但還有敏瑜啊！如勇國公所要求的那樣，敏瑜知事明理、端莊大方，年紀雖小，卻鎮得住人，讓她嫁給楊將軍，再合適不過了。」福安公主笑盈盈地說著敏瑜的好，心裡想的卻是嫻妃剛剛的那一番話——

「妳真想敏瑜嫁給九殿下嗎？她現在都已經不把妳放在眼裡，明明知道妳對曹恒迪不一樣，還想為難就為難、想威脅就威脅，等她當了妳的皇嫂之後，恐怕更不把妳當回事了。」

永昌帝眉頭皺了皺，似乎在思索什麼，一旁的嫻妃給福安公主遞了一個眼色，福安公主笑著道：「女兒也知道，母后很喜歡敏瑜，想將敏瑜留給九哥當皇子妃，可是女兒真不覺得那對九哥就是好的。」

「哦？此話怎講？」永昌帝輕輕一挑眉，很想聽聽福安公主會說些什麼。

「九哥和敏瑜打小就認識，九哥早就已經習慣了事事依從敏瑜，要真是成了親的話，一定會懼內。平常男子懼內都會被人取笑，更別說皇子了……女兒可不希望九哥被人笑話。」福安公主輕聲道。

「妳說的似乎有道理。」永昌帝點頭。

「當然，這對敏瑜來說可能不大好。可是，身為臣子之女，能為父皇排憂解難她應該覺得榮幸才是。」福安公主笑著道。「敏瑜素來大方得體、懂進退，一定會欣然接受這樣的安排。」

「嗯。」永昌帝又一次點點頭，不等福安公主再說什麼，便淡淡地道：「來人，擬旨！」

立刻有內侍捧著紙筆上前，永昌帝輕聲道：「茲耒陽侯第二女敏瑜，知書達禮，靜婉端良，特賜婚於楊瑜霖，遂成琴瑟和鳴之好。」

等到內侍寫好之後，永昌帝將聖旨看了一遍，點頭道：「就這樣吧，現在就到未陽侯府和楊府傳旨，傳他們明日進宮謝恩。」

「是，皇上。」

看著內侍在聖旨上加蓋玉璽，然後出宮宣旨，嫻妃和福安相視一眼，都覺得事情進展得實在是太迅速了些。

「朕還有奏摺未批，先去看奏摺去了。」一樁事了，永昌帝便失了待下去的心思。起身，看著臉上露出失望的嫻妃和福安公主，淡淡地道：「吩咐御膳房加菜，朕一會兒過來用晚膳。」

「是，陛下！」這句話讓嫻妃笑逐顏開，等永昌帝離開之後，她臉上的笑容就消失不見了。

「母妃，我怎麼覺得有些不對勁呢？」福安公主靠近嫻妃，小聲道：「我們這樣做是不是錯了？萬一母后因此生氣……」

「她生氣又如何?!」嫻妃冷哼一聲，皇后存的心思她再清楚不過了，說什麼喜歡敏瑜，哼，有多喜歡，她喜歡的不過是敏瑜知道分寸，知道什麼能要、什麼不能要，有敏瑜這樣的兒媳婦掌舵，九皇子不至於被人蠱惑了，生出非分之想，為那獨一無二的龍椅和大皇子相爭……現在，敏瑜被賜婚給了楊瑜霖，看她還去哪裡找一個沒有野心、更能掌控九皇子的兒媳婦去！

「母妃……」福安公主心裡總覺得不安，她看著嫻妃道：「我怎麼覺得父皇像是在算計什麼呢？好像他過來就是為了讓我們說出敏瑜和楊瑜霖很相配一樣……」

「傻子！皇后娘娘想要敏瑜當兒媳婦，可皇上未必想要，說不定皇上早就有了別的人選，要不然的話，皇后娘娘為什麼一直沒有將他們的婚事過明路？」福安公主都能想到這一點，嫻妃又怎麼想不到，她笑道：「妳就什麼都不用擔心了，我們不過是說了該說的話，讓皇上順水推舟地下了聖旨而已，皇后娘娘就算生氣也不能怎樣的。唔，晚膳的時候一定要趁妳父皇高興，讓他下旨，為妳和曹恒迪賜婚，只要妳的婚事定了，皇后娘娘就算想要拿捏妳也無所謂了！」

「我知道了，母妃！」福安公主點點頭，卻又好奇地道：「母妃，您說父皇中意的九嫂會是誰呢？」

「京城那麼多的名門淑媛，比敏瑜出色、出眾、出名的不在少數，我怎麼知道是哪一個？」嫻妃沒心思管這個，她忙著準備晚膳的菜單，現在多挑幾道皇帝喜歡的菜色才是重要的。

「今日的事情如果有人打聽，不用隱瞞，務必讓人知道，是嫻妃和福安促成了這樁好事。」回到御書房的永昌帝淡淡地吩咐著。

「是，皇上。」內侍點點頭，為嫻妃和福安嘆息一聲。

「晚膳擺駕坤寧宮，皇后知道這道旨意後必然惱怒，朕需要好好地安撫一下她的情緒。」皇帝清楚皇后得知此事後定然氣惱，但這件事情卻不能順她的心意。

「是，皇上。」內侍應了一聲，卻又小聲道：「那嫻甯宮……」

「告訴她們朕改日再去就是了！」

「這……」丁夫人一陣眩暈，她萬萬沒有想到這來得毫無預兆的聖旨是給女兒指婚的，更沒有想到會將女兒指給楊瑜霖而不是九皇子，看著眼前不算陌生的傳旨內侍，她想問這到底是怎麼回事。

在她身後的敏瑜拽了她一把，沒有讓心情激盪的丁夫人說什麼不適當的話。一旁的丁培寧則上前一步，帶著恰如其分的驚疑，道：「這旨意實在是太讓人意外了，不知道皇上為什麼會心血來潮的為小女指婚？」

「咱家也只是個傳旨的，其中內情咱家也不得而知。」傳旨內侍倒也沒有拿大，態度很和氣，當然，這也有丁培寧出手很大方的緣故。

「那麼，魏公公可否透露一句，這旨意是從哪裡傳來的呢？是上書房，還是……」敏瑜上前一步笑問道，這傳旨的內侍姓魏，是聖上身邊最得意的內侍馬子雲的徒弟；敏瑜見過他很多次，也算有幾分面子情，問起話來倒也帶了幾分親近的口氣。

「這個咱家倒是清楚。」魏公公看著敏瑜，眼中也帶了幾分親近，道：「皇上是在嫻甯宮傳的旨意，連玉璽都是在嫻甯宮用的，用了玉璽之後一刻都沒有耽擱就讓咱家出宮宣旨了。二姑娘，皇上說了，傳妳明日進宮謝恩。」

嫻甯宮？對於這樣的回答敏瑜談不上意外，只有深深的失望和被傷害的刺痛，她笑著點頭道：「敏瑜明白了，煩勞魏公公了！這是敏瑜一點小意思，魏公公可不要推辭！」

接過敏瑜遞過來的荷包，魏公公又多了一句話。「聽說皇上在嫻甯宮的時候誇獎了七公主，說她聰慧乖巧又懂事，知道為君分憂。」

「謝魏公公提點！」敏瑜心底微微一顫，是福安嗎？為了一個僅見過幾面、有些許好感，卻還什麼都不是的男人，她居然絕情至此……只是，她真以為自己沒脾氣，會一直逆來順受嗎？

「咱家還要去昭毅將軍府上宣旨，就此告辭了。」該說的話已經說了，魏公公也不再逗留，告辭離開。

等他走遠，丁夫人就打起精神，道：「來人，備車，我要進宮！」

「妳現在進宮做什麼？」看著悲憤莫名的丁夫人，心裡一樣不好受的丁培寧攔住她。

「我要進宮問問娘娘這到底是怎麼一回事！」丁夫人真的是又傷心、又難過、又憤慨，就算覺得她的瑜兒不夠好，配不上九皇子，也沒有必要將她指給楊瑜霖吧！只要給自己一個小小的暗示，自己一定會在最短的時間內給女兒找一門好親事，絕不讓女兒礙人眼的。

「娘，您現在進宮問娘娘恐怕什麼都問不到，說不定娘娘也正為這件事情發脾氣呢！」

敏瑜輕輕地搖搖頭，道：「您沒有聽魏公公說嗎？這旨意是皇上在嫻甯宮傳出來的，不是上書房更不是坤寧宮。這說明這道旨意極有可能是在皇后娘娘一無所知的情況下發的。」

「嫻妃……」丁夫人剛剛腦子裡只想著進宮找皇后娘娘要說法了，並沒有用心聽敏瑜和魏公公說了些什麼，經敏瑜這麼一說，立刻省悟過來，她恨聲道：「我明白了，她一定知道皇后娘娘屬意妳，是因為妳至少能牢牢地將九皇子約束好，絕不讓他做不該做的事情，想借這招釜底抽薪，達到算計九皇子的目的。我知道，她們之間有恩怨，可也過去那麼多年了，她為什麼還是看不開呢？況且，她就算是看不開也不能拉妳當墊背啊！當年要不是我一再地為她求情……」

「娘，您沒有聽懂我的話。」敏瑜輕輕地叫了一聲，打斷了丁夫人的言語。「皇上對嫻妃娘娘是不錯，但她還不能左右皇上，借皇上的手算計人。」

「妳的意思是……」丁夫人心頭轉了好幾個彎，最後有些震驚地看著敏瑜，道：「妳認為這其實是皇上自己的意思？這怎麼可能？」

「皇后娘娘是什麼心思，連嫻妃娘娘都知道，皇上又怎麼可能不知道？如果皇上贊同的話，嫻妃娘娘豈能左右皇上？不是女兒看不起她，她還沒有那個分量和資格。」敏瑜冷靜得彷彿自己不是當事人一般，她淡淡地道：「我想，皇上或許一直就不喜歡女兒、不中意女兒，只是不願意在這件事情上和皇后娘娘有太大的衝突，所以一直沒有什麼表示。女兒不知道皇上為什麼突然指婚，但可以肯定的是，賜婚的事情是皇上的主意，不過是在下旨之前去了一趟嫺甯宮而已。」

「妳的意思是，指婚是皇上自己的想法，嫺妃或許也是被皇上……」丁夫人終究還是沒有將「利用」兩個字說出口，但沒有人不知道她想說什麼。

「那倒不一定！魏公公剛剛也說了，皇上讚福安公主，說她聰慧乖巧又懂事，知道為君分憂……皇上必然存了轉移矛盾的心思，但某些人也並非完全無辜。」敏瑜的眼神冷冰冰的，她朝著丁夫人擠出一個笑容，道：「娘，雷霆雨露皆君恩，聖旨已下，除了接受之外，我們沒有別的選擇。您冷靜冷靜，明日一早陪著我進宮謝恩，千萬別有任何向皇后娘娘討說法的心思。您和我說過，您和皇后娘娘是最好的朋友不假，但橫在友情之上的還有天壤之別的身分，別為了女兒頭腦發昏。」

「瑜兒……」看著女兒冷靜的臉，聽著她冷靜的話語，丁夫人沒有一絲驕傲，只覺得悲傷，傷心自己為什麼教得這麼好，連這種時候都不會任性，不會哭倒在母親的懷裡，叫著要父母為她作主。

「娘，別哭了。」敏瑜掏出帕子為丁夫人輕輕拭去眼角流下的淚水，輕輕地偎進她的懷裡，擠出笑臉，道：「既然事情已經不可改變，我們為什麼不往好的地方想想？」

「都給妳指了那樣的人家，還有什麼好的可想？」丁夫人緊緊地摟著女兒，心疼如絞，看著母女倆這樣子，丁培寧心裡也不好受，難得當著兒女的面，上前摟住抱成一團的母女倆，無聲地給她們一絲溫暖和安慰。

「娘，您怎麼能這麼說？」敏惟是唯一一個沒有為妹妹難過的人，相反，他心裡還有些高興，他插話道：「大師兄除了出身之外，什麼都比九皇子強！他是有血性、有本事、有擔當，前途也一片大好的少年將軍；而九皇子呢？根本沒有長大，明明知道妹妹和秦嫣然從來都不對盤，還和那個白眼狼糾纏不清。我看，不用嫁給他就是一件大好事。」

「你胡說什麼！」敏彥上前一步，拍開敏惟，卻又道：「娘，敏惟的話也有幾分道理，九殿下好是好，但被皇后娘娘護著，養出了一副孩子心性；瑜兒嫁給他雖風光很多，要擔負的卻也很多。楊瑜霖不同，他是個真正的男人，不會讓妹妹為他煩惱太多的。」

「楊家呢？楊家的那些糟心事呢？楊家那個聞名京城的姨娘呢？還有寵妾滅妻的楊勇呢？你們怎麼就不想想這些！」丁夫人瞪著兒子們，她知道兒子們是故意說些寬慰自己的話，但她現在真的聽不進去。她恨聲道：「你們以為嫁人成親是那麼簡單的事情嗎？成親不是兩個人的事情，是兩家兩姓甚至是兩個家族的事情！楊家的家風那般不堪，楊瑜霖再好、再優秀也一樣讓人避退不及！」

「娘，楊家的糟心事是不少，但是再多也多不過皇家啊！」敏彥敗退下來，換上王蔓青，她輕聲道：「楊家那趙姨娘再厲害，也就是個姨娘，妹妹有心思就順手將她給收拾了，沒心思的話壓根兒就不用理會她……」

「就是！」敏玥上前靠著丁夫人，道：「嫁到楊家，姊姊要真是受了什麼委屈，自己不好處理，還能回來讓娘家撐腰，父親、母親和哥哥、嫂嫂定然都不會坐視姊姊受委屈的；但要是嫁給九皇子，就算受了天大的委屈，又有誰能給她出頭撐腰呢？母親，姊姊這性子，要真是受了委屈，為了大局著想，也只會憋在心裡。母親，姊姊是您和父親捧在手心裡養大的，可不是為了養給皇家當受氣小媳婦的。」

「娘，玥兒說的有道理。」王蔓青輕聲道。「妹妹這性子總是先想大局如何，總把自己放在最後，嫁到皇家對她來說並非福氣。」

「可是讓瑜兒嫁到那樣的人家……」丁夫人輕輕地搖頭，她原以為敏瑜和九皇子的婚事是板上釘釘的，可是現在……就算不嫁皇子，也不能嫁到那樣一個人家啊！

「慧娘，妳都放心瑜兒嫁入皇家了，又何必擔心她應付不了楊家人？」丁培寧輕聲寬慰道：「妳不是總說女兒比妳現在都要強嗎？妳當年不過十七歲，就能輕鬆地應付公婆和一堆小姑子，硬生生地將耒陽侯府的家風扭轉過來，瑜兒又怎麼可能做不到呢？妳要相信，瑜兒不管嫁到什麼樣的人家都能過得很好！」

丁夫人連連苦笑，看著全家人擔憂的面孔，點點頭，嘆氣道：「我知道了，我會努力接受這件事情的……瑜兒，明兒一早我們進宮謝恩吧！」

「嗯。」敏瑜點點頭，眼中閃過一絲危險的光芒。除了謝恩之外，她還想見一見福安公主和嫻妃，聽聽她們的說辭，當然，如果可以的話，她也想知道皇上這樣做是在為什麼人清除障礙……

第五十六章

傳旨的內侍轉身離開的時候，楊瑜霖一向清明的腦子還是一團漿糊，腦子裡只有一個念頭——

那個緊拽著敏惟衣襟，捨不得他離開的小丫頭，那個每隔一段時間總有親手做的衣物寄過去的貼心妹妹，那個機智百變、能在千里之外將瓦剌的動向推演出來的兵法奇才，那個看到敏惟平安歸來、滿臉興奮、笑得臉都紅彤彤的小姑娘，就這麼被指給了自己？

他心裡的第一個念頭居然不是幸運而是自慚形穢，自己又怎麼能配得上那樣一個處處都出彩、渾身散發著讓人安心暖意的好姑娘呢？

「怎麼會這樣？怎麼能這樣？」比他更不願意相信這道旨意的是趙姨娘，都等不及內侍走遠就暴跳起來，衝到楊瑜霖面前，手指頭險些指到他的臉上，怒道：「是不是你做的？你以為求了聖旨指婚就不用娶燕子了，是不是？我告訴你，別……」

楊瑜霖冷冷地看著抓狂的趙姨娘，淡淡地道：「妳信不信我會把妳的手指一劍斬斷？」

「你！」楊瑜霖冰冷的眼神讓趙姨娘打了一個寒顫，雖不相信楊瑜霖敢傷人，卻終究不敢冒險，收回手，嚎叫一聲，不管不顧地往地上一坐，宛如潑婦罵街一般地一邊哭一邊罵道：「表哥，你看到了！你看到了！他現在就這樣目中無人，要是等你老了，還不把我們給撕了、吃了……」

「無知潑婦！」楊瑜霖見慣了趙姨娘的潑婦樣，冷冷地丟下一句，轉身就離開，他比楊勇、趙姨娘更想知道這突如其來的賜婚到底是怎麼一回事，他也知道應該去問誰——關愛他的人中也只有勇國公有這個能耐和顏面，能求得皇上下旨為自己指婚了。

楊瑜霖一路順暢地到了勇國公府，沒有受到任何阻攔就見到了吳廣義，將聖旨的內容原原本本說了一遍之後，老將軍愣住了，正和他商議賜婚這件事情的韋鴻東也愣住了。

怎麼這麼快？老將軍前腳才回到家，賜婚的聖旨後腳就下了？還有，皇上怎麼將他曾經覬覦的丁家丫頭指給了楊瑜霖，那不是皇家內定的皇子妃嗎？怎麼……老將軍心裡隱隱地升起一絲懊惱，要是知道皇上會將丁家丫頭指給他人，他就應該搶先一步，將她定成自己的孫媳婦。

「老將軍，我知道您是為了我好，也知道丁姑娘是個難得的好姑娘，可就因為這樣，才不能害了人家姑娘啊！」楊瑜霖苦笑一聲，道：「趁著這件事情還沒有傳開，還請老將軍陪我進宮一趟，當面向皇上推了這樁婚事。楊家的那些爛事，我一人面對就好，沒有必要再拖一位好姑娘下來蹚這趟渾水。」

「不能推！」一直緊皺眉頭的韋鴻東斬釘截鐵地道。

「為什麼？」楊瑜霖皺眉，對韋鴻東他一貫十分的信服，相信他會這樣說定然是想到了自己和勇國公沒有想到的細節。

「吳叔，您應該沒有忘記那日家父無意中透露的，皇后娘娘中意這丫頭，有意將這丫頭指給皇子的話吧？」辜鴻東也不避開楊瑜霖，他冷笑一聲道：「皇后娘娘的心思，皇上不可能不知道，但皇上卻將她指給瑾澤，這說明皇上和皇后娘娘在這件事情上有分歧，但不知為何，皇上沒有直接反對，皇后娘娘也沒把這事過明路。」

「你的意思是我這恩典求得恰是時候，皇上順水推舟，就把他並不中意的小丫頭指給了瑾澤？」吳廣義皺起眉頭，道：「這丫頭不管哪一方面都不錯，為什麼皇上會不中意呢？」

「無非兩個可能！」辜鴻東想都不想就道。「第一，皇上另有中意人選。京城名門淑媛眾多，我不知道皇上中意的是誰，唯一能肯定的是皇后娘娘定然不中意，甚至是相當地排斥；否則以皇后娘娘素日的處事態度，絕對不會和皇上僵持不下。第二，丁家丫頭太聰明了，尤其是這一次肅州戰事，她一個小丫頭卻起到了意想不到的作用，這讓皇上感到不安，這才臨時起意，賜婚與瑾澤。」

「第二個理由太荒謬了吧？軍師，皇子妃都是在名門貴女中挑選出來的，哪個不是千伶百俐、水晶心肝，這個理由太牽強了，我不相信！」楊瑜霖皺眉，太聰明了也是罪過嗎？

「皇子妃們確實沒有傻子，但恐怕也找不到一個像丁家丫頭這樣的。你忘了她的推演嗎？大處著手，小處著眼，取捨果決，絕不拖泥帶水。這樣的人固然是一個難得的軍師，更是一個難得的謀士。」辜鴻東想得更遠，道：「慶郡王雖也是皇后娘娘所出，但皇后娘娘生他時可不是太子妃，嚴格算下來九皇子才是皇上唯一的嫡子。他的身分注定了他身邊定然有各種各樣有野心的、妄想謀奪擁立之功的人，他現在年紀尚小，連皇子府都未建好，什麼都看不出來，但是將來卻說不好啊！」

「這個你爹也說了，他還說皇后娘娘就是因為這一點，才中意丁家丫頭的，說有這麼一個能夠幫著他掌控全局，又能讓他心甘情願聽話的，他才不會走錯路。」吳廣義皺眉，這話他已經聽過一遍了。

「是，我爹是這麼說的，可是換個方向來看，如果九皇子真有那樣的野心，又有這麼一個能夠掌控全局的皇子妃，那是不是意味著他多了一個得力的幹將呢？」辜鴻東看著吳廣義和楊瑜霖，道：「我想，皇上或許也看到了這一點。」

「還是我的錯！」楊瑜霖心中內疚，敏瑜的信是敏惟拿給他看的，也是他建議將信給吳廣義和辜鴻東看的，之後的事情雖然不是他一手促成，但也差不多，他相信，這樣的大事皇上不可能不知道。

「不是你的錯。」辜鴻東輕輕搖頭，道：「最關鍵的是皇上不中意，要不然的話，丁家丫頭的一切在他眼中只會是優點。」

「那麼，皇上將丁家丫頭指給瑾澤，是順勢而為，還是另有深意呢？」吳廣義看著辜鴻東，這些彎彎道道的事情，他還是願意聽他的。

「這個不好說。」辜鴻東搖搖頭，道：「雖然攤上那麼一個爹，但瑾澤只要不犯糊塗，前途必然是大好，將來像吳叔您一樣，封公列侯也並非不可能。瑾澤是勇將，丁家丫頭是謀臣軍師，還真是天造地設的一對。更重要的是耒陽侯府的長子丁敏彥是慶郡王身邊的得力之人，和慶郡王關係甚是相得，慶郡王對丁家丫頭也極好，聽說把她當成了妹妹一般心疼。皇上雖未立太子，但眾多皇子之中，慶郡王的地位一向超然，繼承大統的可能最大，將丁家丫頭指給瑾澤應該也有這方面的考量。」

「所以，皇上指婚並非心血來潮，如果瑾澤抗旨，他固然是討不到好處，丁家丫頭也會受牽連。」吳廣義皺起了眉頭，他輕輕地拍了拍楊瑜霖的肩頭，道：「你還是遵旨娶妻吧！我想京城耳目靈便的人家定然都已經知道了這樁婚事，若現在抗旨，丁家丫頭定然會被人非議；要是再有意圖不軌的人把皇后娘娘原來的心思牽扯出來，說不定還會被人認為她有什麼隱疾，被皇家所棄，然後塞給你了。」

「軍師，難道就沒有別的辦法了嗎？」楊瑜霖不死心地問了一聲。

「也不是完全沒有辦法！」辜鴻東看著楊瑜霖，嘆氣道：「丁家丫頭尚未及笄，就算指了婚成親也還有段時間。如果這幾年中你和你那個不成器的老子一樣，鬧出些讓人非議不齒的事情來，以皇后娘娘和耒陽侯夫人的交情、對丁家丫頭的喜愛，或許會想辦法取消這樁指婚。」

楊瑜霖遲疑了，他最恨的人非楊勇莫屬，最不齒的也是楊勇的所作所為，要他做楊勇做過的那些事情，他真的是一萬個不情願。

「瑾澤，那種自污的事情不能做，那會誤了你一輩子！」吳廣義瞪了辜鴻東一眼，這是什麼餿主意?!

「我也就那麼一說。」辜鴻東無辜地攤手，而後看著楊瑜霖問道：「你就這麼不願意娶丁家丫頭?她哪裡不好，讓你寧願抗旨不遵也要拒婚？」

「軍師，不是她不好，是我不配。」楊瑜霖的聲音低沈，道：「從任何方面來說，我都不配，更別提還有那麼一家子連我都無法接受的骨肉親人……」

說到骨肉親人的時候，楊瑜霖帶了深深的恨意，如果不是因為母親最後的期望，或許他早就忍不住和那一家子人同歸於盡了，他看著辜鴻東，說出了真心話，道：「像她那樣的女子，嫁給我，是我的幸運卻是對她的玷污，我怎能讓她陷入楊家這個泥沼呢？」

「說實話，你還真是配不上那丫頭！」辜鴻東嘆氣，道：「但是，如果真心為她考慮的話，那麼你只能接受。」

「然後讓她和那些人同在一個屋簷下，一輩子怨恨我？」楊瑜霖搖頭，道：「與其那樣，我寧願用最後的辦法，讓耒陽侯府找到足夠的理由，取消指婚。反正，我已經被人退過一次婚了，再來一次也很正常，別人也只會說我活該，活該有那麼一個家，活該像他爹一樣不爭氣……」

他的聲音越來越低，到最後更帶了深深的悲愴，吳廣義和辜鴻東聽了都是一陣惻然。

「瑾澤，你覺得你家的那些人對她來說會是困擾嗎？」辜鴻東勉強地笑笑，道：「她在宮中長大，什麼樣的明爭暗鬥沒有見過?說不定隨便幾下就把那些人給收拾了。」

「那也不意味著就能心安理得的讓她去蹚這個渾水！」楊瑜霖搖搖頭，看著眼前兩個關心他的長輩，眼中帶著義無反顧的決然，道：「將軍、軍師，不管任性也好，胡鬧也罷，這件事情就讓我自己作決定吧！」

吳廣義和辜鴻東相視一眼，上次他用這副表情說類似的話是在一年之前，說完之後他帶著人殺進瓦剌大軍，那一次，他沒有被兩人攔住，而這一次，恐怕也是一樣。

「瑾澤，你有沒有想過，或許丁家丫頭並沒有你想像中的那麼抗拒這樁婚事呢？」辜鴻東心裡嘆氣，勉強笑道：「你可是大齊最年輕、前途最看好的少年將軍，對自己有點信心！」

楊瑜霖微微一怔，雖然覺得不該，卻還是升起了一絲奢望，神色也緩和了一些。

辜鴻東知他甚深，立刻道：「明日不是要進宮謝恩嗎？找機會和她見個面，說幾句，如果她不願意的話，你做什麼我們都不阻止你；如果相反，那麼你也沒有必要鑽牛角尖。你說是吧？」

她會願意嗎？楊瑜霖腦中閃過那日遠遠地看過一眼，卻牢牢地記在心裡的清麗面孔。

辜鴻東再接再厲道：「你不會連見她一面，確認一下她是什麼心意的勇氣都沒有吧？」

「軍師，你不用使激將法，我會去見她。」

「這就對了！」辜鴻東笑著拍拍楊瑜霖，道：「丁家丫頭是個有眼光、有見識的，一定會看到你的好的。」

「瑜兒，妳……」看著敏瑜微微浮腫的眼皮、帶了淡淡血絲的眼眸、微微有些蒼白的唇色，丁夫人的心都揪成一團，心中只有一個念頭，女兒並沒有她表現出來的那麼無動於衷。

「我哭了半夜！」敏瑜直言不諱地承認，她看著丁夫人，坦然一笑，道：「娘，如果我不好好地哭一場，怎麼見得了皇后娘娘呢？」

敏瑜昨晚很痛快地大哭了一場，不光是作戲，也是在發洩自己的情緒。她憋得太久了，她都不知道自己有多久沒有這樣痛痛快快地大哭一場了。哭完之後，她心裡的憋悶沒有了，腦子也清明無比；但她沒有安心睡下，仔仔細細地將今日進宮之後要做的事情想了又想，將所有能意料到的可能都推演了一遍，等她推演完了，天色已濛濛亮了，也就乾脆更衣洗漱，準備進宮了。

「瑜兒，真是苦了妳！」丁夫人心疼地摟了摟女兒，她的女兒怎麼這麼難啊！這樣一樁婚事，抗旨不遵不可以，找人討個說法也不可以，順從接受仍然是錯的……就算傷心，就算難過，就算要耍小性子都得掌握好那個度。忽然之間，丁夫人也不覺得女兒嫁不成皇子是件無法接受的事情了，起碼以後用不著這樣小心翼翼的。只是讓女兒嫁給楊瑜霖，她真的不甘心。

「娘，女兒這就叫苦的話，那世上豈不是有大半的人都苦得過不下去了嗎？」敏瑜輕輕地一笑，而後帶了幾分俏皮地道：「娘，我的笑容中有沒有帶了恰到好處的悲苦？」

丁夫人終於被女兒這句話逗得破顏而笑，心情稍微輕鬆了些，道：「瑜兒，妳想好了怎麼和皇后娘娘說了嗎？」

「想好了。」敏瑜點點頭，沒有掩飾自己的恨意，道：「也想好了怎麼找嫻妃娘娘和福安公主好好地談一談了！」

「妳不是說嫻妃母女也是被推出來轉移矛盾的嗎？」丁夫人心裡也恨，卻沒有想過怎麼對付嫻妃母女，不是她想做老好人，而是她沒有合適的手段報復。

「既然當了靶子，那就要有當靶子的覺悟！」敏瑜冷笑一聲，她想要見嫻妃和福安不過是想知道她們這個靶子是被迫當的呢，還是自願的。如果是被迫，她們只要面對皇后娘娘的怒氣；但如果是自願的，那麼就該自己出手了。

「好了，時候差不多了，該上車了。」丁培寧提醒一聲，看著女兒的目光也滿是心疼。

「嗯。」敏瑜點點頭，揚起笑容，道：「爹，您讓二哥約一下楊瑜霖，最遲晚膳之前我要見他一面。」

「妳見他做什麼？」丁夫人皺眉，就算那個人現在已經是女兒名義上的未婚夫了，她也不願意女兒和他有什麼來往瓜葛。

「我有要緊的事情要問他，甚至還需要他幫忙。」敏瑜微微一笑，臉上閃爍著危險的信號，她看著丁培寧道：「爹，那件事情只有他能幫得上女兒，換了旁人絕對不行。」

「我知道了。」丁培寧心裡嘆了一口氣，卻沒有多問，他相信女兒，要是能說的話，她肯定會說，但如果她覺得最好別說，那麼就別問。

「瑜兒，過來本宮身邊！」敏瑜給皇后行過禮，才起身，皇后就朝著她伸出手，臉上帶著滿滿的憐惜和歉疚。

敏瑜也不矯情，快步走到皇后身邊，給了她一個大大的笑容。

「別笑了，笑得比哭還難看……」皇后握著她的手，看著敏瑜那藏不住苦澀的笑容，心裡刺疼，這一瞬間，她心頭甚至泛起悔意，她輕輕地撫摸了一下敏瑜的臉，心疼地道：「昨晚一定傷心地哭了大半夜吧？」

「沒有！」敏瑜矢口否認，皇后都說她笑得難看了，她也就沒有再笑，努力用平和的口氣道：「只是輾轉反側了大半夜，怎麼都睡不著……娘娘，敏瑜知道越是這個時候越是應該心平氣和，可是……可是……唉，讓您失望了！」

「傻孩子，妳要是到這個時候都還能當作什麼事情都沒有的話，本宮才會失望。」皇后娘娘輕輕地將敏瑜摟進懷裡，輕聲嘆氣，道：「都怪本宮，如果本宮早點說服皇上將妳指給小九，也不會……昨天本宮知道這件事情的時候，都氣瘋了……」

皇后知道，敏瑜素來聰慧，定然已經猜到了一些內幕，便也沒有遮掩，更何況過不了多久，皇上必然會將九皇子妃定下來，與其讓敏瑜那個時候想通一切，怨恨自己，還不如早一點吐露實情。

「娘娘，不怪任何人，都是敏瑜沒有福氣。」敏瑜輕輕地搖頭，臉上恰到好處的帶了一絲傷感，輕聲道：「不過，敏瑜很想知道，敏瑜輸給了誰！」

「那個人妳也很熟悉！」皇后輕輕地嘆了一口氣，敏瑜這樣直接問出來讓她的心裡也舒服多了，和聰明人相處就是輕鬆。

她很熟悉？敏瑜微微一怔，她忽然想起一個人，脫口而出道：「是許珂寧許姊姊？」

「不錯，就是她。」皇后點點頭，眼中帶著不甘和憤恨，她苦笑道：「皇上第一次見許珂寧，就十分欣賞和喜歡，沒有多想便將她定下為皇家兒媳，那時小九尚幼，並沒往他身上想，直到去年……但那個時候，本宮和小九都已經認定了妳，本宮自然不願鬆口，和皇上僵持不下，原以為再過兩年，許珂寧耽擱不了嫁人了，妳也及笄了，一切便水到渠成，可哪知道……唉，早知道會這樣，本宮就應該早一步下懿旨，將妳和小九的婚事定下。」

「娘娘，不怪您，都是敏瑜福薄！」皇上中意許珂寧，敏瑜並不意外，畢竟許珂寧必嫁皇子的傳言流傳了那麼久，要是沒有這回事的話，早就有人出來闢謠了。她比較意外的是兩人的年紀，九皇子可比許珂寧小了一歲呢！好吧，女方年紀稍大一些並不稀奇，可是敏瑜卻控制不住地想到許珂寧穿越女的身分，要是算上上一世，九皇子給許珂寧當兒子恐怕都不嫌小。這念頭，讓敏瑜想笑！

當然，更讓她意外的是皇后眼中的不甘和憤恨，還有提起皇上欣賞許珂寧時那幾不可察的酸意，這又是為何？電光石火間，她忽然想起丁夫人當時說起皇后和嫻妃之間的恩怨，提過的那位命薄早亡的閔姓太子妃，原本沒有多想，但是這一瞬間，敏瑜卻升起一個怎麼都壓不下去的念頭，莫非她和許珂寧等人一樣，也是穿越女？

要是這樣的話，一切似乎都想得通了！

丁夫人說過，她和皇上之間的感情深得容不得任何人，她的早死或許是聖上心中最大的痛。她身邊的穿越女各有不同，但仔細品來或多或少都有那麼一點相同的特質，許珂寧和那位閔姓太子妃出身相似，或許身上有更多相像的地方，讓聖上見到許珂寧的時候，不由自主地想到了早逝的她。如果許珂寧的出身稍微差一些，或者年紀稍微再大一些，說不定聖上就會將她納入後宮，可偏偏……當然，或許聖上就沒有想過用一個相似的人來替代他心頭那位獨一無二的人。

敏瑜不明白，聖上是出於什麼樣的心理才會作出把許珂寧指給九皇子的決定，但皇后反對的緣由，敏瑜卻能大概猜得出來。就算在丁夫人的口中，那位閔姓太子妃完美得無可挑剔，和皇后相處得也極好，但無可避免的是，那人一定是皇后心中一座永遠都無法逾越的高山——聖上一輩子都忘不了那人，大皇子在那人身邊養到四歲，對大皇子來說，那人是母親，皇后娘娘只是母后。

生命中最重要的三個男人，有兩個已經給了那人，皇后娘娘又怎麼可能再讓另外一個與她相似的女人搶走最後一個呢？所以，從來不會反對聖上決定的皇后娘娘在這件事情上怎麼都不肯讓步，而自知理屈的聖上也沒有直接將兩人的婚事定下，而是來了一招釜底抽薪，將皇后娘娘中意的自己指給了楊瑜霖。

至於嫻妃和福安公主……那就是被推出來讓皇后娘娘發洩怒氣的。

唔，如果不意外的話，聖上原本屬意背黑鍋的人選應該只有嫻妃，但是他高估了嫻妃的慈母之心，低估了嫻妃的自私，於是，福安公主也插了進來。

敏瑜的腦子空前的清明，不過是瞬間，就將這些事情理順了，她迎上皇后帶著關愛和探詢的眼神，苦笑一聲，道：「如果說是旁人，敏瑜定然不服，但若是許姊姊……敏瑜很難特別喜歡欣賞一個人，而許姊姊卻讓敏瑜在第一眼的時候就喜歡上了。既然是她，敏瑜輸得心服口服。」

「她哪有妳好！」皇后輕嗤了一聲，就像皇上覺得敏瑜怎麼都比不上許珂寧一樣，她也覺得許珂寧哪裡都不如敏瑜，無關乎誰更好一些，而是對誰更偏愛一些。

「許姊姊哪兒都比敏瑜好！」敏瑜說這話的時候心裡卻不由自主的嘆了一聲造化弄人，大軍回京的那日，許珂寧對楊瑜霖的欣賞她看得清清楚楚的。可惜，她們都沒有選擇的權力。敏瑜很快將那個念頭拋開，帶了幾分遲疑和膽怯地道：「娘娘，殿下知道指婚的事情了嗎？」

「他知道了！」敏瑜問及九皇子，讓皇后的臉上浮起了一絲陰霾，輕聲道：「小九帶著秦嫣然出門的那天，老大和小九認真地談了談……本宮不知道他們兄弟倆說了些什麼，但那日回來之後小九就將自己關在房裡一直沒出門。昨天傍晚，他想通了，來我跟前，說他不要秦嫣然，不要這麼一個人橫在你們中間，更不要讓自己的行為傷害到妳，還讓本宮等到天氣暖和一些後，派人將秦嫣然送回故里，永遠別讓她進京。就在本宮為他的決定欣慰不已的同時，皇上來了，說了指婚的事情。」

「他……」敏瑜的心顫抖了起來，她想過九皇子會拒絕接受，想過九皇子會用一切手段促使皇上更改旨意，但……她眼眶一紅，眼淚順著腮流下來，聲音顫抖地道：「他現在在哪裡？」

皇后娘娘能夠感受到敏瑜整個人都微微顫抖著，她心裡也是百感交集，輕嘆一聲道：「他昨晚一直跪求皇上，求皇上收回旨意，皇上不允，他就一直跪著，跪了兩個時辰，最後體力不支暈倒了。本宮讓太醫給他開了安神的藥，讓他好好地睡了一覺。可是，早上一覺醒來，他又跑去上書房門口跪著了，或許現在還在那邊吧！」

「娘娘……」敏瑜整個人都顫抖了起來，她伏在皇后懷裡無法控制的流著淚，帶了幾分哀求地問道：「娘娘，敏瑜應該怎麼做啊？」

皇后閉上眼，咬著下唇，好一會兒才睜開眼，看著敏瑜，道：「瑜兒，事情已經到了這一步，更改旨意，傷害的不只是皇家的顏面，皇上是萬萬不可能收回旨意的。」

皇后的話讓敏瑜的心迅速地冷了下來，是啊，都已經到了這一步，還能怎麼辦呢？就算楊瑜霖出了什麼意外身死，自己和九皇子也只能錯過。想到這裡，她按下心頭的激盪，輕聲道：「娘娘，敏瑜有個不情之請，還請娘娘考慮。」

「妳說吧！」

「娘娘素來總說恨不得敏瑜是您的女兒，敏瑜今日斗膽，厚顏求娘娘認了敏瑜這個女兒，敏瑜只求這個名分，別的一概不要。」敏瑜死死地捏緊了手，指甲陷進了手心，那種疼痛支撐著她把這番話說了出來。

「好孩子！」皇后也忍不住地垂淚，敏瑜這話無疑是將她和九皇子之間最後一絲可能堵死，她點點頭，道：「本宮不能馬上答應妳，但本宮會慎重考慮這件事情的。」

「娘娘，瑜姑娘的手出血了……」還是一旁嵐娘的驚呼讓兩人分開。

皇后看著敏瑜血糊糊的手，一邊讓人傳太醫，一邊心疼地責怪道：「妳這孩子，怎麼能傷害自己呢？」

太醫很快就來了，看著太醫小心地為她包紮傷口，皇后輕聲道：「疼吧？」

「不疼！真不疼！」敏瑜擠出一個笑容，但很快就收住，語氣冷然地道：「娘娘，敏瑜想去一趟嫻甯宮，我想聽聽嫻妃娘娘對這樁婚事是怎麼看的，更想看看公主殿下又是什麼態度。」

「見她們做什麼？」皇后的神色和敏瑜如出一轍，冷冷地道：「與其將時間精力放在秋後的螞蚱身上，還不如多陪本宮說說話。」

「娘娘，就算已經將她們判了死刑，也該聽聽她們怎麼說啊！」敏瑜的笑容冷冷的。

「要不然您怎麼知道是該判個斬立決，還是判個秋後處斬呢？」

這兩個人……丁夫人和嵐娘交換了一個無奈的眼神，眼神中透著相似的資訊——
她們才是親母女吧！

第五十七章

「皇后娘娘說這樁親事是娘娘促成的，特令敏瑜過來給娘娘請安謝恩！」敏瑜語氣冷淡地道出自己的來意，她不是笑不出來，而是不想再與她們笑臉相對，那會讓她覺得惡寒。

「瑜兒，和本宮不用說違心的話，妳是本宮看著長大的，妳心裡現在是怎麼想的，本宮清楚。」嫻妃臉上帶著一貫的溫和笑容，看敏瑜的眼神也充滿了憐愛和縱容，彷彿敏瑜在無理取鬧一般，她輕嘆一聲，悠悠地道：「我知道妳心中怨懟，但這真是一樁難得的好親事。」

「娘娘覺得這樁婚事很好？」敏瑜沒有掩飾自己臉上的嘲諷之色，這麼說來自己還得好好的感激她們母女了？她冷笑一聲，道：「恕敏瑜愚鈍，實在不知道好在何處？」

「妳打小就比旁人聰慧，怎麼會想不通呢？」嫻妃輕嘆一聲，滿臉的了然，道：「只不過一直以來妳都以為要嫁的是九殿下，結果卻被一紙詔書指給了楊瑜霖，一個是皇子，一個卻只是個參將，落差讓妳一時半會兒難以接受罷了。瑜兒，聽本宮一句勸，靜下心來，再將好高騖遠的心思收起來，妳就能想通了。」

「敏瑜的心無法平靜下來，更無法想通這件事情……」敏瑜看著嫻妃那副「都是為妳好」的樣子，從來沒有覺得這般地噁心，她心冷地道：「娘娘睿智，還請娘娘開導開導！」

「妳這孩子，心中一定在抱怨本宮吧？抱怨本宮說了不該說的話，誤了妳的終身。」嫻妃輕輕的搖頭，道：「瑜兒，妳這般聰慧，應該明白，嫁給皇子表面風光背地裡心酸，更何況妳的出身……雖說是侯府嫡女，可這侯府也要看是什麼樣的侯府。」

說到這裡，嫻妃刻意的頓住，耒陽侯不過是二等侯，在京城眾多的公侯人家中只能算是比上不足比下有餘，這還是丁培寧夫妻努力的結果。要不然這耒陽侯府早就被已故的老侯爺和現在還在折騰不休的老夫人給敗落了，哪還能有今天？但也就這樣了，丁培寧並非驚采絕豔的人物，耒陽侯府想要更進一步，想要在京城排上號，還得看敏彥兄弟的能耐，而那也得是幾年甚至十幾年以後的事情了。

「嫁給九殿下，妳最大的依仗是皇后娘娘的歡心，和與九殿下青梅竹馬的情誼，但那些卻是最靠不住的。」嫻妃繼續道。「皇后娘娘現在喜歡妳，是因為妳是慧娘的女兒，是她看著長大的孩子，但以後呢？對好友的女兒她自然不會挑三揀四，但是對媳婦……瑜兒，全天下的婆婆就沒有哪個不挑剔媳婦的，皇后娘娘也不能免俗。要是妳和九殿下之間有什麼矛盾，她絕對只會偏向兒子。到了那個時候，妳除了低頭之外還能做什麼呢？至於妳爹娘，礙於身分，他們也只能眼睜睜地看著妳受委屈。」

敏瑜看著嫻妃，沒有遮掩眼中的嘲諷，嫁給皇子委屈，給皇子為妾就不委屈了？是誰當年費盡心機和今上有了首尾瓜葛的？

敏瑜眼中的嘲諷嫻妃看得清楚，但她沒有生氣，她更希望能好好的安撫敏瑜，讓她乖乖地嫁到楊家去，就算做不到，至少這樣的行為也會讓聖上欣悅。

她繼續溫聲道：「嫁到楊家就不一樣了。楊家家風差了些，但人口簡單，就算有什麼糟心事，憑妳的本事定然能遊刃有餘的處理好，真要遇上混不講理的長輩，恪於孝道妳不好做什麼，也能求娘家啊！我想妳爹娘一定不會坐視妳受氣的。」

說著說著，嫻妃還沒有說服敏瑜，卻先說服了自己，真正覺得自己全是為了敏瑜好了，她臉上的笑容越來越深，越來越自然。

嫻妃接著又道：「撇開出身、家庭之外，楊瑜霖也更勝一籌。本宮知道，他年紀稍微大了一些，還曾經被退過婚，但正是因為這樣，他才更明白什麼叫珍惜，他一定會將妳捧在手心裡的。瑜兒，女人一生圖個什麼？不就是圖有一個安樂的家、一個體貼的丈夫、一群活潑孝順可愛的兒女嗎？嫁給他這些全都會有的。他還是軍中前途最為看好的少年將軍，就連皇上都說，像他那樣的大英雄定然是姑娘們夢寐以求的丈夫，如果不是因為楊勇不靠譜的話，根本用不著求恩典，就能娶到一個好妻子。和他一比，九殿下可就……」

嫻妃搖搖頭，沒讓自己露出鄙視的表情，她嘆氣道：「九殿下打小就愛往嫻甯宮跑，本宮也把他當成了自己的兒子一樣疼愛，可是……這孩子，養尊處優慣了，也習慣了時時事事都順心順意，都已經十六歲了，卻還是一副長不大的小孩兒性子，能當個玩伴卻不是個可以託付終身的好對象。他對妳雖有感情，但他不知道怎麼心疼人、體諒人啊！秦嫣然的事情就是一個例子，如果換了個成熟懂事的，就算真的喜歡秦嫣然，也不會像他一樣不管妳的感受，公然帶著秦嫣然出雙入對，鬧得人盡皆知，還準備將她收為侍妾……」

「既然娘娘提到了秦嫣然，那麼敏瑜倒也有個一直困擾的疑問。」敏瑜原本不想提秦嫣然的事情，但嫻妃主動提起，她便也順勢問道：「據我所知，秦嫣然是公主給九殿下引見的。敏瑜真不明白，公主原本是很討厭我那表姊的，怎麼那日會有那般好心思，特意將一個她和我都很厭惡的人介紹給九殿下，還有意無意地隱瞞了她的身分？」

「小七原本只是想試試九殿下對妳有多好而已。妳知道，她從來都把妳當成她最好的朋友，沒想到的是……」嫻妃輕輕的嘆息一聲，道：「如果不是九殿下禁不起考驗，皇后娘娘又那麼偏心的息事寧人，本宮也萬萬不會促成這樁賜婚。」

「原來娘娘和公主都是為了敏瑜好啊！」敏瑜心裡堵得難受，語氣更帶了濃濃的嘲諷，道：「所有的一切都是為了敏瑜考慮，敏瑜要是不感恩戴德的話，那可真是該死了！」

「瑜兒……」嫻妃輕嘆一聲，滿臉真誠地看著敏瑜，道：「我知道妳一時半會兒還想不通，不著急，慢慢地靜下心來，好好的想想，就能理解本宮的良苦用心了。」

「良苦用心？」敏瑜冷笑，道：「何來的良苦用心？如果真有，敏瑜消受不起！」

「母妃。」福安公主從嫻妃身後的屏風出來，她臉上的表情很複雜，煩躁、懊悔、歉疚、心虛、恐懼……各種情緒交織在一起，讓她再也無法維持平日的溫和有禮，她直愣愣地看著敏瑜，直截了當地道：「母妃說的都是藉口，實情是我惱恨妳，不想見到妳事事如意，所以在父皇為將什麼人指給楊瑜霖而煩惱的時候，我就想到了妳。」

「七兒！」嫻妃沒有想到福安公主會在這個時候爆發，警告地叫了一聲，不准她說出不該說的話。

「母妃，別阻止我，縱使我們說得天花亂墜，敏瑜也不會輕易地相信，那麼就別說那些誰都不相信的鬼話了。」福安公主這一次卻不想聽嫻妃的，她看著敏瑜，道：「我知道，從今往後我們真的再也不能當朋友了，那麼趁著我們還算朋友的時候，就一次把話說個清楚吧！」

「七兒！」嫻妃又警告的叫了一聲。

「母妃，就讓我任性一次吧！」福安笑笑，笑得也很難看，她轉向敏瑜道：「我曾經以為妳會是我一輩子最好的朋友，可是我錯了！我可以不嫉妒九哥對妳永遠比對我更好，可以不在意母后永遠都更疼愛妳，因為我清楚，那不是誰更好的原因，而是因為我是母妃的女兒，就算我再好，他們也都不可能像對妳那樣對我，然而我卻無法不嫉妒身邊除了母妃以外的每一個人都更喜歡妳、親近妳！」

敏瑜靜靜地看著福安公主。

福安公主苦澀地一笑，道：「我不記得是從什麼時候開始了，好像是馮英，不，現在該叫馬瑛了。從馬瑛的那件事情之後，妳和蔓如更親近，和我卻無意中疏遠了，每次看著妳們有默契的交換眼神，我心裡就很不是滋味。妳們兩個都是我的侍讀，妳們應該圍著我轉的，可是我卻總有一種被妳們摒棄在外的感覺。」

敏瑜垂下眼瞼，沒有辯解。

「我忍了，直到遇上了他……」想到曹恒迪，福安公主臉上帶了一抹溫柔的笑意，而後又帶了憤恨地道：「我知道曹彩音的話不可信，也知道很多事情並不是她所說的那樣；我在意的是，妳明明知道我的心意，卻還是一再地招惹他，或者讓他招惹妳，而且不顧我的感受，一再的折辱他……」

「曹恒迪……」福安公主的坦誠讓敏瑜大為意外，她輕輕搖頭，問道：「為他，值得嗎？」

「我知道妳對他是什麼觀感，也知道他沒有看起來那麼好，但是我覺得值得就好！」福安公主笑笑，曹恒迪的缺點她不是看不到，但她清楚，如果曹恒迪真有表現出來的那麼好、那麼有才華、那麼前程似錦，他和她才真的是不可能。

敏瑜輕輕地嘆息一聲，原來她錯了，福安公主並沒有被迷惑，她看得比任何人都清楚，知道那樣的男人容易掌控，也更能給她想要的。只是，到了這個地步，不如意的自己又怎麼可能看著她如願呢？

「我明白了！您想為他出氣、向他示好，我就是那個最好的籌碼，至於我們的友誼……」敏瑜點點頭，嘲諷的一笑，道：「您是公主，而我不過是一個二等侯的嫡女，怎麼有資格和您做朋友呢！我們不是朋友，敏瑜不過是陪公主讀了幾年書、學了幾年規矩的臣子之女而已。」

「不錯，我們不是朋友！」福安公主點頭，凡事都有取捨，這一次她捨棄的是敏瑜這個朋友和她們從小一起長大的情誼，她相信，捨棄了這些，她得到的會更多。

「那麼，敏瑜無話可說。」敏瑜起身，用從未有過的恭敬態度向嫻妃和福安公主行禮，道：「臣女告退。」

「妳和皇后娘娘咬什麼耳朵了？」回家的路上，丁夫人看著敏瑜，有些好奇也有些擔憂，這是第一次，女兒當著她卻和皇后娘娘說悄悄話，誰都沒讓聽。

「沒說什麼。」敏瑜閉著眼睛靠在丁夫人肩上，她真的很累，面對皇后娘娘讓她覺得很累，面對嫻妃和福安公主更累，可再累也必須打起十二分精神，半點都不敢懈怠。現在，只有她和丁夫人兩個，不用偽裝，不用小心翼翼，她只覺得累得連眼睛都睜不開來了。

「沒說什麼？」丁夫人懷疑地看著敏瑜，比起敏瑜給皇后出了什麼點子報復反擊嫻妃母女，她更擔心的是女兒會因此改了心性，變得陰狠起來。

「真沒說什麼！」敏瑜在丁夫人的肩窩蹭了蹭，找了個舒服的地方，輕聲道：「不過是和皇后娘娘隨意地說了幾句話而已。娘，您放心好了，皇后娘娘要怎麼整治她們是皇后娘娘的事情，我絕對不會插手，也不會出什麼主意的。」

「那……」丁夫人還是不大放心，她可不認為女兒被這麼算計了還會忍氣吞聲地什麼都不做。

「娘，連您都這麼好奇我和皇后娘娘到底說了什麼，我想會有人比您更擔心、更好奇的，而這就是我和皇后娘娘咬耳朵的目的。」敏瑜解釋一句，不等丁夫人放心，她便含糊地道：「要為自己出氣、討回公道，我會自己出招，借皇后娘娘的手，一點都不痛快！」

丁夫人微微一怔，還不等她問敏瑜心裡到底是怎麼打算的，就聽到女兒發出輕輕的鼾聲，卻是累得睡著了。她輕輕地嘆了一口氣，終究還是將到了嘴邊的話嚥下去，讓敏瑜窩進她懷裡，又順手將馬車上的毯子拉過來給她蓋上。

伏在她懷裡的敏瑜悄無聲息地睜開眼睛，暗自吐了吐舌頭，接著又閉上眼，真的睡著了……

天寒地凍的，街上沒有多少人，馬車很快就到了耒陽侯府，還沒有等丁夫人叫醒敏瑜，車夫便在外面輕聲道：「夫人，楊公子跟著一路過來了！」

丁夫人輕輕地皺了皺眉，她不認為楊瑜霖是敏惟請過來的，他今日也該進宮謝恩，敏惟不可能這麼快就能把他請過來。她冷冷地問道：「你什麼時候發現他跟著的？」

「好像是一出宮就跟著了，只是楊公子一直沒有說話，小人……」

「請他進府。」丁夫人不想多聽，也不想多說什麼，淡淡地囑咐一句，聽到車夫應諾之後，輕輕地搖醒敏瑜，看著她略帶迷茫的眼睛，溫聲道：「瑜兒，我們到家了……楊瑜霖跟著來了。」

敏瑜原本還靠著丁夫人，一副愛睏的樣子，等聽到丁夫人最後一句話，她眼中的睏意就淡了下去。她閉上眼，用力地甩甩頭，再睜開眼睛的時候已經是滿眼清明，她看著丁夫人，肯定地道：「娘，我要見他，我有話想和他說，單獨說！」

「娘知道了！」丁夫人點點頭，沒有阻止也沒有反對，她輕輕地拍拍敏瑜的臉，道：「就在亭子那邊和他見面吧，娘讓人先準備幾個火盆袪袪寒氣。」

「丁姑娘。」同樣一夜未眠的楊瑜霖看著敏瑜，眼中帶著深深的歉意，他鄭重地道：「楊某知道，指婚來得實在是太過突然，姑娘定然難以接受，不過，還請姑娘不要太過憂心，這件事情不是沒有轉機……」

「皇上既然已經下了旨意，那麼這樁婚事就不能再有變故。」敏瑜苦笑一聲，如果說之前她的心裡還有別的念頭和想法，那麼和皇后見過之後，那些念頭就被她自己給掐滅了。她輕輕地搖搖頭，道：「關於指婚，敏瑜不想再多談，敏瑜今日請楊參將過來是有件事情想請教的。」

敏瑜的話讓楊瑜霖又驚又喜，他看著敏瑜，帶了幾分急切地道：「丁姑娘願意接受這樁親事？」

「聖旨已下，我的意願已經不重要了，不是嗎？」敏瑜輕輕一笑。

對楊瑜霖這個人，除去那次逞英雄讓敏惟受傷之外，她還真是沒有什麼反感的地方，至於楊家的那些糟心事，她根本沒有放在心上。

「對楊某來說很重要！」楊瑜霖認真地看著敏瑜，道：「楊某自知，楊家的名聲掃地，京城幾乎沒人願意將女兒嫁到家風如此不堪的人家；如果指婚的對象是他人，楊某只會覺得歉疚，但換了丁姑娘……但凡丁姑娘有一絲的不情願，楊某都會竭盡全力，盡一切的可能解除這樁婚事，斷不會讓姑娘委曲求全。」

「楊參將為什麼會說這樣的話？」敏瑜真的很迷惑，她看著楊瑜霖，道：「我和楊參將可以說是素昧平生，楊參將為什麼會對我這般的……另眼相看？」

「丁姑娘或許對楊某一無所知，但楊某對姑娘並非完全陌生。至少楊某知道，姑娘是個細心體貼的，敏惟每個月都會收到姑娘親手做的鞋襪衣物……師弟之中，像他一樣有妹妹的不在少數，但卻只有他有這樣一個時時刻刻惦記著他的妹妹，這讓我們所有人都很羨慕。」楊瑜霖自嘲地笑笑，道：「楊某也是那個羨慕不已的人之一！」

「就因為這個？」敏瑜微微瞪大了眼睛，這算不上什麼吧？

「還有姑娘的聰穎！」楊瑜霖看著敏瑜，沒有掩飾自己的欣賞，道：「戰事之後，姑娘的每一封信楊某都一一拜讀，對姑娘十分的敬佩。」

「那不過是粗淺的推演而已，能派上用場我其實很意外。」敏瑜笑笑，被人一再的這麼說，她反而不想再提了，她看著楊瑜霖道：「如果，我萬分不情願的話，楊參將會怎麼做？」

萬分不情願？楊瑜霖來之前就已經想到了敏瑜會激烈反對，但這句話還是讓他的胸口一窒，他悶悶地道：「姑娘年幼，就算有旨意，成親也是幾年後的事情。等到春暖花開之時，楊某定然回轉肅州，如果楊某自己不檢點鬧出什麼事情，有了其父之風的話……」

自污？敏瑜這會兒真的愣住了，從敏惟的隻言片語中不難瞭解，他是一個非常自律、非常愛惜羽毛的人，可是就這麼一個人，卻為了自己的不情願，寧願自污——敏瑜自始至終就沒有懷疑過楊瑜霖會只是隨便說說，他決計不是那樣的人！

「楊參將，說實話，到目前為止，對這樁婚事，我雖說不上是萬分不情願，卻也是滿心不甘，畢竟……畢竟楊家的名聲著實讓人生畏，但敏瑜定然會遵從旨意。」敏瑜看著楊瑜霖，態度很認真、很誠懇，如此自律的一個人願意為了自己自污，說不感動是不可能的。

敏瑜的話讓楊瑜霖喜出望外，他甚至都沒有掩飾自己的歡喜，誠懇地道：「楊某絕不會讓姑娘為自己的選擇後悔的！」

敏瑜臉上微微發燙，視線略略一偏，不好意思直視楊瑜霖，輕聲道：「今日特意請楊參將過來，是有一件事情想向楊參將求證。」

「姑娘請說，楊某但凡知道，定然盡數相告！」楊瑜霖看著敏瑜臉上的那一絲紅暈，心中有一種微妙的感覺——她這樣子比先前見過的都還要好看！

「韃靼使者是否已在來京城的路上了？定國將軍馬胥武是不是和他一起進京？」說起正事，敏瑜也神色一正，甚至還帶了幾分嚴肅。

「這……」楊瑜霖微微有些遲疑，如果是一般的事情，他自然是知無不言，但國家大事……他真不能隨意的就告訴敏瑜。

「我可以發誓，這件事情絕對不說給任何人知曉，哪怕是我的父母也一樣！」敏瑜看著楊瑜霖，舉手就要發誓。

「姑娘沒有必要發誓。」楊瑜霖阻止了她，道：「這件事情並不算什麼特別機密的事情，韃靼使者團確實已經在路上，護送使者團的就是馬將軍，據說馬將軍還帶著家眷一起回京。之所以一直隱瞞，不過是擔心有什麼不必要的意外而已。」

果然！敏瑜早就猜到了，與大齊合作之前，韃靼就派了使者進京；兩國聯軍大勝之後，韃靼於情於理都該派使者進京。她看著楊瑜霖，道：「楊參將可知道韃靼使者團為首者是何人，這一次進京除了繼續之前的盟約之外，還有沒有別的目的？」

「為首者是韃靼的五王子布日固德，至於目的，我知道一些，卻不能對妳說。」楊瑜霖帶了幾分歉意，他終究還是無法將所知道的一切都告訴敏瑜，那是他的原則，就算是敏瑜他也不會隨意說出口。

「五王子布日固德？就是韃靼大王最寵愛的王妃塔娜所生的那個五王子？」敏瑜的眼光閃了閃，事情似乎朝著她所期望的方向發展了，她看著楊瑜霖道：「楊參將對此人的瞭解有多少，能和我說說嗎？」

她在算計什麼？楊瑜霖輕輕地皺了皺眉頭，卻意外地發現自己一點都不反感她那算計的樣子，而是將自己所知道，關於布日固德的所有事情都娓娓道來。

年僅十八，抱負遠大，卻又有好幾個各方面都很出色的哥哥壓在上面……敏瑜聽到最後笑了起來，看著楊瑜霖，道：「我有一封信要給馬將軍的二女兒，很急，不知道楊參將能否在不驚動任何人的情況下，幫我將信送到她的手上？」

「沒問題。」楊瑜霖問都不問便乾脆的點頭，道：「妳把信給我便是，我會盡快送到馬姑娘手上。」

「怎麼會這樣？」王蔓如聲音並不高，但那種又憤、又怒、又不敢置信的情緒卻絲毫沒有減少，她看著敏瑜，道：「皇上怎麼突然把妳指給了楊瑜霖？」

「楊瑜霖年過二十仍未成親，勇國公便到皇上面前求了恩典，然後就這樣了。」敏瑜看著為自己憤怒不已的王蔓如，心裡升起一股暖意，終究還是有真心為自己著想、對自己好的朋友，不算寂寞。

「他年過二十沒有成親關妳什麼事？關勇國公什麼事？」王蔓如的兩眼冒火，道：「他是什麼人？是大齊最年輕的參將，所有的軍功都是自己拚殺來的，與祖蔭無關，前途大好，都有人將他和年輕時候的勇國公相提並論了，說只要不出意外的話，他將來封公列侯不成問題。光這點不知道吸引了多少人，京城不知有多少人家已經不再顧及楊家的名聲，想要和楊家結親，他又不是娶不到妻子，為什麼非要妳？光是我知道的，就有好幾個姑娘躍躍欲試，想要找機會和他結識……」

「所以，該說我很幸運，什麼都不做就被指給了他，不是嗎？」看著義憤填膺的王蔓如，敏瑜淡淡地一笑，接旨到現在已經過去了一天兩夜。這段時間，除了昨夜之外，她一直在思索、在應對、在煩擾，而現在，她已經收拾好了思緒，用一種坦然的心情面對這樁婚事，起碼對方是楊瑜霖，是前程看好的少年將軍，還是一個對她印象極好，能夠為她考慮一二的人，而不是什麼都提不起來的紈袴子弟，或者像曹恒迪那樣的繡花枕頭。

「幸運什麼啊！對別人，是求之不得，對妳應該是避之不及！」王蔓如氣得都要跳起來了，她瞪著敏瑜道：「妳被指婚了，那麼九殿下怎麼辦？」

「他？」敏瑜的心微微一顫，想起了皇后娘娘說的九皇子之前為自己作出的決定，想起了九皇子為求皇上收回旨意跪暈過去，想到昨日自己出宮之後他都還在上書房外跪著……這一切的一切都讓她既感動又傷心。她的眼淚嘩地就掉了下來，道：「蔓如，他的一切和我沒有關係，也不能和我再有什麼關係了……」

王蔓如慌了，在她的記憶中，敏瑜連開懷大笑的時候都很少，像這種忍不住流淚的樣子就更罕見了，她著急地拉著敏瑜的手，關切地道：「怎麼了？到底怎麼了？妳說話啊！」

「沒什麼，我只是……」敏瑜也不知道該怎麼說，她苦笑道：「我這心裡空空的，很難受！」

「唉……」王蔓如嘆了一聲，憐惜地看著敏瑜，道：「妳和九皇子這麼多年的情分，卻忽然被指婚給了別人，能不難受嗎？」

敏瑜擦乾眼淚，終究還是沒有說出九皇子為她做的那些事情。如果沒有意外的話，蔓如是要嫁進許家的，到時候許珂寧就是她的姑母，她不願意因為自己的事情讓她和許珂寧之間生出芥蒂。

「只是，這指婚也太突然了吧！」王蔓如皺緊了眉頭，道：「楊瑜霖會求皇上賜婚，我不覺得意外。敏瑜，妳可能沒聽說，有不少人家趁拜年的機會，向楊家探口風，想要結兒女親家。結果楊家那趙姨娘嚷嚷起來，說楊瑜霖要娶的是她的娘家姪女，絕不要旁人。楊勇寵妾滅妻的事情人盡皆知，楊瑜霖怎麼可能同意娶趙家的女子？不知道有多少人都等著看楊家父子為了婚事反目成仇呢！當時我就在想，如果楊瑜霖夠聰明的話，定然會尋機會求皇上為他指婚，否則就只能任由楊勇擺佈他的婚事了。只是，皇上怎麼會將妳指給了他？這不應該啊！」

「是嫻妃和福安公主。」敏瑜極力保持語氣平淡地道。「皇上答應了勇國公的請求，但也為此犯愁，她們為皇上分憂，向皇上推薦了我。」

「什麼?!」蔓如驚訝地跳了起來，她看著敏瑜，不敢相信這件事情背後會有那對怕事母女的影子，她們就不擔心因此遭了皇后和九皇子的怨恨嗎？她難以置信地道：「不會是有什麼誤會吧？」

「沒有誤會，她們也當面承認了這件事情。」敏瑜冷笑一聲，道：「公主也說了，這一切都是為了曹家玉郎！」

「她真是……」王蔓如氣極，恨恨地道：「就為了一個什麼都不是的男人，算計一起長大的朋友，她……」

「我只是尊貴公主的陪讀，不是她的朋友！」敏瑜強調道。「這也是公主的意思。」

王蔓如真覺得心寒，冷笑道：「這話說得真不虧心！她以為不認妳、我這兩個朋友，就能順利地招曹恒迪為駙馬了嗎？」

「我也這麼想。」敏瑜笑笑，道：「既然大家不是朋友，沒了情分，那麼我也沒有必要顧及了。」

「妳準備怎麼做？」王蔓如好奇地看著敏瑜，卻又笑嘻嘻地搖手，道：「別告訴我，我這個人嘴巴不嚴，要是不小心說漏了嘴可就不好了。」

「妳啊！」敏瑜輕輕搖頭，對王蔓如一點辦法都沒有，她輕輕地嘆息一聲，道：「該做的我已經做了，事情會不會照著我預期的發展，卻不是我能掌握的了。」

信已經送出，會朝哪一個方向發展敏瑜也不能肯定，但不管成事與否，事情都到此為止，她不能因為報復而將自己變得面目全非。

「那我便等著看就是了！」王蔓如沒有細問，這時秋喜上前輕聲道：「姑娘，許姑娘來了，因為沒有事先知會，門房沒有直接請她進來，而是讓她稍候。」

許珂寧來了？敏瑜的心有些不平靜，很不想見，但卻還是沒有意氣用事，她點點頭，道：「讓秋霞迎許姊姊過來。」

看著秋喜離開，敏瑜轉頭對王蔓如道：「我有些話想單獨和許姊姊說說，妳先去大嫂那裡坐坐吧！」

「好，一會兒我直接回去，不和妳打招呼了。」王蔓如點頭，見過了敏瑜，知道指婚的事情沒有將她打倒，她也就放心了。

第五十八章

「許姊姊也聽說了指婚的事情了吧？」敏瑜並沒有在自己的房間或者暖閣和許珂寧見面，而是將見她的地方安排在了昨日和楊瑜霖見面的亭子中，四周掛著竹簾，亭子裡也放了好幾個炭盆，只要不掀開簾子，就很是暖和。

「前日晚些的時候就聽說了。」許珂寧點點頭，眼中閃過一絲羨慕，她看著敏瑜，真心地道：「真是恭喜妳，有了這麼一樁好親事。」

「許姊姊覺得很好嗎？」敏瑜看著許珂寧，她相信許珂寧說的是真心話，那日大軍凱旋，許珂寧看楊瑜霖的眼神她還記得，那是一種欣賞到了極點的眼光。

「不好嗎？」許珂寧反問一聲，她藏住自己眼中的寂寥，道：「楊將軍真的不錯，要前途有前途，要相貌有相貌，聽說這人最是個重情重義的，對身邊的人十分照顧，想必對自己的妻兒也一樣；至於家風……敏瑜，品行有損的是他的父親，他深受其害，必然深惡痛絕，妳不用擔心這個。」

「許姊姊的話，總算讓我覺得這門親事沒有那麼糟了！」敏瑜苦笑，道：「除了姊姊之外，還真沒有人覺得這是門好親事，我……唉，我心裡也很徬徨。」

許珂寧瞭解地拍拍敏瑜的手，安慰道：「沒關係，妳還小，就算已經指了婚，成親也還早，可以慢慢來。」

「我心裡徬徨不安不是因為這個，而是……」敏瑜嘆口氣，沒有說下去。

「是什麼？是覺得這指婚來得太突然了嗎？」許珂寧笑了，而後又忍不住輕嘆一聲，道：「也是，看妳和九皇子相處的情形，我還以為妳會嫁九皇子呢！」

看許珂寧的樣子，敏瑜就知道，或許和大多數人一樣，她也沒有想過聖上屬意她嫁給比她年幼的九皇子。她苦笑一聲，道：「我原來也以為自己會嫁給九殿下，皇后娘娘也曾說過這個，但我現在知道了，那不過是皇后娘娘和我們的一廂情願，皇上從來就沒有認可這件事情。」

「為什麼？」許珂寧沒有細想，本能地反問一聲，道：「妳哪裡讓皇上不滿意了？家世不錯，長得漂亮，人也聰明，更重要的是妳深得皇后娘娘喜歡，九皇子看上去對妳的感情也很深……皇上能有什麼不滿意的。」

「不是不滿意我，而是皇上早就已經有了中意的人選。」敏瑜輕輕地搖頭，將話給說明了。

「誰啊？」許珂寧皺皺眉，敏瑜也不說話，就那麼定定地看著她，看得她心裡有些發毛，而後不自然地笑了笑，指著自己的鼻子，道：「妹妹說的不會是我吧？」

「就是姊姊！」敏瑜坦然點頭，道：「皇后娘娘屬意的是我，而皇上中意的卻是姊姊；所以，在勇國公為楊瑜霖求恩典的時候，皇上順勢釜底抽薪，將我指給了楊瑜霖。」

「可是……可是……」許珂寧手足無措起來，她真沒有想到事情的真相居然會是這樣的，早知道的話她一定會像鴕鳥一樣將自己埋在沙子裡不出來，而不是大咧咧地上門。她帶了幾分懊惱和不信地道：「我比九皇子大啊！」

「顯然，皇上不覺得姊姊稍微年長是什麼問題。」敏瑜笑笑，道：「九殿下的性子姊姊或許也有幾分瞭解，他就只是個還沒有長大的大男孩，或許正是因為這樣，皇上才決定為他娶一個年紀稍長、穩重持家的王妃。」

「可是……可是……」許珂寧真不願意相信這個事實，但敏瑜沒有半點玩笑的樣子卻讓她不得不相信，那一瞬間，她想了很多，想到自己年少輕狂，想到這幾年自己的婚事讓父母操透了心，想到旁人暗地裡的那些刻薄話……

最後，她卻只能歉意地看著敏瑜，頹然地道：「妹妹，真的很對不起，我真的沒有想到……總之，對不起了！」

「馬瑛，真的是妳！」敏瑜和馬瑛抱成一團，就算已經見了面，已經抱在了一起，她還是有一種恍若夢中的感覺，她放開馬瑛，拉著她的手，上上下下地看了一遍又一遍，歡喜地道：「什麼時候到的？」

「剛剛回來！」馬瑛臉上也滿是歡喜的笑，道：「我連家門都沒有進，就直接過來了，我娘現在一定在家裡氣得跳腳。」

馬瑛的話讓敏瑜笑得更歡樂了，她伸手比了比馬瑛和自己的個子，帶了些小鬱悶地道：「妳長高了好多，離京的時候妳還只比我高那麼一點點，現在都比我高出半個頭以上。」

「到兗州之後，我爹隔三差五的就帶我騎馬，還親自教我練了幾套拳，我自然長得更高、更壯了！」馬瑛臉上滿是幸福的笑，兗州沒有京城那般的繁華，她也不能享受在京城享受慣了的錦衣玉食，但是她過得很幸福，性格更開朗了。

「也變黑了。」敏瑜笑嘻嘻地埋汰她一句，手牽著手和她一起坐下，怎麼都捨不得放開。

「整天往外跑能不黑嗎？」馬瑛笑嘻嘻地，一點都不覺得黑一些有什麼大不了的，就兗州那樣的氣候，她能沒成黑炭已經不錯了。說笑了幾句，她臉色一正，道：「敏瑜，妳為什麼會讓人那般隱秘地送了那麼一封信給我，到底發生了什麼事情？」

「我的親事定了。」馬瑛的話讓敏瑜收起了臉上的笑容，她不知道楊瑜霖是怎麼把信送到馬瑛手上的，在把信給他的第三天晚上，他便親自來了一趟，說信已經到了馬瑛手上，除了馬瑛之外沒有驚動任何人。

「親事定了？是九殿下嗎？」馬瑛先是一驚，她們年前還一直有信件往來，可沒有聽說這件事情，但很快就釋然了，和王蔓如一樣，她也一直認定敏瑜是要嫁皇子的。

「不是他，是楊瑜霖，就是肅州軍的那個楊瑜霖。」敏瑜搖搖頭，只說了楊瑜霖的名字，卻沒有多解釋，她相信馬瑛定然知道楊瑜霖和他的事蹟，說不定比自己知道的還要多。

「楊瑜霖？就是被譽為大齊第一勇將的楊瑜霖？」馬瑛更吃驚了，她瞪大了眼睛，但很快卻又省悟過來，道：「敏瑜，那封信是不是妳讓他送給我的？」

「除了他之外，我不知道該拜託誰更妥當。」敏瑜點點頭，而後道：「怎麼？送信的人什麼都沒有說嗎？」

「說什麼啊？」馬瑛嘟嘟嘴，道：「那封信就那麼神不知鬼不覺地出現在我枕頭上，我連送信的人是誰都不知道呢！我還疑惑，妳哪來那麼大本事，支使了不知什麼人，能瞞過護送我們回京的軍士和暗衛，現在總算是明白了。」

「呃？」敏瑜反倒愣住了，她是說過希望不驚動任何人，可是這也未免太誇張了些吧?!

「妳不會不知道楊瑜霖的本事和身分吧？」馬瑛看著敏瑜，也不等她說什麼了，直接道：「楊瑜霖是大平山莊這一代的大師兄，聽說代其師教導了師弟們好幾年，護送我們回京的軍士中就有三、四個他的師弟，對他十分的敬服，一定是他們悄悄地將信送過來的。妳不知道，這些人啊，一旦對什麼人全心全意的敬服，就算為了那人去死都不會皺一下眉頭，更別說是這種送信的小事了。」

「嚇到妳了吧？」敏瑜覺得挺不好意思的，莫名其妙的就多了封信，一定把她給嚇到了。

「那倒不至於。」馬瑛這些年膽子也大了很多，她笑嘻嘻地道：「我認得妳的筆跡，一看信封上的字就知道是妳寫的了，怎麼可能還被嚇到，只是奇怪妳怎麼忽然這麼厲害了而已。敏瑜，皇上怎麼會將妳指給他呢？」

「勇國公求皇上為楊瑜霖指婚，福安公主在皇上面前建言，說我最合適。」敏瑜輕描淡寫地說了一句，道：「因為這個，我和福安公主翻臉絕交。」

「這婚事沒什麼不好的啊，妳至於因此和福安公主翻臉嗎？」馬瑛只知道楊瑜霖的光榮事蹟和他在軍中的威望，可不知道楊家的那些爛事，她奇怪地道：「是妳對楊瑜霖有什麼偏見，還是捨不得九殿下？」

「就算是樁好親事，也不意味著我就能對她的算計淡然處之。」敏瑜嘆氣，而後問道：「聽妳的口氣，對楊瑜霖印象不錯，妳很瞭解這個人嗎？」

「楊瑜霖去年年初的時候去過兗州，我也見過幾面，印象中這人不苟言笑，卻很平和，長相不能說有多俊俏，但很英武，也是一表人才。」馬瑛笑笑，道：「最主要的是我爹很欣賞他，我爹說，楊瑜霖這人勇猛、果敢，更有大將風度，前途無可限量，唯一讓人詬病的就是特別的護短，容不得讓人給他的師弟們和他麾下的軍士受半點委屈。不過，我爹也說了，這是好事，一個不護短的將領，或許會被人讚一聲深明大義、顧全大局，但是卻絕對不可能被下面的人全心擁戴。我爹對他欣賞得不得了，還私下和我娘說，可惜我年幼了些，要不然的話一定要試試看能不能結個親……我爹要知道他和妳的親事，一定會懊惱自己下手慢了。」

「妳會懊惱嗎？」敏瑜半開玩笑地道，她真心不希望馬瑛對楊瑜霖有什麼不同，她身邊已經有一個仰慕表哥的石倩倩、一個欣賞英雄的許珂寧，夠多了。

「我才不會呢！我最慶幸的就是我爹沒有頭腦發熱地和楊瑜霖提什麼不該提的事情，要不然，現在他成了妳的未婚夫，我怎麼面對妳和敏行？」馬瑛有些著急，想都沒有細想就為自己辯解著。

敏瑜微微一怔，臉上帶了戲謔的笑容，道：「不好面對我，這個好理解；可是為什麼和我三哥哥扯上關係了？馬瑛啊，妳可得解釋清楚啊！」

敏瑜的話和臉上那壞笑，讓馬瑛恨不得搧自己兩下，這死妮子有多鬼早就知道的，怎麼還這麼不小心呢？她狠狠地瞪著敏瑜，威脅道：「妳最好什麼都別問，什麼都別胡說，要不然小心我撕了妳的嘴！」

「我好怕啊！」馬瑛色厲內荏的樣子讓敏瑜心裡透亮，她裝出一副害怕的樣子，卻又因為滿心的歡喜而破功，馬瑛又羞又惱地撲上去，兩個人鬧成一團。

「妳和我三哥哥……」敏瑜眼睛亮晶晶地看著馬瑛，一副八卦的樣子。

「我挺喜歡他的，不過他……對他來說，我不過是妹妹的好朋友而已。」馬瑛嘆了一口氣，道：「他喜歡秦嫣然不是一年、兩年的事情，現在心裡仍然不能忘記秦嫣然，對我不過是面子情罷了。不過，沒關係，我不著急，我相信總有一天他會發現我比秦嫣然好。」

「妳本來就比她好！」敏瑜重重地點頭，卻又擔心地看著馬瑛，敏行有些時候十分死心眼，作為妹妹，她對馬瑛喜歡敏行的事情自然是樂見其成，但作為朋友，她卻為馬瑛擔心不已，更不希望馬瑛因為敏行受到什麼傷害。

「不用這麼看著我，我對他也就是有好感，還沒有到非君不嫁的地步。」馬瑛倒是看得很開，她笑著道：「反正我還小，暫時一、兩年之內也不會談婚論嫁，要是這一、兩年內能夠和他相處得好，兩情相悅，自然最好；要是不能的話，我也不會勉強自己和別人。強摘的瓜不甜，這個道理我比誰都清楚。」

「那就好。」敏瑜放下心來。

「對了，妳還是好好的和我說說指婚的事情，還有妳讓我說那些話想要做什麼。」馬瑛收起笑容，看著敏瑜。

「這件事情要從好幾個月以前說起……」敏瑜輕輕嘆一口氣，從曹家詩會開始說起，說到那日拜託楊瑜霖送信，除了與九皇子和許珂寧有關的事情都說了，聽得馬瑛咬牙切齒。

「我就知道這對母女不是好人！」馬瑛對福安公主的怨氣並沒有因為過去兩年而消散，她看著敏瑜，道：「嫁給楊瑜霖沒有什麼不好，但也不能就這麼被她們算計卻什麼都不做，一定得好好地回敬她們！」

「所以，我才給妳寫信啊！」敏瑜點頭。

「可是，我在韃靼人面前刻意提起福安公主深得聖上喜愛，說大皇子視她為親妹妹，說她性格溫和，甚至有些怯懦，這樣就能幫到妳？」馬瑛帶了些疑惑地看著敏瑜。

「能！」敏瑜肯定地道，好吧，她心裡其實沒有那麼確定，但卻不願意露怯，她看著馬瑛道：「妳說了沒有？」

「說了！」馬瑛點點頭，道：「使者團裡有一個叫托婭的，比我大兩歲，總是說找不到人陪她說話，然後整天的纏著我問這問那，問京城什麼地方有好吃的、好玩的，也問過幾位公主的事情。之前我得了我爹的囑咐，只說了些吃喝玩樂的事，別的都不多言。得了妳的信之後，我裝作無意地提起了以前當公主伴讀的日子，然後順勢將妳讓我說的話給說了。」

「這個托婭是什麼人？」敏瑜輕輕皺眉，使者團裡怎麼會有一個少女，不會是……

「是五王子布日固德的表妹，她自己說是特意跟著過來長見識的，不過……」馬瑛撇撇嘴，道：「我看得出來，她和布日固德的感情不一般，說不準將來要嫁布日固德，我看她是擔心布日固德到了京城，見了美女，迷花了眼睛，特意跟過來監督的。」

敏瑜沈思半晌，好一會兒才笑了，看著馬瑛道：「妳這次還真是幫了我的大忙！」

「真幫到妳了？」馬瑛笑了，而後看著敏瑜道：「那麼接下來呢？我還能幫妳做什麼？」

「什麼都不做，等著看就好！」敏瑜搖搖頭，能做的已經都做了，要是再做什麼的話，不但多餘，還可能給自己惹來麻煩，剩下的事情該別人來做了……

「楊某見過五王子。」楊瑜霖不亢不卑地向布日固德輕輕一拱手，他和布日固德見過幾次面，甚至還救過他的命，倒也不陌生。

「楊將軍不必這麼客氣。」布日固德見識過楊瑜霖征戰沙場的狠勁的，對楊瑜霖既欽佩又忌憚，哪敢擺架子，立刻還禮，然後請楊瑜霖坐下。

楊瑜霖也不客氣，直接坐下，也不繞彎子，開門見山地問道：「不知道五王子特意讓人召楊某前來可是有什麼吩咐？」

「吩咐不敢，今日請楊將軍過來，主要是為了感謝楊將軍的救命之恩，那日若不是楊將軍及時趕到，小王就算不死，也得重傷，哪裡還能坐在這裡和你說話。」布日固德客氣的道：「那日，楊將軍來去匆匆，小王沒能感謝將軍施予援手，心裡一直很放不下，今日得了機會，自然不能錯過。」

「原來如此。」楊瑜霖恍悟，而後笑道：「五王子的心意楊某知曉，至於說感激，卻大可不必！那日楊某也是奉命前往馳援，如果五王子要謝的話，應該謝下令給楊某的吳老將軍。」

「吳老將軍小王已經謝過。」布日固德揮揮手，立刻有人捧上禮物，布日固德接著笑道：「這裡是小王特意備下的謝禮，還請楊將軍不要嫌棄。」

「這萬萬不可！」楊瑜霖可不敢隨便收這樣的禮物，立刻推辭，態度很堅決。

「楊將軍不必擔心，這份謝禮雖然是小王精心準備的，但也得了貴國的許可，要不然小王斷然不會隨便給自己的救命恩人送禮，楊將軍就放心地收下吧！」布日固德笑著道。

一旁一直不作聲的鴻臚寺少卿這個時候開口道：「這是五王子的一片心意，已經報備過了，楊參將收下便是。」

「那楊某就不客氣了。」鴻臚寺的人都這麼說了，楊瑜霖要再推辭的話就是矯情了，他便也收下禮物。

看楊瑜霖收下禮物，布日固德臉上的笑容更深，他給楊瑜霖備的這份禮物不算貴重，但卻是他和楊瑜霖交往的第一步，有了這一步，將來大家見了面也會更好說話。

「不知道五王子還有何吩咐，如果沒有的話，楊某也該告辭了。」楊瑜霖一副想要離開的樣子，似乎和這五王子待在一起久了就會給他帶來麻煩一樣。

「吩咐不敢，不過小王倒確實有一件事情想要徵求楊將軍的意見。」布日固德不是聽不出楊瑜霖的意思，但還是裝作沒有聽懂，順著杆子往上爬，道：「這次小王奉父王之命出使，除了想與貴國簽署一些盟約之外，還有一件與小王相關的大事，小王想聽聽楊將軍的意見。」

「楊某只知道上戰場打仗，別的全然不懂，五王子找錯人了。」楊瑜霖眼神微微一閃，立刻撇清，為了表示自己毫無插手的意思，他甚至都站起身來，準備離開。

「楊將軍……哎，楊將軍……」布日固德有些慌了，連忙上前阻攔，然後帶了幾分懇求地看著鴻臚寺少卿，道：「董大人，煩勞您說句話吧！」

「楊參將，不妨聽聽五王子的請求再做回應吧！」鴻臚寺少卿顯然是得了不少好處，反正有他在一旁看著，他也相信楊瑜霖不會亂說，使做了個順水人情。

楊瑜霖皺了皺眉頭，臉上有些不悅，卻還是耐下性子，又坐了下來。

「是這樣的……」布日固德小心地觀察著楊瑜霖的神色，道：「楊將軍也知道，小王至今未娶，出來之前，父王與小王說，大齊女子個個端莊賢淑，公主更是人中驕鳳，要是能娶到公主，那是小王之福，也是韃靼之福。」

楊瑜霖的眼神又是微微一閃，布日固德有求親之意他並不意外，事實上早在韃靼使者團出發的時候，辜鴻東便和他們分析過，說韃靼極有可能乘機求娶一位公主回去，只是不知道聖上會讓哪個公主和親罷了！當時，辜鴻東猜的是五公主，五公主今年已經十六卻還沒有招駙馬，生母位分不高，自己也不甚得寵，將她嫁給布日固德，各方面都更合適。楊瑜霖當時聽過便算，但是現在，他卻想順勢推一把。

想到這裡，他淡淡地道：「我大齊的公主都是人中驕鳳，能娶到公主是前世修來的福氣。」

「小王比較猶豫的是應該向貴國求娶哪一位公主？聽說大齊公主眾多，未成親的公主就有六位，每一位公主都有特別優秀的地方……」布日固德看著楊瑜霖臉上的表情，繼續道：「五公主博學多才，六公主多才多藝，七公主溫柔善良……」

「五王子，我大齊公主個個尊貴無比，能求娶到某位公主已經是你和韃靼的福氣了，容不得你這般挑三揀四！」楊瑜霖臉色一沈，語氣驟冷。

「我知道，只是……」布日固德訕笑一聲，道：「楊將軍，娶妻是一輩子的大事，容不得半點馬虎，就算對方是公主，小王也想比較……」

「公主尊貴，豈能隨意拿來比較？」楊瑜霖的臉色更黑，而後又稍微緩和了一點，道：「不過，如果五王子真的拿不定主意的話，楊某倒是有個建議。」

「楊將軍請講。」布日固德一副洗耳恭聽的樣子。

「五公主博學多才，更是未成親的公主中最年長的一個，和五王子甚是相配。」楊瑜霖給了他一個答案。

一旁的鴻臚寺少卿微微地點點頭，對楊瑜霖的回答很滿意，他們得了聖上的意思，也建議布日固德求娶五公主，但不知道為何，布日固德好像不滿意五公主，一直沒有給答覆。

「既然楊將軍如此建議，那麼小王一定會慎重考慮的！」布日固德笑著道，然後不意外的發現楊瑜霖臉上的如釋重負，他心裡暗罵一聲，臉上的笑容卻都沒有變化。

「五王子還有別的吩咐嗎？如果沒有，楊某該告辭了。」這一次布日固德沒有挽留，等他走後，立刻回了鴻臚寺給他安頓的院子裡，他一進門，托婭就笑著迎了上來。

「表哥，怎麼樣？」托婭關心地問道，心愛的表哥另娶她人，她不但沒有反對，還主動地表示了支持，不是她不吃醋、不生氣，而是她明白，生氣吃醋都於事無補；與其那樣鬧，還不如體貼一些，讓表哥知道她的好，對她更有利。

「和吳廣義一樣，楊瑜霖也建議我求娶五公主！」布日固德哼了一聲，道：「妳呢？妳那邊探到什麼消息？」

「適齡的幾個公主中，五公主的生母受封美人，據說入宮前是有名的才女，五公主受她的影響，書讀得很好，頗有才情，但恃才傲物，明明不得寵，卻是一副高傲的性子。因為這性子，她和兄弟姊妹相處得都不好，沒有幾個人喜歡她。」托婭將好不容易打聽到的消息一一道出，道：「六公主的生母也受封美人，擅長歌舞，比起五公主的生母得寵很多，但她刁蠻任性，宮裡侍候她的宮女經常被她責罰，在宮裡的名聲不怎麼樣。她和公主們的關係還可以，但是和皇子卻好像沒多大的交情。」

「那七公主呢？」布日固德皺緊眉頭，他就知道，大齊的這些官員給他推薦的必然是最差、最不得寵的那個，這樣的公主娶一個回去，對韃靼或許有些好處，但對他卻半點用處都沒有。

「七公主是嫻妃所出，嫻妃據說是大齊皇帝還是太子的時候就娶回去的，和皇后好像還是好姊妹，雖然表面上不和，但私底下卻不好說。七公主性子溫和，也得大齊皇帝寵愛，但生性怯懦，不時地還會被比她更小的公主欺負。不過，那些人也不敢過分，因為皇后很喜歡她，經常讓她去身邊陪伴，皇后生的大皇子、九皇子對她好像也不錯……對了，還有楊瑜霖，不久之前，大齊皇帝給他定了一門親事，女方是七公主的侍讀。」托婭是找了韃靼在大齊安排的人員搜集的消息，雖然不是很詳盡，但也足夠用了。

「怪不得……」布日固德冷笑一聲，道：「我就說為什麼他的臉色那麼難看，一定是擔心本王求娶七公主，讓他未過門的妻子擔心，他自己也不好做人了。」

「那表哥你的意思是……」托婭看著布日固德，比來比去，她更希望布日固德選擇的是七公主，比自己年幼，性子又怯懦，一定更好拿捏，至於那對據說很心疼她的大齊帝后會不會為她撐腰……哼，嫁到韃靼，大齊皇帝也鞭長莫及啊！

「我還要再好好地想一想……」布日固德卻沒有作決定，他沈吟了片刻，道：「妳再去好好地打聽一下，馬胥武的女兒和這個七公主有沒有什麼過節，目前為止，就她一個人提起過七公主，可得好好的查查。」

「明白。」托婭點點頭。

「一定要快！明天可就是十五了，大齊皇帝準備要在宮中設什麼元宵宴，到時候我就找機會當眾求親，當著那麼多人的面，他們總不至於非要將那個沒人疼、沒人愛，也沒人要的五公主塞給我了吧！」布日固德打著如意算盤。

第五十九章

「二姊姊，皇宮真氣派啊！」從坤寧宮出來，頭一次進宮的敏玥，再一次覺得自己的眼睛不夠用了，她小心地靠近敏瑜，把聲音放得低低的。

「那是自然。」敏瑜笑盈盈的牽著敏玥的手，道：「不過，平時沒有今天這麼漂亮，樹上的綢花、各式的花燈都是剛剛掛上去的，等過了節便會取下來。」

「不知道平時又是什麼樣子的？」牽著敏瑜的手，讓敏玥的心裡踏實了很多，說話的聲音稍微大了一些，臉上的笑容也自然了很多。

「平日啊……」敏瑜還真不知道該怎麼說，她進宮的次數實在是太多了，對皇宮有的地方甚至比耒陽侯府還要熟悉，她想了想，道：「娘娘不是說了嗎，讓我有時間多帶妳進宮玩，等過了節我找機會再帶妳進宮走走，妳就知道了。」

「嗯！」敏玥歡樂地點點頭，走在她們前面的丁夫人微微地皺了皺眉頭，對女兒的話不是很贊同，但卻沒有出言反對。

沒走多遠，便看到嫻妃和福安公主的身影，看樣子似乎是等在那裡的一般，丁夫人心裡冷笑一聲，迎了上去，恭恭敬敬地向兩人行禮。

「慧娘不用多禮。」嫻妃一貫溫和的讓丁夫人起身，然後對丁夫人身後的敏瑜道：「瑜兒今日怎麼沒有先到嫻甯宮呢？小七一直等著和妳一起去宴廳呢！」

「回嫻妃娘娘——」敏瑜上前，和丁夫人一樣，神態恭敬而疏遠，道：「娘娘沒有召喚，臣女不敢前去打擾娘娘和公主殿下清靜。」

嫻妃深深地看了敏瑜一眼，滿臉縱容的笑容，道：「聽這話就知道，妳這孩子還在嘔氣。好了，等過了今日，本宮再召妳進宮陪本宮和小七好好地說說話。」

「是。」要是今日發生了自己所意料的事情的話，敏瑜可不認為嫻妃還有心思找自己說什麼話了。

「敏瑜，我聽說馬瑛和韃靼使者團一起回京了，妳見過她了吧？」福安公主忽然開口，眼睛一眨不眨地看著敏瑜。

「見過了，馬瑛剛回到京城就找了臣女。」敏瑜點點頭，這種隨便一打聽就能知道的事情，根本沒有必要隱瞞或者說假話。

「妳們的感情真好啊！」福安淡淡地來了一句，她知道馬瑛一回京城就去看了敏瑜，隔日又去了王家看王蔓如，但是到目前為止都沒有遞牌子進宮，這讓她臉上很沒面子，對敏瑜和王蔓如也生了些怨氣。

「幾年的同窗之誼，感情自然要好一些。」敏瑜輕描淡寫的話讓福安公主的臉色微微一暗，但總算沒有忘記特意等著她們的目的，直接問道：「馬瑛有沒有和妳說起韃靼使者團的事情？」

「回公主殿下，沒有。」敏瑜搖搖頭，道：「那些事情不是我們該議論的，馬瑛沒有提起，而臣女也是次日才聽說韃靼來了使者團的事情。」

「真的嗎？真的一點都沒有提過？」福安公主懷疑地看著敏瑜，道：「妳再仔細想想！」

「確實沒有提過！」敏瑜再次搖頭，而後帶了幾分疑惑地道：「公主殿下很關心韃靼使者團的事情啊?!不知道可有什麼需要臣女為您打聽的？」

「不過是好奇而已，不用大張旗鼓地打聽什麼。」福安搖搖頭，要是換作以前的話，她肯定會讓敏瑜幫忙，但是現在，哪裡還放心敏瑜為她做什麼？

「嫻妃娘娘、公主殿下——」丁大人這個時候插話，道：「時候不早了，臣妾等該去祁安殿等候入宴了。」

「是不早了！」嫻妃裝模作樣地看看天色，而後笑著道：「慧娘，妳先帶她們過去吧，本宮得空了之後，再好好地和妳說說話，我們之間有很多誤解，需要好好談談。」

「臣妾告退。」丁夫人直接告辭，她可不認為她和嫻妃之間有什麼誤會，她是皇上的愛妃，自己惹不起，卻還躲得起。

看著丁夫人等人走遠，福安公主的臉色一沈，道：「母妃，她們母女現在心裡都是怨恨，您還和她們說那麼多話做什麼？」

「這個妳就不懂了。」嫻妃微微一笑，道：「慧娘和皇后娘娘關係最好，自己也是個嘴硬心軟的，和她多磨幾次，她就會心軟，也會在皇后面前為我們說些軟話……就算不幫我們，也沒有必要冷眼相向，讓人看熱鬧吧！」

福安公主無所謂地嘟嘟嘴，覺得腳有些站麻了，帶了幾分不悅地道：「母妃，這曹夫人怎麼還沒有到啊，我都站不住了！」

「不著急。」嫻妃安撫了福安公主一下，道：「一定是太妃娘娘拉著曹夫人和彩音說話，我們再等等就是了。」

「母妃，我還是不明白，您為什麼偏偏要讓曹家人打聽韃靼使者團來朝的意圖呢？讓舅舅們打聽不是一樣的嗎？」說到這個，福安公主臉色又是微微一沈，道：「為了這個，您還承諾曹夫人，答應她一定在選秀的時候照顧曹彩音，您就不擔心最後弄巧成拙，曹彩音嫁給哪位皇兄當側妃或者侍妾，壞了我的好事嗎？」

「傻孩子，我和曹夫人以前從未有過往來，如果不找機會相互幫幫忙，又怎麼能促進感情呢？」嫻妃輕輕地拍了拍福安公主，道：「至於妳的事情，妳就放心吧，母妃絕對不會讓曹彩音成為妳的障礙。」

「那您還應諾曹夫人！」福安公主嗔了一聲，卻又好奇地道：「母妃準備打算怎麼做呢？」

「我準備在宮宴上抓準時機，求妳父皇將曹恒迪指給妳當駙馬！」嫻妃笑盈盈地說出自己的打算，而後還不忘埋汰一句道：「有些事情啊，夜長夢多，耽擱不得，母妃絕對不會像有些人，總是顧忌這個、顧忌那個，誤了時機。」

嫻妃的話讓福安公主的臉上飛紅，心也飛揚起來，又羞又惱地看著嫻妃，道：「這個打算母妃是什麼時候決定的，怎麼一直都沒有和人家說呢？讓人家這心裡總是七上八下的，擔心這個擔心那個，都已經好幾天沒有睡安穩了！」

「母妃啊，早就做好了這個打算，之所以沒有告訴妳，還不是怕妳沈不住氣，不小心把事情給洩漏出去，反而壞了大事。嫻甯宮可有別人的眼線，要是不小心謹慎一些，還不知道會不會也被人截了胡。」看著女兒那喜不自禁的模樣，嫻妃也笑了，道：「如果不是到了這會兒，就算讓有些人知曉，也誤不了事情，我都不會和妳說的。」

「母妃，我就知道，母妃最好，最心疼我了！」福安公主感動地叫了一聲，她就知道，這世上唯一一個全心全意為她著想的就是母妃，別人都帶了算計和利用。

「母妃不心疼妳還能心疼誰？」嫻妃輕輕地為福安公主順了順額前的劉海，滿臉慈愛的微笑，心裡卻不由自主地想起那個無緣的兒子，要是他沒有被人害了的話，自己或許會更疼愛他，可惜的是他到這世上之後，連哭都沒有哭一聲就去了。

母女倆正溫情脈脈的時候，遠處曹夫人腳步匆匆的帶著曹彩音往這邊過來，等她們走近，母女倆已經收拾好了心情，好整以暇地看著曹夫人了。

「臣妾見過嫻妃娘娘，見過公主殿下！」曹夫人帶著曹彩音給嫻妃行禮，嫻妃對她頗為客氣，讓身邊的宮女將曹夫人扶起來，那態度讓曹夫人微微一驚，要不是有曹太妃剛剛的那番話，她都該著急了。

「曹夫人不用客氣。」嫻妃看著曹夫人，溫和地道。「不知道本宮託曹大人打聽的事情，打聽得怎麼樣了？」

「回娘娘的話，已經打聽到了。」曹夫人恭敬地道。「韃靼使者團此次來朝，除了欲與大齊簽署一些盟約之外，最主要的還是為韃靼五王子求娶一位公主和親，使者團便是由這位五王子帶隊的。」

果然！嫻妃和福安公主交換了一個眼神，嫻妃不緊不慢地道：「原來如此，本宮果然沒有猜錯。不知道曹大人可打聽到了和親的公主會是哪一位呢？」

「到底會是哪一位還不確定，不過，極有可能是五公主，不管是年紀和身分她都更合適，聽說鴻臚寺少卿在與韃靼五王子的談話中也一再提及五公主。」曹夫人笑著道，為了打聽到這些消息，曹家還是花了不小的力氣。

「五公主啊……」嫻妃徹底放下心來，她也不認為這樣的事情會落到福安公主身上，可是在她眼中，五公主性情孤傲，不討人喜歡；六公主輕浮，不夠大方得體，自己的女兒最好，所以難免有些擔心。現在，她總算是放心了——沒有皇上的授意，鴻臚寺少卿就算有十個腦袋，也不敢在韃靼王子面前提及福安。

「五姊姊知道的話一定會傷心的！」福安公主假惺惺地嘆了一口氣。

「公主仁厚，要是旁人知道這樣的事情不會落在自己身上，只會滿心歡喜，哪裡還記得為別人考慮啊！」曹彩音恭維一聲，腦子裡卻想著曹太妃剛剛說的話──「妳們儘管放心好了，皇后娘娘已經承諾哀家，絕對不會讓迪兒尚七公主的……七公主和嫻妃壞了皇后的打算，她怎麼可能讓嫻妃如意呢？妳們就安心吧！」

「那是我的親姊姊啊！」福安公主嘆息一聲，手往曹彩音那邊微微一伸，曹彩音立刻上前扶著她的手。對福安公主來說，曹彩音是未來的小姑子；而對曹彩音來說，福安公主也是未來的小姑子。曹太妃還說了，皇后娘娘已經答應了，讓她跳過選秀，直接禮聘入宮。雖然沒有承諾會將她指給九皇子，但是對曹太妃、對曹家所有的人來說，這都已經是一種變相的承諾了。

「時候不早了，我們也該去祁安殿了。」嫻妃看著那一對親密無間的「姑嫂」，笑著對曹夫人道：「這兩個孩子合得來，就讓她們說說話，妳陪我一道走吧！」

「臣妾遵命！」

「五姊，妳說那韃靼王子真的是為了求親才來的嗎？」一身玫紅色宮裝的六公主有些忐忑地低聲問道，和福安公主一樣，她和她的母親也打聽到了韃靼使者團的來意，但和福安公主不一樣的是，就算已經猜到了父皇屬意的和親公主是五公主，她也放心不下來，畢竟她也是適齡的公主，更要命的是她比五公主更愛出風頭、更有名氣。

「不都是這麼說的嗎？」五公主沒有掩飾臉上的冷漠，雖然不甚得寵，但是她也有渠道，一樣也得了消息，知道自己可能成為和親公主的那一刻，她痛哭失聲，哭過之後，也認命了。她知道如果父皇決定讓她和親的話，反抗也好、懇求也罷，都是徒勞的，她除了乖乖地聽命之外，沒有別的選擇；就算想死，也得嫁了人，到了韃靼之後再死，要不然，一定會連累她原本就不得寵的可憐母親，而讓她在宮中的日子更加的艱難。

「妳說，父皇有沒有可能將某個宗室女封為公主，然後讓她和親去？」六公主知道五公主的心情必然很糟糕，可是她卻控制不住自己恐懼的心情，要是不找人說說話，她擔心自己會壓抑不住地哭出聲來。

「如果父皇就那麼一、兩個女兒，又疼若至寶的話，倒也有可能，但現在……」五公主冷笑一聲，道：「更何況，韃靼王子都已經親自來了，表現得誠意十足，父皇又怎麼會用宗室女敷衍呢？」

「那五姊的意思是……」六公主極力控制才沒有讓自己失態，她澀澀地看著五公主，怎麼都無法把話說完。

「父皇定然會讓一個真正的公主和親，不是妳就是我！」五公主說這話的時候滿嘴苦澀，她澀澀地道：「就目前的情況來看，我的可能最大，妳的可能也不小。」

「我寧願死也不願意去和親！」六公主從嗓子眼中發出低低的嘶吼，遺傳自其生母的豔麗容顏也帶上了一絲扭曲，恨意十足地道：「敗了，要送公主和親；勝了，要送公主和親；這結成同盟，怎麼還要送公主和親？難道除了和親之外，就沒有別的辦法了嗎？難道大齊沒有我們這些公主去和親就不能……」

「六姊，慎言！」一直在旁邊默然不語的福安公主警示一聲，道：「妳太激動了，聲音也太大了些，都有人看過來了。」

「我能不激動嗎？」六公主惡狠狠地瞪了福安公主一眼，道：「換作妳面對這樣的事情，說不定比我們還要激動、還要無法接受呢！」

「如果是我的話，我一定會笑著接受的。」福安公主是典型的站著說話不腰疼，她臉上帶著笑，道：「身為公主，我們享受著常人不能享受的尊貴，就應該承擔相應的責任，如果是我的話，我會忐忑、會不安，但我也會為自己終於能夠為父皇、為大齊盡一份義務而自豪。五姊、六姊，我們既然是公主，那麼就應該先為大齊考慮，那才是父皇的好女兒，不是嗎？」

「妹妹說得還真是大義凜然啊！」六公主冷笑一聲，斜睨著福安公主，道：「妹妹居然有這麼好的覺悟，為什麼不主動請命，請求去和親呢？我想，父皇一定會大為感動，朝臣更一定會大加讚賞；當然，我和五姊會更感激妳的。」

福安公主微微一滯，但立刻道：「六姊怎麼能說這樣的話呢？先不說我還未及笄，上頭又還有兩位未嫁的姊姊，不能越過兩位姊姊談婚論嫁；就算我已經到了適婚的年紀，就算我兩位姊姊都已經出嫁，這樣的事情我也不能主動請纓啊，那豈不是讓人笑話，說大齊的公主連一點點矜持都沒有了嗎？」

「哼，直接承認自己也不願意和親便是，何必找什麼藉口！」六公主冷哼一聲，一點都不留情面地道：「最看不起的就是這樣的人，自己都不敢做的事情，還裝出一副大義凜然的樣子，鼓勵別人去送死……虛偽！」

「六姊，妳太過分了！」福安公主被六公主罵得臉色一白，而後朝五公主靠了靠，道：「五姊……」

「離我遠點！」五公主更不想聽她說話，一點都不留情面地打斷了她未出口的言語，冷冷地道：「我寧願和六妹這種嘴巴壞的人來往，也不願意和妳這種口蜜腹劍的人打交道，我可不想什麼時候被人暗算了都不知道。」

「五姊，妳……」福安公主眼眶一紅，委屈得不得了，她真不明白，為什麼以前對她另眼相看、經常帶著笑臉的五公主會驟然變了樣，她不就是七、八天沒有見到她嗎，怎麼變化這麼大？

「別裝委屈了，妳的真面目現在誰都知道了！」六公主冷冷地一哼，道：「連像丁敏瑜那種和妳一起長大、又陪妳讀了那麼幾年書的，妳都能算計，還有誰不會被妳算計？」

「我怎麼算計她了？」福安公主恨得咬牙，怎麼又是敏瑜，她怎麼總是陰魂不散，不論何時都在干擾著自己？

「建議父皇將她指給楊瑜霖還不是算計嗎？」六公主冷嗤一聲，道：「有眼睛的人都看得出來，母后有多喜歡她，九哥又有多喜歡她，我不相信妳看不出來。我說，七妹，妳就不擔心母后和九哥因此惱了妳，惦記上妳？」

「我……」說不擔心那是不可能的，她也不是完全不後悔，但事情都已經做了，與其想那些，還不如好好地為自己的終身大事謀劃，只要能嫁給曹恒迪，能夠和他和和美美地過日子，就算得罪了皇后也是值得的。

「錯了、錯了，妳怎麼會擔心呢？」和五公主一樣，六公主也不想聽她說任何話，她冷笑道：「妳心裡一定在想，只要招了曹家玉郎當駙馬，宮裡有了曹太妃當靠山，一切也就無憂了！哼，真不知道是應該說妳蠢，還是太蠢，居然為了一個徒有虛名的繡花枕頭，算計和自己一起長大的侍讀，得罪了母后，還期望太妃撐腰……愚不可及！」

六公主對曹恒迪的評價，讓福安公主徹底冷了臉。

一旁的五公主卻難得地應和一聲，道：「六妹說的沒錯，曹家玉郎就只是個繡花枕頭，不過，話又說回來了，這樣的繡花枕頭當駙馬正好，既不會誤了真正的有才之士，看起來也挺體面的……可是七妹，和這樣的人生活一輩子，妳不覺得無趣甚至噁心嗎？」

真是話不投機半句多！福安公主冷了臉，沒有再吭聲，甚至都有些後悔插話了，要不然也不會讓心情異常不好的兩個人打擊、諷刺自己，想到她們心情不好的緣由，想到她們之中有個人即將遠嫁到苦寒之地，福安公主的心情才好了一點點。

五公主和六公主也沒有再說話，不是她們想就此甘休，而是最上座的皇帝已經開口說話了，和他說話的正是韃靼的五王子布日固德。

簡單的寒暄幾句，說了些官樣話之後，布日固德開門見山地道：「皇帝陛下，小王此次來除了與大齊簽訂盟約之外，更主要的還是想向皇帝陛下求親，希望皇帝陛下能夠割愛，將您的愛女嫁與小王，小王向您保證，一定好好的待她。」

皇帝微微一笑，對布日固德的急性子他並不意外，他大方地道：「雖然朕很心疼自己的女兒，捨不得將她們遠嫁，但是看在五王子和韃靼王誠意十足的分上，朕答應你的請求。」

「那實在是太好了！」布日固德歡喜的起身，給皇帝行了一個大禮，道：「貴國七公主溫柔善良、美麗動人，小王請求皇帝陛下將七公主下嫁於小王！」

布日固德的聲音不小，不說整個祈安殿的人都能聽得到，但凡列席於前的人都能聽得清清楚楚，入耳之後，所有的人都不禁微微一愣——不是五公主嗎？怎麼變成了七公主？

福安公主也將布日固德的話聽進去了，除了驚詫之外，更多的還是滿心的恐懼，她用盡全身力氣地控制著自己的理智，才沒有失態地叫出來或者站起來。

「你說七公主？」皇帝也有些意外，從鴻臚寺少卿的回稟他知道，布日固德對五公主似乎很不滿意，也已經做好了改變和親人選的準備，但小七……

「不錯！」布日固德肯定地點點頭，道：「在韃靼，女子大多都是十三、四歲就成親，對於小王來說，七公主的年紀最好、最合適，還請皇帝陛下答應。」

「這個……」皇帝微微有些遲疑，相對而言，他更疼愛福安公主一些，也捨不得讓她去和親，但讓他拒絕……最後，他看了看身邊的皇后，道：「小七是皇后最疼愛的，皇后捨得嗎？」

這話一問出口，皇帝就知道問錯人了，他相信心中怨恨未消的皇后一定會馬上點頭答應的。

「陛下明知道本宮最疼惜小七，還問這樣的話！」皇后娘娘出乎意料地嘆了一口氣，臉上帶了歉意地看著布日固德，道：「本宮膝下無女，一直將七公主當成了親生女兒一樣疼愛，實在是捨不得將她嫁那麼遠，再說，這孩子被我嬌慣壞了，膽子小，並非合適的人選。」

皇帝和皇后的遲疑卻讓布日固德更堅定了，他給皇后也行了一個大禮，道：「小王真心愛慕七公主，小王向您保證，一定會像對待眼珠子一樣對待七公主，不讓她受半點委屈，還請您首肯，將她嫁給我吧！」

「這……」皇后也遲疑了，她輕輕地搖頭，嘆了一口氣，道：「皇上，臣妾心裡捨不得小七，可是五王子卻又這般出色，臣妾真不知道該怎麼回答了！」

皇后將問題丟回給了皇帝，而這次，皇帝只是深深地看了她一眼，便笑著對布日固德道：「看來你是認準了朕最出色、最可人的女兒，好吧，朕答應你，就將七公主許配給你。」

「謝皇帝陛下！」布日固德大喜。

一直提著心的福安公主臉色煞白，死死地咬著自己的下唇，這才沒有尖叫出聲。鬼使神差地，她將視線移到了今年才得了恩典、在祁安殿有了席位的曹學士一家，看到的卻是他們一家臉上的如釋重負……

曹學士一家，尤其是曹恒迪臉上那來不及掩飾的表情，讓福安公主的心宛若刀絞一般地疼了起來，她又傷心又絕望，那種傷心和絕望，讓一貫膽小怯懦的她忘了這是在祁安殿，忘了殿裡殿外的官員和他們的家眷，她起身，跪倒在地，如杜鵑啼血一般地叫道：「父皇！」

福安公主的悲鳴讓皇帝眼神幽暗下來，聲音中少了慈愛多了威嚴，道：「小七有什麼想要說的嗎？」

「兒臣……兒臣……」福安公主是聰明的，更是敏感的，父皇和平日不一樣的聲音讓她的心微微一顫，偷眼看到父皇情緒不明的臉，她忽然失聲，不知道該說什麼了。

沒出息！皇帝的眼神更加的幽深了，比起知道自己可能被送去和親，卻還盛裝打扮出席的五公主，福安公主的表現只能說是丟臉。皇帝沒有喝斥她，而是溫和地笑著道：「小七可是不願意嫁給五王子，和親韃靼？」

「兒臣……兒臣……」福安公主想點頭，想說是，但是話到嘴邊卻怎麼都沒敢說出來，她知道，皇帝既然已經答應了，那麼自己就算是哭破了嗓子、磕破了頭，也只能乖乖地嫁人。

「父皇，七妹只是激動能夠為父皇分憂。」六公主在這個時候跳了出來，和親的公主定下了，不是她，這是好事，可不能再有什麼變動。她笑著道：「七妹一向深明大義，怎麼會胡鬧，不願意依從父皇的安排呢？」

「真的？」六公主的話皇帝是一個字都不信。

「兒臣不敢妄言！」六公主笑著道。「七妹剛剛還說，身為公主，我們享受著常人不能享受的尊貴，就應該承擔相應的責任。如果她被選中和親的話，她或許會忐忑、會不安，但是她更會為自己終於能夠為父皇、為大齊盡一份義務而自豪。」

「小七真是這麼說的？」皇帝呵呵笑了，道：「真不愧是朕和皇后最疼愛的女兒，真沒有白疼妳一場！」

皇帝相信，六公主既然敢當著福安公主的面這麼說，必然不是假話，但他卻也不會為此而感動，他知道那不過是福安故意說了擠兌兩位姊姊的，這讓他點頭答應布日固德的要求、讓福安公主和親而生出的一絲憐惜和不忍淡了——對多年的朋友和一起長大的姊姊都沒有什麼感情的人，對別人也好不到哪裡去！

福安公主這個時候終於明白大局已定，不管說什麼都無法改變自己即將和親的事實，她仰起頭，努力地擠出一抹比哭還要難看的笑容，道：「父皇、母后那般疼愛兒臣，能夠為父皇分憂，兒臣只有欣喜！」

福安公主慘白的臉上那盈滿了淚水的雙眼，還有渾身無力的模樣，有眼睛的人都能看出她的無奈和痛苦，布日固德自然也不例外。但他卻沒有絲毫憐香惜玉的念頭，而是得寸進尺地道：「皇帝陛下，既然您答應了將公主下嫁給小王，公主殿下也是歡喜的，那麼不知道皇帝陛下什麼時候讓我們成親呢？」

「你怎麼這麼著急啊！」皇帝呵呵一笑，帶了幾分打趣的口氣。

「不著急怎麼能抱得美人歸呢？」布日固德自以為風趣地來了一句，而後又認真地道：「皇帝陛下，不是小王沒有耐心，而是小王不日便要返程，如果不將婚期定下，小王就算返程了，這心也會落在大齊皇宮，與七公主同在的。」

「哈哈哈……」布日固德的話還是贏得了皇帝的一陣笑聲，他笑呵呵地道：「婚期朕暫時還不能告訴你，但是朕答應你，今年之內無論如何都會送小七到韃靼與你成親的。」

「謝皇帝陛下！」布日固德立刻謝恩，卻又得了便宜還賣乖地道：「不過還是好久啊，小王真恨不得明日就能將公主娶回家。」

「那可不成！」皇后笑盈盈地開口，道：「小七上面還有兩個未嫁的姊姊，照我們大齊的規矩，姊姊還未出嫁，妹妹就算有了婚約也是不能成親嫁人的。」

「既然這樣，那麼為什麼不趁今天這個好日子，給兩位公主選駙馬呢？」布日固德笑呵呵地道，雖然皇帝答應將七公主嫁給他，可是萬一他們又捨不得了，等到和親的時候又換了別的公主怎麼辦？但如果另外兩位公主都有了駙馬，就不用擔心這樣的事情發生了。

布日固德所言對皇后來說正中下懷，她微微一笑，對皇帝道：「五王子這話還正對了本宮的心思，本宮原本就想趁今天這樣的好日子為小五、小六擇駙馬，現在連小七的親事都有了著落，更不能再拖下去了。」

「既然皇后有這樣的打算，那麼就依皇后的吧！」皇帝已經猜到了皇后心中的算計，卻無意阻止，而是順勢答應了。

「小五書讀得好，也頗有才華，給她選駙馬最要緊的就是要有才華，這樣夫妻之間才有話可說，才能琴瑟和鳴。」皇后笑盈盈地先說了為五公主選婿的要求，而後環視一圈，道：「曹家二郎曹恒迪文采斐然、相貌出眾，曹家玉郎的名聲連本宮都有耳聞。」

曹家人還沒有從擺脫了福安公主的歡喜中走出來，聽到這一番話，微微一怔之際，便聽到皇后道：「曹恒迪上前聽旨！」

曹恒迪並沒有馬上上前，而是遲疑地看著曹學士和曹夫人，曹夫人這個時候已經飛快地將太妃娘娘答應絕不讓曹恒迪尚七公主的話說了一遍。如果是之前，曹學士定然不會想到別處，但是現在，曹學士卻只能苦笑一聲——

皇后娘娘早就打定了主意讓兒子尚公主，只不過尚的是五公主或者六公主而已，早知道這樣，還不如尚福安公主呢！再怎麼說她也是有封號的公主，母親也是妃位，比五公主和六公主都強得多。

想通了這個關節，曹學士只能無奈地朝著曹恒迪點點頭。

曹恒迪不情願地上前，跪倒在皇后面前，聽著皇后說了一大串誇讚他的廢話，而後一錘定音地道：「特招曹恒迪為駙馬，擇日完婚！」

曹恒迪木然地謝恩，心裡莫名地升起一個念頭——那日，「她」接到指婚聖旨的時候，是不是和自己一樣的無可奈何呢？

看著自己心儀的男子接旨謝恩，成了自己姊姊未來的駙馬，福安公主心裡卻奇異地沒有一絲嫉妒，有的只是深深的悔恨，如果自己沒有聽母妃的話，沒有給父皇建言，那麼今天的一切是不是又不一樣了呢？

第六十章

福安公主悽楚的樣子並沒有給敏瑜帶來快意，她輕輕地嘆了一口氣，有些意興闌珊，她身邊的敏玥則豎著耳朵，聽到皇后將曹恒迪指給五公主的時候，小心地靠近敏瑜，輕聲道：「三姊姊，有沒有覺得大快人心？」

「別胡說！」丁夫人輕叱一聲，卻又帶了幾分疑惑地看著敏瑜，道：「瑜兒，這韃靼王子怎麼會指名求娶福安公主呢？難道有人私下和他說了什麼？」

敏瑜的心突地一跳，忽然有些不安，連丁夫人都有這樣的疑惑，皇上和皇后娘娘又怎麼可能想不到這一點呢？要是讓他們知道是馬瑛說的那些話……

敏瑜真不擔心皇上和皇后若是知曉自己算計福安公主會有什麼反應。皇后不用說，看她剛剛的態度就知道，她對福安公主和親一事樂意得很，但是皇上就不一樣，別說是福安公主，就算換了個他素來不曾關心過的，他也會震怒。只是，指婚一事上，皇上有意無意地將嫻妃和福安公主推了出來當靶子，再怎麼震怒，也不會大動干戈。

敏瑜更擔心的還是馬瑛為自己隱瞞，將所有的事情攬到身上，要是那樣的話，她可就害了自己最好的朋友了。想到這裡，敏瑜怎麼都坐不住了，恨不得馬上找機會和馬瑛通個聲氣，讓她被問及的時候一定不能攬事情。

但再怎麼著急，敏瑜都不敢輕舉妄動，這裡是祁安殿，不知道有多少雙眼睛看著自己，要是沈不住氣，最後吃虧倒楣的還是自己。

她看著丁夫人，微微一笑，道：「這個我也猜不出來，不過韃靼王子既然有求親的打算，那麼一定做了足夠的調查，起碼打聽了幾位公主的年紀、脾性以及其母親的身分，然後選擇了他覺得最好、最合適的一位。」

「妳說的也對！」丁夫人點點頭，她根本沒想到敏瑜會在這件事中扮演了重要角色，但卻沒忘記交代一聲。「曹恒迪尚了五公主，福安公主自己又要和親韃靼，她和嫻妃心裡定然煩躁，說不定會可著勁地折騰，妳警醒一些，儘量避開她們，免得招來無妄之災。」

「我知道。」敏瑜點點頭，這個不用丁夫人說，她自己心裡也有底，別看嫻妃和福安公主現在都是滿臉蒼白、一副認命的樣子，她可以肯定，她們一定會掙扎，這是人之常情，自己避開點沒錯。

這時候，皇后娘娘也為六公主選了駙馬，卻是涪陵侯府的嫡幼子。他和六公主年紀相差不大，長得一表人才，頗為討喜；他不能承爵，也不喜仕途經濟（注），整日的琢磨著怎麼玩樂，這樣的人尚了公主倒是件好事。看涪陵侯府和曹家人截然不同的喜氣就知道，他們對這件事情十分的歡喜。

「六公主倒是有了門好親事。」丁夫人笑笑。

「是啊！」敏瑜輕輕地點頭，和六公主她並不算很熟，但也不陌生，見到她指了一門還算不錯的親事倒也替她高興。她輕輕地嘆了一口氣，道：「可惜了五公主，她雖然孤傲了些，卻是個真正有才華本事的，曹恒迪根本配不上五公主。」

「比起要去韃靼和親的福安公主，五公主已經十分幸運了！」王蔓青卻不這樣認為，曹恒迪再怎麼說也就是名不副實罷了，倒也不是什麼都不懂的草包；京城那麼多的姑娘愛慕他，沒有點真本事也是不可能的，五公主能和他結為夫妻，也不算可惜。

「大嫂，妳說那福安公主現在會是什麼心情啊？」敏玥雖然很小心了，但眼中滿滿的幸災樂禍還是瞞不過桌上眾人，她輕聲道：「喜歡的人成了姊夫，自己也成了和親公主……我猜啊，她一定想死的心都有了。」

想死倒不一定，但定然傷心絕望到了極點！敏瑜心裡輕嘆一聲，皇后娘娘之前和她們提過，說曹太妃前兩日倚老賣老，與她說福安公主性情太過懦弱、不討人喜歡，讓她答應不讓曹恒迪尚福安公主的話……現在想來，皇后娘娘那個時候應該已經打算好了，招曹恒迪為五駙馬或者六駙馬。讓福安公主眼睜睜地看著自己心儀、更費盡心思討好的男子成了自己的姊夫，便是皇后娘娘對她的懲罰之一吧！

至於曹家……就算尚公主是諸多有才華、有抱負的人避讓不及的事情，但曹家仗著宮裡有太妃娘娘，對公主先招惹、再利用，而後卻又嫌棄的做法，也讓皇后娘娘生厭。若是九皇子沒有被波及，皇后娘娘還能給曹太妃　個面子，當作全然不知，但是現在，如果皇后娘娘

注：仕途經濟，意指做官治理國家。

不發威，那皇后的威儀何在呢？

敏瑜更好奇的是皇后娘娘會怎麼對付曹彩音。皇后娘娘之前也說了，她應諾曹太妃，將曹彩音禮聘進宮。當時只以為皇后娘娘心中惱怒異常，想讓曹彩音進宮為妃——後宮已經好幾年沒有添人了，這是皇上自己的意思，聖上對女色原本就看得淡，曹彩音要是進宮的話，那麼注定要寂寥一生。

但現在，曹恒迪都成了駙馬，他的胞妹不可能再嫁皇子，更不可能入宮為妃，那皇后娘娘準備怎麼安頓她呢？敏瑜真的很好奇！

敏瑜腦海中思緒飛轉，但表面上卻還是溫和平靜的樣子，她甚至還輕輕地打了敏玥一下，輕責道：「不准這般幸災樂禍！這可不是妳可以頑皮的地方。」

「我知道了，我回去之後再好好的樂樂。」敏玥輕輕地吐吐舌頭，卻又頑皮地湊到敏瑜耳朵邊，小聲道：「不過，我們可以先偷著樂，對吧？」

「妳這頑皮丫頭！」敏瑜被敏玥的話逗得笑了起來，一邊笑、一邊恨恨地拍了她好幾下，算是對她故意逗自己失態的懲罰。

「二姊姊終於笑了，都好幾天沒有見姊姊笑得這麼開心了。」敏玥卻貼得更近了，軟軟的話帶著無數的關心。

敏瑜輕輕地捏了捏敏玥的手，心情好了很多，憂慮卻沒有絲毫減少，腦子裡想著法子，或者趁一會兒大家可以相互走動敬酒的當口和馬瑛通個聲氣？不，不妥，祁安殿內這麼多雙眼睛，說不準就被哪個有心人看到了。或者等到宮宴散場，出宮的時候再找馬瑛？不行，也不妥，那麼多的人同時出宮，找人麻煩不說，更容易引人懷疑……

心思重重的敏瑜有些心不在焉，就連皇上說「大家隨意些」都沒有聽進去，直到楊瑜霖過來敬酒，被敏玥輕輕地踢了一腳才醒過神來。

「侯爺，侯夫人，小侄敬您們！」楊瑜霖恭敬地給丁培寧夫妻敬酒，或許是因為面對的是未來的岳父一家子，山崩於前亦面不改色的他也多了幾分拘謹。

撇開眼前的人將來會將他嬌養的寶貝女兒搶走的「恩怨」不談，丁培寧對楊瑜霖是十分欣賞，甚至是帶了幾分敬佩的，自然是滿臉微笑的舉杯。而丁夫人呢，雖然對這個未來的女婿完全不中意，但這樁婚事是皇上決定的，已經沒有了迴旋的餘地，也只能滿臉禮貌笑容的舉杯，淺淺地抿了一口。

敬了兩人之後，楊瑜霖將目光轉向敏彥和王蔓青，微微遲疑了一下，道：「瑾澤再敬大哥、大嫂！」

敏彥還沒有舉杯，敏玥就噗哧一聲笑了起來，湊到敏瑜臉邊，講著桌上左右的人都聽得見的悄悄話。「叫聲大哥就這麼為難，讓他叫二哥、三哥或者大姊姊的話，不得更難！」

敏玥的話讓大家都忍不住會心一笑，敏瑜斜了她一眼，她卻一點都不在意地吐吐舌頭，一副鬼靈精的樣子。

「你比彥兒尚且要大一些，沒有成親之前叫他的字就好。」丁培寧瞪了一眼頑皮的小女兒，卻沒有責怪她。

「小侄遵命！」楊瑜霖微微地鬆了一口氣，其實敏彥尚好，最讓他不知道該怎麼對待的還是敏惟，不久之前還是被自己訓斥只能低頭認錯的師弟，現在卻成了未來的二舅哥，稱呼起來總覺得怪怪的。

敏彥和楊瑜霖喝過這杯酒之後，敏惟頗有眼色的主動舉杯，笑呵呵道：「大師兄，我敬你一杯！」

看兩人喝完，丁培寧笑呵呵地道：「你坐哪裡？是和楊大人一起嗎？」

「小侄是獨自前來，和老將軍坐一起！」楊瑜霖笑笑，像今日這樣的大型宮宴，楊勇的品級倒是夠資格參加，可是楊家的「名聲」京城無人不知，為了避免不懂規矩的楊勇鬧出帶著姨娘進宮赴宴的笑話，惹了皇上不快，楊家很多年前便被禮部上了黑名單。今年禮部將帖子送到楊瑜霖手中的時候還特意交代，只允許他一人入宮赴宴，怕的就是他也犯了糊塗。

「這樣啊！」丁培寧也沒有不知趣地問楊家其他人為什麼沒來，而是笑著對楊瑜霖道：「坐一會兒吧！」

「小侄遵命！」楊瑜霖的話才一落，敏惟就識趣地起身讓座，讓他坐到自己的位子上，和敏瑜相鄰而坐。

敏瑜臉上飛紅，瞪了一眼笑得眼睛都成一條縫的敏惟，但不等她說什麼，就聽到耳邊傳來楊瑜霖幾不可聞的聲音。「妳在煩惱什麼？」

敏瑜錯愕，他怎麼知道自己有煩惱？難不成他一直在看自己？她低聲道：「沒什麼，只是有些話想和馬瑛說說，卻又找不到好時機。」

「我明白了。」楊瑜霖輕聲道。「補漏的事情妳不用擔心，全部交給我就是，不會讓妳和馬瑛有麻煩的。」

補漏？敏瑜的心重重地一跳，抬眼看向楊瑜霖，只一眼，她就知道自己的所作所為楊瑜霖都知道了，甚至也都明白了自己在擔憂什麼。

不等她再說什麼，楊瑜霖又肯定地道：「妳放心，我一定能將事情辦妥當的。」

「那就麻煩你了。」敏瑜最後還是決定賭一把，畢竟送信的事情他辦得真是沒有得挑剔，或許這一次他也能給自己一個驚喜。

被小石子敲擊在窗櫺上的聲音驚醒，馬胥武並沒有立刻出門看個究竟，而是不緊不慢地穿上衣，更小心地為睡相不大好、總是愛踢被子的妻子掩好被子之後，才輕手輕腳地推開門。

他一出門，便看到一身黑衣、站在不遠處的楊瑜霖，或許是因為皎潔的月光，也或許是白雪的反射，看起來倒是比白日白淨了一些。

「是你啊，瑾澤！」馬胥武隨意地打了個招呼，那神態就像是在路上偶遇一般，而不是剛剛被人從睡夢中用非常的辦法吵醒的。

「將軍！」楊瑜霖拱手行禮，帶著歉意道：「深夜來訪，擾了將軍，還請將軍恕罪！」

「請罪的話就不用說了，我相信如果沒有必要，這麼冷的天氣，你也不會大半夜的過來遛達了。」馬胥武擺擺手，走到院子的石凳邊，隨意地坐下，道：「說吧，到底有什麼要緊的事情，讓你半夜三更地還特地過來。」

「和今晚宮宴上布日固德求親的事情有關。」楊瑜霖知道，半夜三更地被吵醒，誰都不會有什麼好性子聽拐彎抹角的話，直接道：「因為令嬡和托婭姑娘提起七公主，托婭和布日固德起了意，認真地打探了消息之後，才決定求娶七公主。而令嬡之所以如此做，卻是受了丁敏瑜丁姑娘所託。」

「敏瑜？」馬胥武深深地看著楊瑜霖，道：「你怎麼知道是她授意的？」

「丁姑娘是末將未過門的妻子，她請託令嬡的信，是末將讓人送到令嬡手裡的。」楊瑜霖也不隱瞞，直接道：「皇上為末將和她指婚，嫻妃娘娘和七公主出力不少。這樁婚事不在她的意料之中，或許沒有排斥到極點，但也不願意被人算計終身，卻忍氣吞聲什麼都不做。所以她寫了信給令嬡，讓令嬡找機會在韃靼使者跟前提及七公主，引起他們的興趣。」

「所以？」馬胥武輕輕揚眉，看著楊瑜霖，一副洗耳恭聽的模樣。

「現在，事情如她所意料的那樣發展，但她心裡卻又擔心起來了，擔心皇上仔細調查，最後查到馬姑娘身上。」楊瑜霖微微一笑，道：「她精於算計，卻又心軟，連傷及無辜都不願意，更別說讓為自己出手的朋友受連累。她原本打算找馬姑娘，讓馬姑娘將所有的事情推到她的身上……我想，她一定做好了面對皇上怒氣的準備，但是卻被我阻止了，我告訴她，我會將事情辦好。」

「所以，你就過來了。」馬胥武看著楊瑜霖，淡淡地問道：「是不是去了驛館之後才過來的？」

「末將就知道什麼事都瞞不過將軍！」楊瑜霖點頭，道：「布日固德被末將威逼了一番，讓他交代是否與將軍私下勾結，他果然想多了，欲蓋彌彰地說了些撇清的話，我想，就算為了迷惑其他幾位韃靼王子，他也會把表面功夫做好。」

楊瑜霖輕輕地搖搖頭，布日固德很有抱負，也有本事，但他一直在韃靼王和其母妃的羽翼下長大，和他的那幾位兄長比起來，真是相差太多。如果韃靼王長壽，他尚有上位的可能，如若不然，那麼他絕對爭不過另外的幾位韃靼王子。

「就算他說了實話，瑛兒也一樣可以矢口否認，我也能以他想要收買我，卻一再碰壁為由，指責他是誣陷。」馬胥武笑笑，道：「我明日一早就會交代瑛兒，她知道該怎麼做的。」

「如此就多謝將軍了！」楊瑜霖立刻道謝，而後道：「這件事情給將軍和令嬡帶來麻煩，真的十分抱歉！」

「敏瑜那孩子不是外人，用不著這般客氣。」馬胥武搖搖頭，輕聲道：「你或許也聽說了，我從威遠侯馮胥武成為定國將軍馬胥武這其中發生了很多事情，但是你一定不知道，當年讓我為了妻兒，從兗州趕回京城的那封信，是敏瑜讓人快馬加鞭送到兗州的。如果沒有她的仗義，或許我連妻兒被害死了都不知道到底發生了什麼事；如果沒有她想盡辦法探視瑛兒，給她們母女帶吃食，就算我趕回來了，事情或許也已到了無可挽回的地步……敏瑜不僅僅是瑛兒的好朋友，更是我們一家的大恩人。」

當年威遠侯府的事情鬧得那麼大，楊瑜霖自然也有所聽聞，卻沒有想到敏瑜在其中還起了關鍵作用，怪不得敏瑜會拜託馬瑛幫忙。

「將軍，話已傳到，末將也該走了！」楊瑜霖拱拱手，馬上就要到寅時了，他最好趕在清晨街上還沒有人走動之前，到耒陽侯府一趟，和敏瑜告知一聲，免得她擔心。

「不著急。」馬胥武卻沒有就這樣讓他離開，而是認真地看著他，道：「看得出來，你對敏瑜很上心，但我還是想問你，在敏瑜發現這件事情可能會出紕漏之前，你發現了沒有？」

「發現了。」楊瑜霖知道馬胥武既然問了這樣的話，那麼就一定已經有了答案，倒也沒有掩飾什麼，直接道：「知道敏瑜託馬姑娘做什麼事之後，末將就已經想到了這一點……布日固德以道謝為由特意將末將叫去驛館的時候，末將便乘機將驛館的地形打探了一遍，為的便是今日方便行事。」

馬胥武看著楊瑜霖，又問道：「那麼，就算敏瑜沒有發現疏漏，你也會提醒她這件事情的隱患，而後再出面為她解決問題嗎？」

「需要做的事情，末將依然會做，但是卻不會提醒她。」楊瑜霖苦笑一聲，道：「敏瑜是個極聰慧的，只要末將做了，她遲早會知曉，會知道末將的用心；但如果末將故意提醒，還沒有解決問題就先去邀功的話，她必然心生反感。我和她的婚事她原本就不是那麼的中意，要是我再做些讓她反感的事情……這婚事是皇上指的，她雖顧全大局，不願意給耒陽侯府帶來半點麻煩，再怎麼不甘願，也都會笑著出嫁；但她也不是什麼事情都能逆來順受的，嫁給我之後必然不能毫無芥蒂地和我過日子。她是我心悅之人，更是我要相知相守一生的人，我不會做任何讓她心生反感的事情。」

「看來你對她不只上心更是用心了！」馬胥武滿意地點點頭，直言不諱地道：「我只見過敏瑜這孩子一次，沒有說過幾句話，但如果她有需要，我卻會義不容辭地出面幫她，當然，她受了委屈的話，我也會為她出頭的。」

「末將不敢保證不會讓她受委屈，畢竟有很多時候很多事情末將也無可奈何，末將只能保證自己一生都會竭盡全力去保護她。」楊瑜霖沒有沒口子的承諾不會讓敏瑜受半點委屈，那是他做不到的事情，他只承諾他能做到的。

「這樣就夠了！」馬胥武點點頭，道：「你先去耒陽侯府通個信吧，免得敏瑜擔心著急。」

「是，末將告辭！」楊瑜霖又拱了拱手，將剛剛扯下的蒙面戴上，轉身就要離開。

「以後不用這般客氣，叫我一聲叔父便是。」馬胥武補充了一句，楊瑜霖微微一頓，再次轉身，恭敬地道：「小侄遵命，小侄告辭！」

看著楊瑜霖猶如夜鴞一般，輕鬆地躍出圍牆而去，馬胥武微微頷首，慢慢地回到房裡，等到身上的寒氣消散得差不多，才脫衣上床。

他的動作很輕，但身上殘留的寒氣還是將熟睡中的王氏驚醒，她猛地睜開眼睛，確定丈夫就在身邊之後，眼中的清明立刻被迷糊取代，不滿地嘟囔一句：「你做什麼了？怎麼忽然冷了？」

「妳又踢被子了！」馬胥武埋怨了一聲，為她掩了掩被子，自己也躺下。

「喔……」王氏含糊地應了一聲，往他這邊靠了靠，嘴巴動了動，什麼聲音都沒有發出來，卻是又睡熟了。

馬胥武看著妻子熟睡的面孔，心裡柔軟成一片，她這般嗜睡是又懷上了身孕，但這次回京卻不能久待，最多等到春暖花開的時候，就得回兗州去。對妻子、對兒女，馬胥武總帶著深深的愧疚。兒女稍好一些，但妻子……想到她為了自己、為了女兒曾經受過的那些苦，及以後還要吃的苦，馬胥武心中就內疚不已。

「怎麼還不睡？」可能是感受到馬胥武的目光，王氏又睜開眼睛，嘟囔道：「明天還有很多事，快睡吧！」

是啊，明天還不知道會有多少事情呢！馬胥武心裡嘆了一聲，卻還是躺下，伸手摟住又靠近了一些的妻子，也沈沈睡去。

就在他睡著的時候，楊瑜霖才到耒陽侯府的牆外，思索著自己是該去找敏惟呢，還是直接去找敏瑜，看著那對他來說，一點作用都沒有的高牆，猶豫了起來……

——未完，待續，請看文創風218《貴女》4

看膩了穿越女總是贏的套路嗎？

繼《貴妻》之後，油燈又一新鮮好評代表作

貴女

全套五冊

別出心裁・反骨佳作

文創風 215 **1**

自從來依親的表姊出現後，敏瑜不再是最受疼寵的嫡女，
她成了愛妒嫉、器量小、不懂事的嬌嬌女，
真是冤啊！這一切都是穿越來的表姊使的壞詭計……
而她堂堂一個侯府嫡女，竟落得要跟一個外人爭寵？
她可不想輸了面子又輸了裡子……

文創風 216 **2**

做了公主的侍讀之後，她刻苦勤學，
只為了贏過表姊，這是她作為丁家嫡女的志氣，
只要她夠好，就不必怕活了兩輩子的妖女對她使壞……
漸漸地，她發現自己不再是當年求大家疼寵的嬌嬌女，
她擁有了專屬自己的氣質和光華，心裡也有一份自信跟篤定……

文創風 217 **3**

所有人都想著她嫁九皇子是遲早的事，
這認知可給她招來了不少麻煩，
幸好她跟妖女表姊鬥慣了，自己也練就了識人籌謀的好功夫，
面對因為想攀高枝嫁九皇子的曹家女兒想潑她汙水，
可別想她會忍氣吞聲、只守不攻……

文創風 218 **4**

敏瑜一直以為自己會嫁給皇后疼愛的九皇子，
所有的教養也是為了進入皇家做準備，
不料卻被指婚給家世聲名狼籍的年輕將軍楊瑜霖，
卻在聽見他竟願意自污自損聲名，讓她解除這個婚約，
她的心隱隱感動，嫁他似乎也不壞，她得好好盤算新的將來了……

文創風 219 **5** 完

從一開始的不期待，到發現他對自己是如此呵疼有心，
她覺得不嫁皇子而嫁武夫，倒是老天垂憐她了，
至於夫君家的糟心事，她可一點都不看在眼內……
她只在意成為夫君的賢內助、最強的後盾，
為他清除障礙，理出一片光明坦途，跟他和和美美地共度一生……

比拚上「多才多藝」、「吃過的鹽比你吃過的米多」、
「料事如神」、「花招百出」的穿越女……
當朝小女子，若不想當個挨打的沙包，
嬌嬌女也要力求大變身……

文創風181-185《貴妻》，餘韻無窮，回甘不已！

國家圖書館出版品預行編目資料

貴女 / 油燈著. --
初版. -- 臺北市 : 狗屋, 2014.09
冊 ; 公分. --（文創風）
ISBN 978-986-328-344-7（第3冊：平裝）. --

857.7　　　　103013317

著作者　油燈
編輯　王佳薇
校對　張詠琳　黃亭蓁
發行所　狗屋出版社有限公司
地址　台北市104中山區龍江路71巷15號1樓
電話　02-2776-5889～0
發行字號　局版台業字845號
法律顧問　蕭雄淋律師
總經銷　知遠文化事業有限公司
電話　02-2664-8800
初版　103年9月
國際書碼　ISBN-13　978-986-328-344-7
原著書名　《贵女》，由起點女生網（www.qdmm.com）授權出版

定價250元
狗屋劃撥帳號：19001626
網址：love.doghouse.com.tw　E-mail：love@doghouse.com.tw